PHOENIX

Bei Phoenix erschienen/ erscheinen folgende Titel:

Shadowrun

Chromscherben	M. A. Stackpole	Coll.	10550	
Wiener Blei	Leo Lukas	Roman	10555	
Nachtstreife	Björn Lippold	Roman	10558	
Auf dem Sprung	Harri Aßmann	Roman	10567	
Töne der Unendlichkeit	Harri Aßmann	Roman	10569	
Die Anfänger	IvanNedic	Roman		in Vorb.

Armalion

Das Dämonenschiff	Harald Evers	Roman	10568	
Kompanie der Verdammten	Manuel Krainer	Roman	10562	
Festung am Khelber Pass	Harald Evers	Roman	10571	in Vorb.

MechWarrior

Väterchen Frost	Stephen Kenson	Roman	10559
Triumphgebrüll	Blaine L. Pardoe	Roman	10560
Bllutsverrat	Pardoe & Odom	Roman	10561

BattleTech

Schrapnell		Anth.	10551

Weitere Titel

Lexikon der Horror-Literatur	Hrsg.:Alpers/ Fuchs/ Hahn	10556
Liverollenspiel-Handbuch	Evers und Schiele	10557

Weitere Titel in Vorbereitung.
Es handelt sich um eine Bibliographie und nicht um ein Verzeichnis lieferbarer Titel. Es ist leider nicht möglich, alle Titel vorrätig zu halten. Sollten Sie Fragen zu Phoenix haben, kontaktieren Sie uns bitte unter

Fantasy Productions Gmbh
Postfach 1416, 40674 Erkrath
www.fanpro.com

Manuel Krainer

Kompanie der Verdammten

Ein Armalion-Roman aus der Welt
Das Schwarze Auge

Orginalausgabe

Umschlaggestaltung: Ralf Berszuck
Titelbild: Doug Beekman
Satz und Layout: Sarah Wippermann

Phoenix ist ein Imprint von Fantasy Productions.
Armalion und *Das Schwarze Auge* sind geschützte
Marken von Fantasy Productions.

Besuchen Sie unsere Website *http://www.fanpro.com*
Printed in Germany 2001

ISBN 3-89064-562-3

Nivesenland
Glorania
Thorwal
Elfenland
Bornland
Orkland
Andergast
Schwarz-
tobrien
Nostria
Mittelreich
Schwarz-
maraskan
Oron
Aranien
Horas-
reich
Kalifat
Tulamidenlande
Shikanydad
Mengbilla
Selem
Chorhop
Al'Anfa
Sylla
Charypso
Brabak
Hôt-Alem

Prolog

In einem armseligen Dorf im hintersten Winkel der grausamen Steppe stand ein junger Ork bei der Herde seines Vaters. Er war ein stattlicher Bursche mit glänzendem Fell und großen Hauern. Für sein Alter war er schon recht groß und kräftig. Die Sonne brannte heiß auf sein Fell herab, und der Wind fuhr ihm mit Eiseskälte durch die Glieder, doch er achtete nicht darauf. Sein Blick schweifte ruhelos über den Horizont. Die Krieger des Stammes waren vor Tagen auf Beute gezogen und hatten nur die Alten, Frauen und Kinder zurückgelassen.

In der Nacht zuvor hatte er einen aufwühlenden Traum gehabt, der ihn seltsam berührt und verwirrt hatte. Er hatte gewaltige Heere gesehen und riesige Haufen von Gold, glitzernden Edelsteinen, prächtigen Gewändern und edlen Speisen. Der schreckliche Klang von Kriegshörnern hatte die Luft erfüllt, und er selbst hatte auf einem hohen Hügel gestanden. Auf unbestimmte Art hatte er den Eindruck gehabt, all die Schätze wären seine Beute, gewonnen mit der Kraft von Kriegern unter seiner Führung, die nach seinem Plan in den Krieg gezogen waren.

Diesen Traum hatte er schon öfters gehabt, und beim Erwachen am Morgen verspürte er jedes Mal eine Mischung aus Freude über die schönen Bilder, die er gesehen hatte, und Enttäuschung, weil sein wirkliche Leben sich so sehr davon unterschied.

Trotzdem hatte er sich nie lange davon beirren lassen, denn es war bei den Orks nicht üblich, sich lange mit derartigen Gedanken an die Zukunft oder die Vergangenheit aufzuhalten. Es war der Augenblick, der zählte. Das Jetzt und Hier waren die Kampfplätze des Mutigen, und es galt nichts, was gestern war, und noch weniger, was morgen sein würde. So war es die Art seines Stammes und aller Stämme gewesen, seit es die Welt gab.

Dennoch war der junge Ork an diesem Tag in einer seltsamen Stimmung. Der Traum der letzten Nacht unterschied sich von all den anderen Träumen. Er hatte sich wieder an der Beute und dem Kriegsgeschrei und dem Lärm der Waffen erfreut, als ihm plötzlich gleißendes Licht vom Himmel blendete. Er hob die Augen und sah die gehörnte Sonne, das Zeichen des Brazoragh. Er erstarrte in Ehrfurcht, und sein Nackenfell hatte sich in schierer Angst gesträubt, als diese Sonne mit einer donnernden Stimme zu ihm sprach. Alle anderen Geräusche seines Traums waren unter dem mächtigen Hall der göttlichen Stimme erstorben.

„Argrazuch!" hatte die Stimme ihn beim Namen gerufen. „Kennst du mich, weißt du, wer ich bin?"

Argrazuch hatte sich beim Klang der Stimme seines Gottes angstvoll zusammengekrümmt und war auf die Knie gesunken. Es fehlte nicht viel und er hätte zu weinen begonnen, wie das kleine Kind, das er im Grunde noch war.

Trotzdem hatte er all seinen Mut zusammengenommen und geantwortet: „Ja, ich weiß, wer du bist. Du bist der Gott meines Stammes und aller Stämme der Orks."

Brazoragh, sein Gott und der Gott aller Schwarzpelze, hatte geantwortet: "Gut. Nun wisse, kleiner Argrazuch, dass die Träume, die du hattest, die Wahrheit verkünden. Sie zeigen dir, was aus dir werden wird. Du wirst ein großer Kriegsherr sein, der größte, den die Welt jemals gesehen hat. Die Erde wird unter deinem Schritt erzittern, und gewaltige Armeen werden vor deiner Macht die Flucht ergreifen. Du wirst mehr Beute machen als alle meine Kriegsherren vor dir, und du wirst mehr Krieger führen als sie alle."

Argrazuch war kniend in ungläubigem Staunen verharrt. Er hatte nicht gewusst, was er sagen sollte.

Sein Gott hatte weiter zu ihm gesprochen: "Erhebe dich. Dies wird das letzte Mal gewesen sein, dass du vor jemandem gekniet hast. Und es wird das letzte Mal sein, dass du Furcht gefühlt hast. Nur mich, deinen Gott, sollst du fürchten, keinen Sterblichen, keinen anderen Gott. Von heute an wird die Welt lernen, sich vor dir zu fürchten. Geh in die Steppe. Geh hinaus und sammle die Auserwählten um dich. Halte sie zusammen mit deiner Macht und deiner Kraft und brich über die Welt herein wie ein Unwetter. Deine Aufgabe wird sein, mein Wort in die Welt hinauszutragen. Und dieses Wort ist Macht."

Dann war die gehörnte Sonne verblasst, und Argrazuch war schweißgebadet inmitten der finstersten Nacht erwacht. Er hatte sich lange auf seiner kargen Bettstatt gewälzt, die hölzernen Wände seiner Hütte angestarrt und nicht wieder einschlafen können.

Nun stand er draußen auf der Weide und fragte sich, was er tun sollte. Er war sich ganz sicher, dass er wirklich die Stimme seines Gottes gehört hatte und ihr folgen musste. Doch niemand im Dorf würde ihn verstehen. Die anderen Jungen würden ihn wahrscheinlich sogar verspotten, die Krieger würden mitleidig über ihn lächeln und meinen, dass er nicht richtig im Kopf wäre. Diese Gedanken ärgerten ihn. Er entschloss sich, mit dem Seher darüber zu sprechen.

Die Hütte des Sehers war eine geheimnisvolle kleine Behausung, erfüllt von seltsamen Düften und vollgestopft mit den rätselhaftesten Dingen. Sie bestand nur aus einem einzigen Raum unter dem windschiefen Dach. Hier, inmitten von alptraumhaft geformten Fetischen, Tiegeln, Mörsern und getrockneten Kräutern saß der alte Seher des Dorfes dem jungen Ork gegenüber. Draußen heulte der nächtliche Wind, und der Seher warf einen Holzscheit auf das Feuer, um das Gesicht des Jungen, der ihm so Seltsames erzählt hatte, besser erkennen zu können. Er sah ihn lange aus seinen trüben alten Augen an und war überrascht, in einem so jungen Gesicht solche Entschlossenheit zu sehen.

Die Hauer des Jungen war gut gewachsen und kräftig, seine Augen leuchteten in einem tiefen inneren Feuer. Seine Gestalt war wohlgeformt und stark. Er war in den Augen eines Orks ein schöner Knabe, der versprach, zu einem stattlichen Mann heranzuwachsen.

Der Seher beugte sich vor und fragte: "Noch einmal: Bist du dir ganz sicher, dass die gehörnte Sonne im Westen stand? Es ist wichtig, dass du genau darüber nachdenkst. Von der Stellung der Sonne hängt die Bedeutung des Zeichens ab."

"Ich bin mir sicher. Die gehörnte Sonne stand eindeutig im Westen", antwortete der Junge mit fester Stimme.

Prüfend sah der alte Ork in die Augen des Jungen. Er legte all seine Macht in diesen Blick und wollte sehen, ob der Junge ihm standhielt. Die Augen Argrazuchs bewegten sich nicht. Der Seher verlieh seinem magischen Blick noch mehr Kraft, machte die uralten Gesten und murmelte die uralten Worte, die seine Augen zu einem Brennpunkt der schrecklichen Macht seines Gottes machten.

Argrazuch rührte sich noch immer nicht. Er spürte nicht einmal, dass der alte Seher seine ganze magischen Kraft aufwandte, um seinen Blick niederzuzwingen. Der heftige Ansturm an zerstörerischer Magie glitt einfach von ihm ab.

Schwer atmend ließ der Seher endlich von ihm ab. Er lehnte sich keuchend an eine Strohmatte, die an der Wand seiner kargen Hütte hing. Wieder fragte er sich, ob hier vor ihm wirklich einer saß, der von Brazoragh auserwählt war. Er wusste, dass er darüber nicht urteilen konnte. Die Welt musste darüber befinden.

Er entließ den jungen Ork und gab ihm seinen Rat mit auf den Weg: "Du kannst nicht hier im Dorf bleiben. Dein altes Zuhause ist zu klein für die gewaltige Sendung, die dir auferlegt ist. Zieh hinaus in die Welt und sieh zu, ob du wirklich auserwählt bist. Geh und erfülle deine Bestimmung."

Noch in derselben Nacht verließ der junge Argrazuch sein Dorf und zog in die Weite der Steppe hinaus. Er nahm nichts mit außer einem Dolch, den sein Vater ihm geschenkt hatte, seine Pfeile mit den gelben Federn und seinen doppelt geschwungenen Bogen. Die Macht seines Gottes würde ihn ernähren, sie würde ihn führen und zu einem großen Kriegsherrn machen.

1. Kapitel

Der eisige Morgenwind tobte über den zerschundenen Leib der Welt. Menschen und Tiere, die um diese Stunde von ihren täglichen Verrichtungen in das endlose, sturmgepeitschte Grasmeer hinausgetrieben wurden, zitterten vor der schneidenden Kälte. Die wenigen Büsche, die in jener schrecklichen Landschaft gediehen, waren erbärmlich schief und krumm, gebeugt unter dem äonenlangen Ansturm des Windes. Mühevoll zog sich die fahle Sonne den Horizont empor, um allmählich die tristen, graubraunen Weiten der Steppe auszuleuchten. Eine monströse Sense aus Luft wurde unerbittlich über das weite Feld geschwungen. Sie schnitt erbarmungslos durch Fell und Leder, bis auf die Knochen der armseligen Kreaturen, die hier ihr Leben fristen mussten.

Die armseligste und jammervollste aller Kreaturen an diesem Morgen war aber der Weibel Philas, ein gedrungener Mann mit kräftigem Stiernacken, kahlem Kopf und blitzenden Schweinsäuglein. Philas war nämlich durch eine üble Laune des Schicksals als Zimmerer der Kompanie dafür verantwortlich, die feierlichen Ordensverleihungen des heutigen Tages vorzubereiten. In einen dicken Pelz eingemummelt, stand er, erbärmlich frierend, im dürftigen Windschatten eines Busches und beaufsichtigte ärgerlich seine murrenden Untergebenen, die mit dem Aufbau der großen Tribüne beschäftigt waren.

Die Arbeit war gut vorangeschritten, aber Philas machte sich dennoch Sorgen, ob sie rechtzeitig beendet sein würde. Die Stützpfeiler waren bereits am Vortag in den Boden gerammt worden, und die Arbeiter waren nun damit beschäftigt, das Gerüst aufzubauen.

Sie vernagelten und vertäuten die Balken mit den Pfeilern und waren emsig beschäftigt, Bänke zu zimmern und neues Bauholz heranzuschaffen. Bis zum Mittag sollte eine prächtige Tribüne fertig sein, auf der dann ein Dutzend wichtiger Männer und Frauen Platz nehmen sollten, um wohlgeführten Reden zu lauschen und die ausgezeichneten Offiziere und Soldaten zu ehren. Die Konstruktion erhob sich südlich der bunten Wohnzelte der Zweiten Abteilung in der Mitte des Feldlagers.

Dieses Lager war seit einigen Jahren die Heimat einer Söldnerkompanie unter der Führung des Oberst Oremo Harrang. Er hatte seiner Kompanie den klangvollen Namen *Die Stahlschlangen* verliehen. Warum das so war, wusste niemand, und der Oberst hatte nie jemandem gesagt, wie er auf den Namen gekommen war. Vielleicht hatte er diesen ausgefallenen Namen einfach wegen seines Klangs. Ein besonderer Name war auch angemessen für diese Spezialtruppe.

Im Gegensatz zu den regulären Kompanien bestand sie nicht nur aus den üblichen fünfzig, sondern aus dreihundert Kriegern. Sie war in zwei gemischte Abteilungen mit je dreißig Reitern und hundert Kämpfern zu Fuß unterteilt. Die Abteilungen unterstanden jeweils der Führung eines Leutnants und waren in zwei Kampfgruppen, geführt von je einem Korporal, eingeteilt. Der Oberst selbst führte noch eine fünfte Kampfgruppe, eine Garde von vierzig schwer gepanzerten Reitern. Dazu kamen noch zwanzig erfahrene novadische Kundschafter und ein großer Tross von Dienern, Knechten, Arbeitern und Huren.

"Bei der Macht der Götter, was wird mir in meinem Leben an Prüfungen auferlegt! Wenn diese Tölpel nur nicht so entsetzlich lahm wären", murmelte der geplagte Weibel Philas ärgerlich vor sich hin.

Er spürte kein Mitleid mit seinen Leuten, die in der schneidenden Kälte ihre Arbeit verrichten mussten. Im Gegenteil, der Anblick der zitternden Arbeiter brachte ihn nur noch mehr in Fahrt. "Bemüht euch gefälligst, eure Arbeit wenigstens einmal richtig zu machen, ihr Tölpel. Ihr verderbt mir noch meinen Ruf bei den Offizieren, ihr unfähige Bande!" brüllte er sie an.

Philas wurde langsam richtig wütend. Er hasste es, dass seine Arbeit immer so geringgeschätzt wurde. Er musste seinem Zorn in der Tirade eines aufgebrachten Selbstgesprächs Luft machen.

"Es ist doch nur mir zu verdanken, dass im Lager überhaupt noch irgend etwas in Ordnung ist. Wer sorgt denn hier dafür, dass jeder sein Dach überm Kopf hat? Wer hält denn Regen und Sonne und Wind von den Köpfen dieses undankbaren Gesindels ab?" schimpfte er in seinen stattlichen Bart hinein. "Ohne mich wären sie doch völlig aufgeschmissen, die Herren Offiziere! Wer baut denn all die schönen Tribünen, damit die hohen Herren nicht zu stehen brauchen, wenn sie ihre ach so wichtigen Reden halten? Wem verdanken sie denn all die schönen Bänke und Tische und Hocker und Truhen, die ihr Leben hier erträglich machen?"

Hinter ihm fiel mit lautem Krachen einer der Stützbalken zu Boden, der offensichtlich schlecht verankert worden war. Er riss gleich einen Teil des gerade aufgebauten Gerüstes mit sich. Philas wandte sich ärgerlich um. Planlos rannten die aufgeschreckten Arbeiter durcheinander, beschimpften einander, nicht richtig gearbeitet zu haben, und packten an allen möglichen Stellen an, um die Konstruktion wieder aufzurichten. Jeder zog und schob in eine andere Richtung, so dass sich trotz schweißtreibender Anstrengung das Gewirr von Balken und Seilen keinen Fingerbreit rühren wollte.

"Könnt ihr denn überhaupt irgend etwas richtig machen, ihr verdammten Trottel? Was seid ihr nur für

Dummköpfe! Welch Undank der Götter, welch elendes Schicksal!" schimpfte Philas, während er an den Ort des Unglücks eilte.

Er brüllte seine Befehle: "Du da! Mehr nach links! Und ihr drei da vorne! Zieht gefälligst kräftiger, oder ich mach euch Beine! Soll ich vielleicht die ganze Arbeit alleine machen? Bewegt euch gefälligst, ihr Saubande." Bei diesen Worten schlug und trat er nach seinen Untergebenen, bis ihm der Schweiß vor Wut und Anstrengung unter seinem dicken Pelz in Bächen hinabrann.

Im Feuereifer seiner Tiraden bemerkte er den Reiter nicht, der von Westen gegen den Wind heranjagte. Er sah erst auf, als dieser sein Pferd, das vor Erschöpfung Schaum vor dem Maul hatte, neben ihm zügelte.

"Verzeihung, Weibel. Könntet Ihr mir behilflich sein? Wo finde ich das Zelt des Leutnant Wargo von Baliho?" fragte der Reiter. Er saß auf einem struppigen, braunen Pferd und trug auf dem staubigen Gewand die Wappenfarben des Ritters von Sandfurt, eines unbedeutenden Lehensträgers aus der Nachbarschaft.

In seinem hingebungsvollen Fluchen gestört, fuhr der Weibel den Reiter an: "Das ist doch wohl die Höhe! Siehst du nicht, dass ich hier schwer zu arbeiten habe? Wie kannst du es wagen, dich derart an mich heranzuschleichen! Was willst du überhaupt hier, Pferdejunge? Ich kann mir nicht vorstellen, dass du angemeldet bist. Unser Leutnant hat Besseres zu tun, als mit einem Kerl wie dir zu sprechen!"

"Das lass wohl besser den Leutnant selbst entscheiden!" erklang es amüsiert in seinem Rücken. Ein hochgewachsener, goldblonder Mann war an das Nordende der Tribüne getreten. Seine Kleidung und sein Gebaren ließen ihn wie die fleischgewordene Ordnungsliebe erscheinen. Sein langes Haupthaar war sorgfältig gekämmt, sein hübsches Gesicht peinlich sauber rasiert. Er hielt sich kerzengerade. Sein weißes Beinkleid fiel, von keinem Stäubchen bedeckt, in tadellosen Falten. Sein Wams war ebenfalls in blendendem Weiß gehalten, die goldenen Knöpfe schimmerten blankpoliert in der fahlen Sonne. Dazu trug er einen dunkelblauen Umhang mit Goldsaum und prachtvolle goldene Ringe an den Fingern. An seiner Seite hing ein langes, schlankes Schwert mit einem funkelnden Edelstein am Knauf. Um seinen fein geschnittenen Mund spielte ein unangenehmer Zug von Hinterlist. Er sah den Weibel mit einer Mischung aus Amüsement und Verärgerung an.

"Ja, Herr Leutnant!" rief Philas eilfertig. "Zu Befehl, Herr Leutnant! Melde gehorsamst: Es befindet sich ein Bote im Lager, der den Herrn Leutnant zu sprechen wünscht. Ich war gerade dabei, ihm den schnellsten Weg zu Euch zu erklären, Herr Leutnant."

Bei diesen Worten wand und krümmte er sich in peinlicher Unterwürfigkeit. Er meinte, leises Kichern irgendwo aus den Reihen seiner Leute zu vernehmen.

Mit einem kalten Lächeln entgegnete Wargo: "Philas, mein lieber Philas! Warum so aufgeregt? Beruhige dich doch. Ich werde dich heute sicher nicht zum Rapport holen, denn du hast ja noch genug zu tun. Morgen aber, mein Lieber, morgen ist auch noch ein Tag." Er wandte sich dem Reiter zu. "Und du, Bote, kommst mit mir in mein Zelt. Hier draußen erfrieren wir ja. Wir hatten schon lange nicht mehr so schlechtes Wetter wie heute." Mit diesen Worten drehte der Leutnant sich um und ging mit leichtem, stolzem Schritt voran.

Philas sah den beiden nach, bis sie zwischen den Zelten verschwunden waren, und wandte sich dann seinen Soldaten zu. Der Stützpfeiler stand immer noch nicht, und der Weibel wollte seine Leute für die Demütigung, die er durch den Leutnant hatte erfahren müssen, büßen lassen. Er würde sich an ihnen rächen. Das würde kein lustiger Tag für die Tollpatsche unter seinem Kommando werden. Wenn er morgen zum

Rapport musste, dann sollten sie schon heute fühlen, wie ihm zumute war.

Während Philas draußen in der Kälte des Hauptplatzes die Arbeiter herumscheuchte, nahm Leutnant Wargo von Baliho in seinem prächtigen Zelt Platz. Der Boden des Zeltes war mit kostbaren Teppichen bedeckt, die Planen waren mit kunstvollen Stickereien verziert. Der Leutnant sparte nicht an Prunk und Pracht in seiner Umgebung. Auf seinem Tisch standen kostbare Gefäße, seine Truhen zierten edle Schnitzereien und stets war die Luft in seinem Zelt vom Duft edlen Räucherwerks erfüllt.

Wargo saß auf seinem wertvollen Feldstuhl. Dieser Stuhl war ihm das liebste und kostbarste aller Beutestücke, denn er war unvergleichlich bequem und dabei so leicht, dass er ihn zu jeder Reise mitnahm, selbst auf Patrouillenritte, denn auch dort wollten die Rastzeiten standesgemäß verbracht werden. Er lehnte sich in gespielter Gemütlichkeit zurück, nahm einen Schluck von seinem teuren, würzigen Wein und sah den Boten kühl an. "Was also hast du zu berichten vom liebenswürdigen Herrn von Sandfurt? Gibt es interessante Neuigkeiten, oder sollst du mir nur Grüße entbieten?"

"Der Herr steht treu zu dem, was abgemacht ist", antwortete der Bote. "Er hat alles so eingerichtet, wie Ihr es mit ihm besprochen habt. Der Erfüllung Eures Begehrens dürfte nichts mehr im Wege stehen. Der General hat das Fest auf dem Landgut meines Herrn sehr genossen, und sein Ohr war offen für Euer Ansinnen. Mit dem heutigen Tag soll die Geringschätzung, die Eure Leistung erfährt, endlich vorbei sein. Ihr sollt heute als erster geehrt werden."

"Fein, fein! Aber um mir das zu sagen, hätte er wohl keinen Boten schicken müssen, nicht wahr? Es scheint mir, dass hinter deiner Entsendung mehr steckt - ist es nicht so?" bemerkte Wargo mit einem hintergründigen Lächeln.

Der Bote blickte ein wenig beschämt zu Boden und fuhr fort: "Der Herr bittet Euch zu bedenken, dass er große Ausgaben hatte. Es war nicht einfach, dem Fest einen Rahmen zu geben, der den Gäste gerecht wurde. Allein die Bewirtung und Unterbringung, ganz zu schweigen von der Unterhaltung eines Generals..."

"Genug!" unterbrach ihn der Leutnant barsch. "Es hätte mich überrascht, wenn deine Botschaft etwas anderes zum Inhalt gehabt hätte. Sag mir, wie viel er noch haben will. Ich will mich nicht mit falschen Schmeichelreden aufhalten. Wenn Herr von Sandfurt wieder mehr verlangt als abgemacht war, so will ich ihm geben, was er möchte." Er erhob sich von seinem Stuhl und trat ganz nahe an den Boten heran. Beinahe hätte sein Mund das Ohr des anderen Mannes berührt, doch Wargo hielt sich in genau abgemessenem Abstand. Mit leiser, drohender Stimme setzte er fort: "Aber du wirst ihm ausrichten, dass ich nicht leicht vergesse. Sag ihm das, deinem feinen Herrn. Dies ist unser letztes Geschäft. Er wird mir zu gierig. Ich bin mit dem Herrn von Sandfurt ein für allemal fertig! Ich habe die Nase voll von seinen ständigen Nachforderungen."

"Aber Herr Leutnant..." begann der Bote sichtlich irritiert.

Wargo wandte die Augen zum Himmel, ließ sich in gespielter Verzweiflung in seinen Stuhl fallen und rief: "Es reicht! Sag nur wie viel!"

"Der Herr General ist, bei allem Respekt, anspruchsvoll, Herr Leutnant", antwortete der Bote. "Es waren einige unvorhergesehene Ausgaben zu tätigen. Wir brauchen noch zwanzig Dukaten."

Der Leutnant schnappte nach Luft. "Zwanzig Dukaten!" rief er aus. "Dein Herr belustigt mich. Für zwanzig Dukaten hätte man ein Fest mit zehn Tänzerinnen, einer Kapelle und einem blutigen Schaukampf inszenieren können. Es wird wirklich höchste Zeit, dass wir unsere Geschäftsverbindung beenden." Mit diesen Worten erhob sich Wargo wieder aus seinem Stuhl und verschwand hinter einem schweren blauen Vorhang, der quer durch das Zelt gespannt war.

Der Bote sah sich inzwischen im prächtigen Heim des Leutnants um. Beutestücke aus aller Herren Länder waren hier unübersehbar aufgestellt, selbst die Zeltstangen waren mit Silber beschlagen und reich mit Schnitzereien verziert. Wargo musste sich wirklich ein Vermögen erplündert und erhandelt haben. Der junge Mann fragte sich, ob jeder Söldnerführer solchen Reichtum besaß.

Mit einem kleinen Lederbeutel trat der Leutnant wieder hinter dem Vorhang hervor. Er warf den Beutel verächtlich dem Reiter vor die Füße, so dass die Münzen darin klimperten. Der Bote bückte sich, um das Geld aufzuheben, und entfernte sich dann rückwärts aus dem Zelt.

Leutnant Wargo von Baliho wartete, bis der Mann gegangen war, und verließ dann das Zelt, um nach seinem Vertrauten und Ratgeber Korporal Viktor Gars Ausschau zu halten.

Auf seinem Weg durch das Lager kam Wargo an den Zelten der Ersten Abteilung vorbei. Einige Männer und Frauen besserten dort noch schnell ihre Gewänder aus und polierten Waffen und Rüstungen. Sie wurden von seinem Erzfeind Leutnant Cassian Brandrot angeführt. Cassian war in vieler Hinsicht das genaue Gegenteil von Wargo. Wo sich Wargo zurückhaltend und kalt verhielt, war Cassian aufbrausend und heißblütig, wo Wargo hinterlistig und falsch auftrat, war Cassian geradlinig und aufrecht.

Wargo grüßte spöttisch die Leute, die von ihrer Arbeit nur kurz aufsahen, und erlaubte sich ein kleines, siegesbewusstes Lächeln beim Gedanken an die bevorstehenden Auszeichnungen.

"Heute werde ich der Erste sein!" sagte er zu sich selbst. "Mir wird der General endlich als erstem die Ehrung zukommen lassen. Heute, Cassian, werden die Verhältnisse richtig dargestellt. Jetzt wird sich zeigen, wer von uns mehr zu Ruhm und Ehre der Kompanie beigetragen hat. Der Herr von Sandfurt hat dem General ein Fest gegeben, das ihn für meine kleine Bitte eingenommen hat. Ihr werdet Euch noch wundern!"

Jener Mann, dem Wargos ganzer Hass galt, erhob sich gerade von seiner warmen Lagerstatt. Sein Blick ruhte wohlgefällig auf seiner Geliebten Shahadri. Sie lag da, ihr schwarzes Haar breitete sich auf den Laken aus, und ihre dunklen tulamidischen Augen ruhten sacht auf ihm.

"Was für ein schöner Tag! Die Götter meinen es wahrlich gut mit mir!" sagte Cassian fröhlich, während er in sein wollenes Unterzeug schlüpfte.

"Was meinst du?" fragte Shahadri mit sanfter Stimme.

"Nun, ich bin der Anführer der besten Truppe, die man sich nur wünschen kann. Meine Männer und Frauen stehen treu zu mir und erkämpfen uns Sieg um Sieg. Der Oberst und der General achten mich und meine Verdienste. Ich habe mehr Geld als so mancher edle Herr und brauche es nicht mal auszugeben, um mein Leben zu fristen."

"Bist du dir wirklich sicher, dass dieser Segen von deinen Göttern kommt?" entgegnete Shahadri.

Ihr Blick wirkte seltsam abwesend, und Cassian glaubte, bei ihr eine leichte Unruhe zu erkennen. Er wollte diese Unruhe beiseite schieben. Nichts sollte ihm diesen fröhlichen Tag überschatten. Er beugte sich zu Shahadri hinab, nahm sie liebevoll in die Arme, küsste sie zärtlich und flüsterte ihr zu: "Das Wichtigste von allem ist: Ich habe eine Geliebte, um die mich das ganze Lager beneidet."

Sie erwiderte seinen Kuss mit Leidenschaft und zog ihn enger an sich. Ihre Arme schlossen sich so fest um ihn, dass er beinahe fürchtete, keine Luft mehr zu bekommen. Es war, als wollte sie ihn für immer bei sich behalten, als sollte er das Zelt nicht verlassen, weil niemand wissen konnte, welche Gefahren ihn draußen erwarten mochten.

Nach einer viel zu kurzen Zeit der Zärtlichkeiten kleidete Cassian sich in seine schwarzen Hosen und sein schwarzes Wams. So bekleidet bot er einen prächtigen Anblick. Er war ein gut gewachsener, stattlicher Mann. Sein langes dunkles Haar fiel in leichten Locken über die kräftigen Schultern. Seine Augen blitzten fröhlich unter sanft geschwungenen Brauen.

Er legte den silberbeschlagenen Gürtel um und hängte sein treues Schwert Todesklaue ein. Dann warf er den purpurnen Umhang um die Schultern und ging hinaus, um sich vom Wind zerzausen zu lassen.

Die große Tribüne war bis zum Mittag von einem hässlichen, kahlen Skelett zu einer stabilen und ebenmäßigen Konstruktion herangewachsen. Weibel Philas hatte sogar selbst Hand anlegen müssen, und sein Rücken schmerzte, doch er war zufrieden mit der Frucht seiner Arbeit. Nun konnten sie also kommen, die hohen Herren und Damen. Alles war fertig und bereit für die große Zeremonie.

Seine Untergebenen drapierten prächtige Stoffe über das Holzgerüst und legten weiche Kissen auf die Ehrenplätze. Etliche hölzerne Bänke wurden vor der Tribüne aufgestellt. Eigentlich war auch ein Baldachin für den Oberst, den General und die Priesterschaft vorgesehen gewesen, der auf der Tribüne hätte aufgespannt werden sollen, aber Philas hatte das untersagt. Der Wind war heute wieder derart stark, dass er befürchtete, der Baldachin würde wie ein Segel gebläht und vielleicht ganz fortgerissen. Dabei könnte einen Teil der Konstruktion einstürzen und wichtige Leute verletzen. Dieses Risiko wollte Philas auf keinen Fall eingehen.

Inzwischen waren am Lagertor im Westen die ersten Würdenträger angekommen. Unter ihnen waren Priester, Edle und Handelsherren, die alle die Gelegenheit nützen wollten, sich im Heerlager verköstigen zu lassen und geschäftliche Besprechungen am Rande der Festlichkeiten abzuhalten. Wegen der Zeremonie der Ordensverleihung selbst kam kaum jemand. Das war schließlich eine Sache der Armee und gab zwar eine gute Kulisse ab, war aber bei weitem nicht so interessant wie das Buffet. Einige der edlen Herren und Damen schienen sich schon gewissenhaft auf die Feier vorbereitet zu haben und ließen rotnasig ihre glasigen Blicke durch das Lager schweifen. Mit schwerer Zunge wurden Begrüßungen gemurmelt, und General von Steinsee schwankte schon ein wenig auf seinem Ross.

Leutnant Wargo sah dies alles mit einiger Sorge. Er fürchtete, der Ritter von Sandfurt könnte es mit dem Fest, das er für den General gegeben hatte, zu gut gemeint haben. Er versuchte einen Blick auf den Ritter zu erhaschen, konnte ihn aber wegen des Trubels, der im Moment herrschte, nicht entdecken.

Rossknechte und Diener eilten geschäftig in der bunten Schar umher, halfen den Herrschaften vom Pferd und boten kleine Stärkungen und wärmende Getränke an. Die Kompaniekapelle hatte Aufstellung genommen und gab ein munteres und, wie die Musiker meinten, wärmendes Liedchen zum besten.

Hesindian Wohltag, der betagte Zeremonienmeister der Kompanie, ein dürrer, großer Mann mit einem Kopf, der wie der eines alten Geiers aussah, begleitete die

Gäste zu ihren Plätzen und hielt die höfliche Konversation in Schwung. Die Korporale, die in ihre besten Gewänder gekleidet waren, ließen unterdessen die Kampfgruppen antreten und hinter den Bänken, mit Blick zur Tribüne, Aufstellung nehmen.

Wargo und Cassian schritten würdig und gemessen von Norden und Süden an den Rand des großen Hauptplatzes. Sie wurden jeweils von sechs Soldaten, die im Gleichschritt als Ehrenwache neben ihnen gingen, begleitet. In ihren teuren Festgewändern gaben beide ein prächtiges Bild ab.

Von Osten näherte sich gleichzeitig eine Gruppe der Garde, in deren Mitte Oberst Oremo Harrang, der Befehlshaber der Kompanie, einherschritt. Sein gesundes Auge wanderte voll Wohlgefallen über seine Kompanie, seinen ganzen Stolz. Das andere Auge, dessen Höhle von einer reich bestickten, goldgesäumten Klappe bedeckt wurde, hatte ihm vor drei Jahren ein wilder Bär bei der Jagd ausgeschlagen. Dennoch war er mit seinem Fellumhang und seiner schimmernden Rüstung nicht weniger beeindruckend als die Krieger, zwischen denen er auf den Hauptlatz des Lagers zustrebte, und viele Gegner waren schon seiner noch immer ungebrochenen Kampfkraft erlegen. Leichten Fußes erstieg er die Stufen zur Tribüne und nahm dort mit eleganter Verbeugung seinen Ehrenplatz zur Rechten des Generals ein. Die Ehrenwache nahm inzwischen am Fuß der Tribüne Aufstellung.

Oberst Harrang holte eine kleine Tafel hervor. Darauf hatte er die Rede geschrieben, die er heute zu halten gedachte. Er begann noch einmal, sie leise durchzulesen, während die Festgesellschaft abwartete, dass jeder auf der Tribüne seinen Platz einnahm. Als er aufblickte, entdeckte der Oberst am linken Rand der zweiten Bankreihe den Ritter von Sandfurt, einen fetten kleinen Mann mit einer gewaltigen Säufernase. Das verwirrte den Oberst doch ein wenig. Er fragte sich, wie dieser nichtsnutzige Kerl zu einer Einladung für die heutige Zeremonie gekommen sein mochte. Seine undurchsichtigen Geschäfte mit der Armee hatten ihn doch in der Gegend schon verdächtig genug gemacht. Dennoch schien niemanden seine Anwesenheit zu stören. Einige der Edlen lachten und scherzten sogar mit ihm, als wären sie die besten Freunde.

Diese Zeremonie war dem Oberst nicht nur wegen des Ansehens in der Öffentlichkeit wichtig, denn hier auf den Bänken waren schließlich die Menschen anwesend, die mit ihren Geldgaben die Kompanie unterhielten. Der Krieg allein warf einfach nicht genug Beute ab, um alle Soldaten, Diener, Arbeiter, Knechte und Huren zu versorgen. Die Soldaten lebten nach wie vor von dem, was sie erbeuteten. Diese Beute wurde nach einem althergebrachten Schlüssel verteilt. Der Oberst etwa erhielt zehn Siebenhundertstel des Ganzen.

Doch die Kompanie konnte nicht aus eigener Kraft die Versorgung der anderen leisten. Sie wollten ein geregeltes Auskommen haben und nicht abhängig vom Kriegsglück ihrer Dienstherren sein. Deshalb war es seit Jahren Brauch, dass reiche Menschen für jene Leute aufkamen, die der Kompanie die Alltagsarbeit abnahmen. Diesen Unterhalt steuerten sie meist in Form von Lebensmitteln, manchmal aber auch in Geld bei. Dafür bekamen sie einen Teil der Beute.

Während die Anwesenden ihre Plätze eingenommen hatten, war General von Steinsee neben dem Oberst eingeschlafen, was diesen noch mehr verwunderte als die Anwesenheit Ritter von Sandfurts. Er stieß den General unauffällig und, wie er hoffte, sanft in die Seite, sodass jener hochschreckte und nach kurzem Zögern aufstehen wollte, um seine Ehrenrede zu halten.

"Noch nicht, Herr General! Bitte, es ist noch nicht soweit", zischte Oberst Harrang, in der Hoffnung, niemand würde die kleine Panne bemerken. Tatsächlich schien sich keiner der Ehrengäste für die Vorgänge auf der Tribüne zu interessieren.

"Er wird eben auch nicht jünger in diesem verfluchten Land", murmelte der Oberst leise. "Ob es mir wohl auch so ergehen wird? Ob ich wohl auch eines Tages meinen Geist nicht mehr bei der Sache halten kann? Mögen die Götter mich vor der Schwäche des Alters bewahren!"

Fanfarentöne schreckten die zahlreichen Anwesenden aus ihren Gedanken und Gesprächen auf. Die Zeremonie sollte endlich beginnen. Alle erhoben sich von ihren Plätzen und sahen voller Erwartung zu, wie die beiden Offiziere, die geehrt werden sollten, von zwei Seiten der Tribüne ihren Aufstieg über die Stufen zur oberen Plattform begannen.

Leutnant Wargo von Baliho schien es besonders eilig zu haben und beschleunigte seinen würdevollen Schritt ein wenig, was Leutnant Cassian Brandrot bemerkte und daraufhin ebenfalls schneller ausschritt. Die Zuschauer bemerkten diesen seltsamen Wettstreit und begannen belustigt zu murmeln. Die letzten zwei Stufen nahmen die beiden Rivalen mit einem Schritt und rannten dann geradezu in die Mitte der Tribüne, vor den Platz des Generals. Oberst Oremo Harrang war von diesem Betragen so befremdet, dass er beinahe übersah, dass General von Steinsee wieder eingenickt war und geweckt werden musste.

Der Oberst murmelte zornig, war aber sehr darauf bedacht, dass ihn niemand hören konnte: "Was soll denn das? Wargo und Cassian haben es wohl darauf angelegt, die Zeremonie lächerlich zu machen! Das werden die beiden mir büßen! Dieses Betragen ist unverzeihlich!

Ich hätte nie gedacht, dass sie ihre Gefühle vor aller Augen nicht im Zaum halten können!"

Er kochte bei diesen Gedanken innerlich vor Wut und stieß den General etwas zu unsanft mit dem Ellbogen, so dass der zwar erwachte, aber gegen den Priester, der zu seiner Linken saß, stieß und beinahe vornüber aus seinem Sitz kippte. Der Oberst musste ihn am Hosenbund festhalten und ihm dann noch beim Aufstehen behilflich sein.

Schwankend wie Schilfrohr im Wind stand der General vor den beiden Leutnants und hob mit weinschwerer Zunge an zu sprechen: "An diesem freudigen Tage sind wir alle hier zusammengekommen, um unsere tüchtigen..."

Weiter kam der General nicht, da der Wind plötzlich auffrischte und ihm genau ins Gesicht blies. Er wurde plötzlich graugrün im Gesicht, wandte sich ab und eilte geschwinden Schrittes die Stufen von der Tribüne hinunter. Unter den Zuschauern erhob sich erstauntes Gemurmel, und Oberst Harrang verstand die Welt nicht mehr. Um zu retten, was noch zu retten war, entschied er sich geistesgegenwärtig, die Ehrung selbst vorzunehmen, und erhob sich schnell von seinem Platz.

Der Schweiß rann ihm in eisigen Bächen von der Stirn, als er zu reden begann: "Sehr verehrte Gäste! Wir sind heute zusammengekommen, um die beiden wackeren Offiziere Cassian Brandrot und Wargo von Baliho zu ehren. Die beiden Leutnants haben sich in der Schlacht an den Eisenzacken, die vor genau einem Monde geschlagen wurde, durch höchsten persönlichen Einsatz und vorbildhafte Tapferkeit hervorgetan, was beides geeignet ist, anderen als leuchtendes Beispiel zu dienen. Für diese Rondra gefälligen Taten soll ihnen der Orden des silbernen Schwertes am Purpurband verliehen werden."

Nach einer Pause für den mäßigen Beifall der Gäste sprach Oberst Harrang weiter: "So tretet denn vor,

Leutnant Cassian Brandrot, und empfangt aus meinen Händen die Ehrung. Möge sie uns allen als Ansporn dienen, auf dass wir weiterhin unsere Pflichten getreulich und voll Mut erfüllen mögen."

Cassian trat vor und beugte sein Haupt, damit ihm der Oberst den Orden umhängen konnte. Der Priester, der zur Linken des Generals gesessen hatte, stand auf und hielt segnend seine Hände über des Leutnants Haupt, wobei er ein Gebet murmelte, so leise, dass selbst Cassian und der Oberst nicht ein Wort davon verstanden. Die Ehrengäste applaudierten höflich, einige begannen schon, sich zu unterhalten und Vermutungen über den Grund des plötzlichen Abgangs des Generals anzustellen. Die Zeremonie wurde zunehmend chaotischer, und zu allem Überfluss setzte die Kompaniekapelle mit der Ehrenfanfare viel zu spät ein, wodurch eine peinliche Pause entstand, in der das Geschwätz der Gäste unüberhörbar wurde.

Der Oberst begann unterdessen wieder mit der Ehrenformel und forderte auch Wargo auf vorzutreten. Dieser war während der Vorgänge auf der Tribüne dunkelrot angelaufen. Er bebte vor mühsam unterdrücktem Zorn. Mit aller Macht beherrschte er sich und verkrampfte die Hände an den Hosennähten. Auch er senkte den Kopf und wurde ausgezeichnet, aber der Beifall zu seinen Ehren war noch leiser als bei Cassian. Einige Gäste hatten sogar schon ihre Plätze verlassen und strebten dem Buffet zu. Die Fanfare ertönte auch bei ihm zu spät und musste abgebrochen werden, weil der Priester der versammelten Menge seinen Segen erteilen wollte.

Wargos Augen schossen Blitze auf Ritter von Sandfurt, der ihm den Rücken zukehrte und sich mit einem feisten, teuer gekleideten Handelsherrn unterhielt. Oberst Harrang, ebenfalls wutentbrannt, suchte im Geiste nach Worten, mit denen er die Ehrengäste beschwichtigen und das unerhörte Chaos entschuldigen konnte.

Nach den letzten Worten des Priesters zerstreute sich die Versammlung in kleine Grüppchen, und Wargo stürmte wutschnaubend von der Tribüne herunter. Er achtete nicht darauf, dass seine Ehrengarde mit ihm nicht Schritt halten konnte. Ohne jede Rücksicht auf den komischen Anblick, den er bieten musste, tobte er schnurstracks auf den bleichen Ritter von Sandfurt zu.

In der Gruppe mit Ritter von Sandfurt stand auch eine edle Dame in einem prächtigen grünen Kleid, die mit freundlichem Augenzwinkern das Wort an Wargo richtete: "Warum so wütend, Herr Leutnant? Freut Ihr Euch nicht über die schöne Auszeichnung? An Eurem Ehrentag solltet Ihr fröhlich sein."

Wargo, halb irrsinnig vor Zorn, antwortete ihr mit einem Rückhandhieb seiner behandschuhten Rechten, der die Dame quer über den Mund traf, so dass sie einen feinen Strahl hellen Blutes spuckte. Sie fiel wie ein Mehlsack in sich zusammen, und nur Cassian, der rechtzeitig herbeigeeilt war, verhinderte, dass sie zu Boden ging. Die umstehenden Gäste sahen fassungslos zu, wie Wargo den Ritter von Sandfurt am Kragen packte und ihn zu den Wohnzelten schleifte.

Cassian rannte hinter den beiden her und brüllte Wargo nach: "Ihr seid ein Schuft! Eine Dame zu schlagen, die Euch nichts tat! Vor allen Gästen zieht Ihr das Ansehen der Kompanie in den Schmutz, ehrloser Schurke! Ich werde Euch lehren, wie man sich zu benehmen hat!"

Dann hatte er Wargo und den armen von Sandfurt, der sich nach Kräften zu wehren versuchte, erreicht und packte seinen Rivalen grob an der Schulter. Wargo ließ den Ritter sofort los und trat nach hinten, um Cassian in den Unterleib zu treffen. Cassian wich aus und musste Wargo dabei aus seinem Griff entlassen. Der hatte sich umgedreht, warf sich auf Cassian und riss ihn zu Boden.

Die beiden Offiziere wälzten sich in ihren Festkleidern auf dem Boden, versetzten einander Hiebe und Tritte und versuchten einander zu erwischen. Inzwischen hatte sich eine kleine Schar von Zuschauern eingefunden und feuerte die Kampfhähne lauthals an. Ein gewaltiges Durcheinander begann.

"Ich wette zehn Taler auf Cassian!" rief ein Edler im Pelzmantel.

Ein rothaariger Kaufmann erwiderte: "Da halte ich mit!"

Eine edle Dame schrie: "Ich wette fünfzehn auf Wargo!"

"Ruft doch endlich die Wache!" fuhr ein besorgter Veteran dazwischen. "Das ist ja nicht mitanzusehen!"

Plötzlich stürmte Oberst Oremo Harrang an der Spitze seiner Garde heran, um dazwischenzugehen. Die Zuschauer machten Platz, schlossen aber den Kreis hinter dem Oberst und seinen Leuten gleich wieder, um nur ja nichts zu versäumen.

"Aufhören! Sofort aufhören, sagte ich! Hört Ihr schlecht, Ihr Hammel? Ich werde Euch lehren! Hört auf der Stelle auf, Euch zu prügeln!" bellte der Oberst mit seiner besten Befehlsstimme und drosch dabei mit der flachen Klinge auf seine Leutnants ein.

Ein besonders eifriger Soldat eilte mit einem Eimer herbei und goss den Schwall Wasser über die Hitzköpfe. Das brachte sie endlich zur Besinnung. Wargo und Cassian ließen voneinander ab, standen auf und nahmen Haltung an. Mit leiser, zorniger Stimme befahl der Oberst: "Cassian, Wargo! Ihr beide begleitet mich jetzt sofort zu meinem Zelt!"

Die Garde nahm die Offiziere in die Mitte und bahnte sich einen Weg durch die Schaulustigen. Die Gäste blieben verwundert und amüsiert zurück, wandten sich aber bald wieder Speise und Trank zu. Sie setzten ihre Gespräche fort, froh, dass sie nun ein weiteres interessantes Thema hatten.

2. Kapitel

Malina Yagorn zog ihren dicken grauen Mantel aus Wolfsfell enger um die Schultern und starrte angestrengt in die finstere Steppe hinaus. Sie war eine schöne Frau mit langem dunklen Haar und athletischem Wuchs. Ihre wachen Augen blitzten hell in die Dunkelheit.

Die Steppe war seit Jahren ihr Zuhause, und sie hatte sich an das endlose Toben des Sturms schon lange gewöhnt. Nachts war der Wind zum Glück ein wenig schwächer als am Tag, dennoch war es bitterkalt auf der unermesslichen Grasebene. Das Sternenzelt wölbte sich erhaben über der Erde. Nirgends waren die Sterne so kalt und unerbittlich klar zu sehen wie hier in der eisigen Steppe am Rande des Orklandes.

Sie ging zum Feuer, legte etwas Holz nach und erfreute sich an dem Prasseln, als es begann zu brennen. Diese Stunden, in denen sie mit sich allein sein konnte, waren ihr die liebsten. Sie schätzte es, gemeinsam mit ihren Untergebenen vor dem Lager Wache zu halten, auch wenn sie als Korporalin das eigentlich nicht mehr zu tun brauchte. Sie stand dann immer etwas abseits von allen anderen und brachte ein wenig Ordnung in ihren Geist.

Wie einfach doch alles früher gewesen war. Damals, als die Orks ihr Dorf noch nicht niedergebrannt hatten. Als sie noch von ihrer Tante in der Kunst des Schwertkampfes unterrichtet worden war, als Vorbereitung auf die Kriegerakademie. Selbst auf der Akademie war ihr Leben einfach und überschaubar gewesen. Sie hatte sich ohne Mühe in die harte Disziplin gefügt und war schnell vorangekommen, zumal sie den meisten anderen im Kampf überlegen war. So hatte sie recht schnell ihren Kriegerbrief erhalten und war in die Armee des Kaisers eingetreten.

Auch die Zeit in der Armee war zwar gefährlich und entbehrungsreich gewesen, hatte ihrem Leben jedoch Sinn und Ordnung verliehen. Sie war glücklich gewesen, bis zu jenem Tag, als sie die rauchenden Trümmer ihres Dorfes zu sehen bekommen hatte.

Ihr Trupp war einer kleinen Horde von Orks auf der Spur gewesen und hatte sie fast zwei Wochen lang kreuz und quer durchs Grenzland gejagt. Die Fährte der Schwarzpelze hatte sie dann direkt in ihr eigenes Heimatdorf geführt, das die elenden Kreaturen gleichsam im Vorbeigehen dem Erdboden gleichgemacht hatten. Überall hatten die Leichen der Erschlagenen, manche bis zur Unkenntlichkeit verbrannt, gelegen. Kleine Kinder waren von Pferden zertrampelt oder von Pfeilen durchbohrt worden, selbst die Hunde hatten die Orks erschlagen. Einige Menschen hatten sich noch gewehrt und waren wenigstens heldenhaft gestorben. Die meisten jungen Frauen und Männer des Dorfes aber waren von den Orks in die Steppe verschleppt worden. Das Schicksal, das sie erwartete, mochte sich niemand ausmalen. In der Siedlung regte sich kein Leben mehr. Inmitten der sinnlosen Zerstörung hatte sie in der Ruine ihres Elternhauses, der Ruine ihrer unbeschwerten Kindheit, gestanden und Tränen ohnmächtiger Wut vergossen.

Der Leutnant hatte befohlen, alles Verwendbare mitzunehmen, und seine Soldaten hatten sich sogleich ans Plündern gemacht. Malina aber hatte zusehen müssen, wie die Menschen, die ihre Kameraden gewesen waren, sich an den Sachen ihrer Verwandten und ihrer Jugendfreunde bereicherten und alles stahlen, was die Orks nicht mitgenommen hatten. Als sie den Leutnant gebeten hatte, das schändliche Treiben endlich zu unterbinden, hatte dieser nur gelacht und gesagt, der Krieg sei eben so. Noch in derselben Nacht war sie desertiert, hatte ihren Kriegerbrief verbrannt und sich auf die Suche nach einer ehrlichen Arbeit gemacht.

Nun stand sie doch wieder im Sold, wenn es auch eine andere Armee unter einem anderen Befehlshaber war. Sie hatte es in dem Leben, das sie hatte führen wollen, zu nichts gebracht. Sie verstand sich auf nichts anderes als das blutige Kriegshandwerk. Als Händlerin war sie nicht geschickt genug im Schmeicheln und Blenden, vom Handwerk verstand sie gar nichts, einen eigenen Hof konnte sie sich nicht leisten. Die Armee hatte die Suche nach ihr bald aufgegeben. Ein Jahr nach ihrer Desertion hatte sie sich, um nicht betteln zu müssen, als Söldnerin verdingt und trug nun den Namen ihrer Tante Malina.

In den Jahren, die sie nun bei dieser Kompanie war, war sie dem Krieg gegenüber abgestumpft. Ihr Inneres war kalt geworden gegenüber dem Leid und dem Kummer aller anderen Menschen. Sie empfand für die meisten Gegner auf dem Schlachtfeld keinen Hass und keinen Groll. Nur die Orks hasste sie mit einer Inbrunst, die ihren Vorgesetzten und ihren Leuten unheimlich war. Malina kümmerte sich aber nicht um ihren Ruf, denn sie wusste, dass ihre Leistungen im Kampf und in der Führung sie unentbehrlich machten.

Dennoch spürte Malina, dass sie bei allem, was in letzter Zeit geschehen war, sicher verrückt geworden wäre ohne die einsamen Stunden unter den kalten, gleichgültigen Sternen.

Manchmal fragte sie sich, ob es klug gewesen war, jenen seltsamen Weg zu gehen, den sie mit ihren Verbündeten eingeschlagen hatte. Sie hatten sich auf etwas eingelassen, das ihnen große Macht, aber auch große Gefahr versprach. Der Preis, den sie für die Macht bezahlten, war nicht gering. Sie hatten große Verluste unter den Leuten, und Malina wusste, warum das so war.

Sie wandte sich von diesen Gedanken ab und sah von ihrem Hügel zum Lager hinunter. Auch dieses Lager, ihr Zuhause, war ein Sinnbild für den Wahnsinn, der die ganze Welt beherrschte. In ordentlichen Reihen standen dort die Wohnzelte innerhalb der hölzernen Palisaden. Zwei Abteilungen und die Garde in ihren eigenen kleinen Lagern, zwischen denen sich der Hauptplatz befand. Ihre Kampfgruppe hatte die Zelte am Südrand des Lagers aufgebaut, im Gebiet der Ersten Abteilung Leutnant Brandrots, kaum dreihundert Schritt von dem niedrigen Hügel entfernt, auf dem sie stand.

Trotzdem war all diese äußere Ordnung nur eine Fassade für den Hexenkessel voll Hass und Gewalt, der jedes Mal überkochte, wenn das mörderische Wüten der Schlacht begann. Auch sie spürte diese Kreatur in sich, die aus dem Menschen hervorbrach und alles, was edel und gut war, vergessen machte. Wenn der Kampf erst begonnen hatte, zählte nichts mehr als das nackte Leben. Nichts war mehr wichtig, außer den Feind zu töten, bevor man selbst getötet wurde.

Aber die Sterne über ihr kümmerte das nicht. Sie hörten nicht einmal zu, wenn Malina ihnen davon erzählte.

Die Zeit der mitternächtlichen Ablösung nahte, und Malina löschte ihr kleines Feuer. Sie machte sich langsam auf den Weg zurück ins Lager. Morgen würde sie viel zu tun haben. Hassim, der novadische Kundschafter, hatte Kunde gebracht von einem kleinen Trupp Orks, der anscheinend auf einem einsamen Raubzug unterwegs war. In seinem Weg lag ein kleines Dorf, nicht ganz eine halbe Tagesreise vom Lager entfernt. Dort wollte Oberst Harrang die plündernden Orks zum Kampf stellen und ihren Zug aufhalten. Noch vor der Dämmerung sollten drei der Kampfgruppen aufbrechen, um das Dorf vor den Schwarzpelzen zu schützen.

Die erste Abteilung zog vollzählig in den Kampf. Die Garde und die Kampfgruppe von Korporal Viktor Gars sollten zur Sicherheit im Lager bleiben. Dieser Korporal war ein fetter, ängstlicher Mann, der sein armseliges Leben mit maßlosem Fressen und Saufen verbrachte. Außerdem hatte man mehr als einmal gesehen, wie er sich nächtens einen Stallburschen zu sich ins Zelt geholt hatte. Es gab zwar Leute, die behaupteten, er wäre ein wacher Geist und ein brillanter strategischer Denker, doch Malina hatte davon noch nichts gemerkt.

Sie musste noch mit Cassian sprechen, der morgen das Kommando haben würde. Sie wollte, dass er die Aufstellung so festsetzte, dass sie mit ihrer Gruppe nicht neben Khorrim Kanthart zu stehen kam.

Auf dem Weg durchs Lager fragte sich Malina erneut, warum sie Khorrim den Schänder noch nicht zum Zweikampf gefordert hatte.

"Wargos Kettenhund ist die übelste Kreatur, die auf Erden wandelt", sprach sie zu sich. "Er ist ein Untier, dessen Atem die Welt verpestet, und seine Männer und Frauen sind eine Bande von Mordgesindel, wie sie kein Offizier unter seinem Kommando dulden dürfte."

Dennoch konnte es sich Oberst Harrang nicht erlauben, ihn endlich fortzujagen, wie es ihm gebührte. Jeder Krieger wurde gebraucht, selbst Khorrim und sein verkommenes Pack, die allesamt das Glück für sich gepachtet hatten, wie es schien. Keiner kehrte mit weniger Verlusten heim, und keiner machte mehr Beute als er, den auch sein eigener Leutnant Wargo von Baliho lieber heute als morgen losgeworden wäre.

Malina trat nach einem Stein auf ihrem Weg. Sie lachte innerlich beim Gedanken an das, was die Zukunft bringen würde. "Auch deine Stunde wird noch schlagen, Khorrim", dachte sie. "Vielleicht sogar schneller als alle sich vorstellen können."

3. Kapitel

Der nächste Tag begann sehr früh für jene, die in den Kampf ziehen sollten. Es war eigentlich noch mitten in der Nacht gewesen, als die Wachhabenden durch die Reihen der Zelte gegangen waren und alle aus den Betten geholt hatten. Die Rossknechte waren schon seit mehr als einer Stunde auf den Beinen. Sie hatten die Pferde angeschirrt und gesattelt und das Gepäck festgezurrt. Die Köche hatten noch eine letzte Stärkung zubereitet.

Nun machten sich die Soldaten marschbereit. Der Lärm des erwachenden Lagers erfüllte die kalte Nachtluft. Cassian Brandrot stand vor seinem Zelt und überwachte die Vorkehrungen, die im Licht zahlreicher Fackeln getroffen wurden. Er nahm Meldungen entgegen, gab Befehle und sehnte sich dabei nach der schönen Shahadri, die er im Zelt hatte schlafen lassen.

Ihretwegen hatte er sich im Lager schon manchen Händel eingefangen. Oft hatten hohe Herren ihn davon überzeugen wollen, dass es sich nicht zieme, eine Tulamidin als Konkubine zu halten. Cassian hatte sich mehr als einmal sehr weit vorgewagt in der Verteidigung seiner Geliebten. Es war eigentlich ein Wunder, dass er sich noch keine mächtigen Feinde damit gemacht hatte – seines Wissens zumindest nicht.

Shahadri vergalt ihm die Treue mit ihrer Liebe und ihrem stets weisen Rat. Ohne ihre klugen Vorschläge hätte er seine Aufgaben in der Verwaltung, die sein Offiziersrang ihm abverlangte, nie erledigen können.

Er wusste, dass einige seiner Leute sich mit ihren Anliegen zuerst an seine Geliebte wandten, damit sie bei ihm ein gutes Wort einlegte. Damit war er gar nicht unglücklich, denn Shahadri besaß einen scharfen Blick für das Wesentliche. Sie verstand es oft, seine

Aufmerksamkeit auf Dinge zu lenken, die er selbst nicht beachtet hätte.

Nach dem Aufruhr bei der Ordensverleihung war Cassian froh, das Lager zu verlassen. Er freute sich darauf, wieder ein wenig Kampfesluft zu atmen. Die Prügelei mit Wargo hatte eine empfindliche Geldbuße nach sich gezogen und beide Leutnants in der Achtung Oberst Harrangs beträchtlich sinken lassen. Daher war Cassian sehr froh, dass er heute die Gelegenheit bekam, seinen guten Ruf wiederherzustellen.

Auch wenn er dachte, dass der Oberst mehr an sein eigenes Ansehen gedacht hatte als an Cassians Ruf. Denn es war offensichtlich, dass Oberst Harrang nach der Blamage der Ordensverleihung einen schnellen Erfolg brauchte, um die Geldgeber der Kompanie bei der Stange zu halten.

Auf dem großen Hauptplatz des Lagers hatte inzwischen Khorrim Kanthart seine Gruppe antreten lassen, was Cassian schmerzhaft in Erinnerung rief, wie furchtbar er mit seiner Korporalin Malina in Streit geraten war. Wieder war es um die Schlachtaufstellung gegangen. Sie hatte sich kurz nach dem Aufstehen bei ihm angemeldet. Er hatte sie im Morgengewand in seiner Schreibstube empfangen. Als Schreibstube diente ihm der vordere Teil seines Zeltes, wo er ein paar bequeme Stühle und einen Tisch hatte aufstellen lassen. An den Zeltplanen waren Karten befestigt von der umgebenden Steppe. Er hatte sie gebeten, Platz zu nehmen, doch sie war stehengeblieben, die Hand verkrampft um den Knauf eines ihrer Schwerter gelegt.

"Ich werde auf keinen Fall in der Nähe von Khorrim und seiner Bande kämpfen!" hatte sie ihm klargemacht. "Wenn Ihr das von mir verlangt, dann weiß ich nicht, ob ich meinen Pflichten nachkommen kann. Es ist schon eine Zumutung, überhaupt mit dieser

Kreatur auf derselben Seite in der Schlacht stehen zu müssen."

Sie hatte sich mit dieser Drohung bis hart an die Grenze der Befehlsverweigerung gewagt. Ihre zornblitzenden Augen hatten Cassian fast Angst eingejagt. Er hatte wohl oder übel nachgeben müssen. "Na gut", hatte er gesagt. "Dann werde ich bei der Aufstellung darauf achten, dass ihr euch nicht zu nahe kommt. Du sollst deinen Willen haben, wenn du versprichst, friedlich zu sein."

Malina hatte sich sofort versöhnlich gegeben, trotzdem war bei ihnen beiden ein ungutes Gefühl zurückgeblieben, bei dem Cassian nicht wohl im Bauch war. Erneut erschreckte ihn der Hass, den diese Frau in ihrem Herzen trug. Er betete zu Rondra, dass dieser Hass nicht eines Tages ihn selbst treffen möge.

Khorrim Kanthart scheuchte inzwischen lustvoll seine Leute über den Hauptplatz und ließ sie ein wenig im Dreck herumkriechen. Er war fest davon überzeugt, dass seine Soldaten viel besser kämpften, wenn er sie am Tag der Schlacht ein paar Stunden in sinnlosem Drill piesackte, bis sie richtig wütend auf ihn waren. Er hatte, auch wenn niemand, der ihn kannte, dies für möglich gehalten hätte, ein feines Gespür für die Gefühle anderer Menschen. Er würde seine Kämpfer auch während des Marsches mit einer genau abgestimmten Menge an Beschimpfungen und Schlägen traktieren, damit ihre Wut nicht verrauchte.

Wenn er sie nach einer solchen Behandlung in die Schlacht entließ, konnten sie sich richtig austoben. Dort im Kampfgetümmel würden sie den Zorn, den sie gegen ihren Anführer empfanden, über den Köpfen der Feinde entladen. Mehrmals schon hatte Khorrim mit diesem Vorgehen seine Leute an den Rand der Rebellion getrieben. Doch trotz aller Härte und Grausamkeit, die er gegen seine Leute anwandte, hatte sich noch keiner gefunden, der es gewagt hätte, sie zu offenem Aufstand zu führen.

"Ich bin eben ein Glückskind!" lachte er in sich hinein. Er sah sich auf dem Hauptplatz um, als wäre er der König dieses kahlen Stückchens Erde, und warf seinen Bierhumpen nach einem Soldaten, der nicht schnell genug auf dem Bauch robbte.

"Sieh dir das nur an. Was für eine Truppe habe ich da zu führen!" sprach Cassian zu Hassim, dem Kundschafter, der sein struppiges schwarzes Pferd neben ihn gelenkt hatte.

Er ließ den Blick über die drei angetretenen Kampfgruppen und ihre Korporale schweifen.

Zur Linken saß auf einem nachtschwarzen Pferd Malina Yagorn mit ihren zwei Schwertern, eins an der Seite, eins auf dem Rücken. Ihre blank polierte Rüstung schimmerte im Fackelschein und verlieh ihrer schlanken Gestalt einen fast unirdischen Glanz. Sie strich ihr dunkles Haar aus der Stirn und schaute zum Nachthimmel empor. Sie wich Cassians Blick aus, wie sie es bei jedem Menschen tat. Die Welt, in der sie am Tag eines Kampfes war, war nicht für andere bestimmt.

Zur Rechten thronte Khorrim Kanthart auf seinem Falben und forderte Cassian mit seinem frechem Blick heraus. "Seht mich genau an! Eines Tages werde ich an Eurer Stelle sein!" schien dieser Blick sagen zu wollen.

In seinen hellen Augen blitzte eine unbezähmbare Gier nach Gold, Blut und Macht. Khorrim war ein Mensch, bei dem Cassian fast körperliche Abscheu empfand. Er fühlte, wie sehr er sich ekelte vor diesem kleinen, breiten Mann mit seinem mausbraunen Haar, seinen teuren Stiefeln und dem grotesken Schlapphut, den er über dem Helm trug.

In der Mitte des Hauptplatzes schnaubte ein großes, struppiges Pferd mit gescheckten Fell unter der Last eines gewaltigen Mannes. Es war Vallbrand Eisenfaust, der Axtschwinger. Er war der beste Freund, Kampfgefährte und Saufkumpan Cassians seit den ersten Tagen ihres gemeinsamen Söldnerlebens. Der Leutnant freute sich bei der Erinnerung an die vielen Abenteuer, die sie gemeinsam glücklich überstanden hatten. Seine Gedanken schweiften ab, und er stellte sich die neuen großen Taten vor, die sie gemeinsam vollbringen würden. Niemandem in der ganzen Kompanie, ausgenommen vielleicht Shahadri, war er so von Herzen zugetan wie dem rothaarigen Thorwaler, der so oft im dicksten Kampfgetümmel an seiner Seite gewesen war.

Hassim, der novadische Kundschafter, zwirbelte lächelnd seinen eindrucksvollen schwarzen Schnauzbart. Er war stets bunt gekleidet und gut gelaunt. Wenn Cassian ihn an der Seite hatte, wusste er, dass ihm nichts und niemand auf der Welt verborgen bleiben konnte. Manchmal war es fast unheimlich, wie leicht Hassim eine Fährte, einen verborgenen Weg oder einen versteckten Feind aufspüren konnte.

"Wir sind fertig zum Aufbruch, Herr Leutnant", sagte Hassim mit einem ganz leichten Akzent in seiner angenehmen Stimme. Er benutzte die formelle Anrede, weil es um Dienstliches ging. Privat duzten sich die beiden. "Das Wetter wird halten, wenn Rastullah will, und wir können mit guten Wegverhältnissen rechnen."

Cassian wandte sein Pferd um und sagte: "Gut, Hassim. Reite voraus."

Er sah sich kurz nach dem Zelt des Oberst um, musste aber feststellen, dass der sich nicht wie üblich herausbegeben hatte, um die Fortziehenden zu verabschieden. Sein Groll musste immer noch sehr groß sein.

Der Marsch zum Dorf verlief einigermaßen ruhig und geordnet. Ostwärts zog der kleine Heerwurm durch die Steppe, mit fünfundvierzig Reitern und hundertfünfzig Kriegern zu Fuß, in den anbrechenden Tag hinein. Hassim und seine Kundschafter waren auf ihren schnellen Pferden ein paar Meilen voraus und kundschafteten die Gegend aus. Hinter ihnen ritt Cassian mit seiner Leibwache an der Spitze der Reiterei. Khorrim Kanthart führte die erste Gruppe, Vallbrand Eisenfaust die zweite, und Malinas Leute bildeten die Nachhut. Khorrim behandelte seine Leute während des ganzen Marsches in seiner gewohnt üblen Weise. Einige Male musste Cassian einschreiten, wenn er seine Untergebenen zu arg traktierte. Der Leutnant machte sich Sorgen, dass Khorrims Verhalten die ganze Truppe in Unordnung bringen könnte.

Cassian ritt zu ihm hin, nahm ihn beiseite und sprach leise, aber eindringlich zu dem kleinen Korporal: "Die Methoden, die du anwendest, widern mich an, Khorrim! Du selbst widerst mich an. Ich befehle dir, sofort mit deiner schändlichen Quälerei aufzuhören. Es ist ja nicht mit anzusehen, wie du deine Leute schindest!"

Khorrim lächelte verschmitzt und erwiderte, übertrieben unterwürfig: "Wenn es dem kommandierenden Herrn Leutnant nicht recht ist, wie ich meine Leute behandle, werde ich das selbstverständlich sofort ändern. Ich werde ihnen statt dessen, mit der gütigen Erlaubnis des kommandierenden Herrn Leutnants, befehlen, ein fröhliches kleines Marschlied zu singen."

Cassian wandte sich von ihm ab. Er spürte heißen Zorn in sich emporsteigen, doch er musste sich beherrschen. Er hätte größte Lust, den Korporal zu verprügeln, doch wegen des Aufruhrs, den das erzeugen musste, konnte er das nicht wagen. Khorrim unterließ das Peinigen seiner Leute tatsächlich, aber das Lied, das sie sangen, war derart obszön, dass Cassian sich kurz überlegte, auch das zu verbieten. Doch er wollte keinen Streit mehr mit Khorrim und ließ sie singen. Die Leute unter seinem Kommando waren nicht so zart besaitet, dass sie es nicht ertragen hätten.

Um die Mittagszeit kehrten Hassim und seine Kundschafter von einem Erkundungsritt zurück. Sie berichteten Cassian, sie hätten die Orks etwa zehn Meilen voraus in der Steppe gesichtet. Cassian ließ seine Truppe eine letzte Rast machen und noch einmal Essen fassen.

In Cassians Abteilung hatte sich eine besondere Sitte eingebürgert. Vallbrand ließ immer während der Vorbereitungen zu einer Schlacht einen riesigen Kupferkessel aufstellen. Dieser Kessel war reich ziseliert und so schwer, dass es der Kraft von vier Männern bedurfte, ihn zu bewegen. In diesem Gefäß bereitete Vallbrand über einem prasselnden Feuer ein Getränk zu. Es war dunkel und trüb, schmeckte ein wenig bitter, aber auch süß und schien eine große Menge Alkohol zu enthalten.

Als Cassian ihn einmal nach der Herkunft und der Wirkung des Getränks befragt hatte, hatte Vallbrand nur gemeint: "Das ist eine uralte Sitte. Und es ist ein uraltes Getränk. Ich weiß nicht, wo es herkommt, aber ich habe einen guten Vorrat davon."

"Und du meinst wirklich, dass dieses Getränk unsere Leute stärker macht?" hatte Cassian gefragt.

"Vielleicht. Bei den Thorwaler-Schnäpsen kann man nie sicher sein", hatte Vallbrand geheimnisvoll geantwortet.

"Aber unsere wirkliche Kraft kommt von den Göttern. Meinst du nicht?" hatte Cassian entgegnet.

Vallbrands Antwort war kurz und rätselhaft: "Ja, so mag es wohl sein." Dann hatte er gelacht und Cassian freundschaftlich in die Seite gestoßen. Cassian hatte der Frage später keine Bedeutung mehr zugemessen. Er freute sich, dass es etwas gab, das alle Leute in seiner Abteilung miteinander verband.

Cassian besprach im Windschatten einiger verkrüppelter Büsche mit Hassim und den Korporalen die Schlachtordnung.

Malina war etwas besorgt. "Ich frage mich, wo wir die Bogenschützen aufstellen sollen", begann sie. "Hügel und Bäume gibt es hier nicht, und Hassim berichtet, dass der Fluss, der durchs Dorf fließt, nicht auf dem Weg der Schwarzpelze liegt. Ich weiß nicht, wo wir in diesem Gelände irgendeine Deckung finden sollen. Vielleicht sollten wir die Orks lieber im Dorf erwarten, wo wir die Bogner im Schutz der Häuser lassen könnten?"

"Im Dorf?" meinte Cassian. "Nein, im Dorf möchte ich mich nicht verschanzen. Das bringt die Bewohner nur noch mehr in Gefahr. Außerdem können wir unsere Reiter dort nicht einsetzen. Ich möchte lieber versuchen, die Orks schon bei ihrem Anmarsch zu erwischen. Ich möchte ihnen nicht den ersten Schlag überlassen. Wer in der Schlacht einmal im Hintertreffen ist, verliert sie."

"Mach dir mal keine Sorgen um die Schützen" sagte Vallbrand, zu Malina gewandt. "Ich werde mich mit meinen Leuten einfach vor sie stellen. Wir bieten euch eine bessere Deckung als jedes Haus, egal ob aus Holz oder Stein. Solange wir da sind, kann euch nichts geschehen. An uns kommen die Orks nie vorbei."

Cassian beschloss: "Gut, Vallbrand. Dann übernimmst du die Mitte. Malina geht nach links, Khorrim geht nach rechts. Ich nehme die Reiterei und gehe an die linke Flanke. Wir bleiben zunächst noch in Marschkolonnen, erst auf meinen Befehl schwenken wir in Schlachtreihen. Alles klar?"

"Klar!" riefen Vallbrand und Malina. Sie machten sich auf den Weg zu ihren Leuten. Khorrim lümmelte faul auf dem Boden herum und brummte etwas Unverständliches.

"Korporal Kanthart! Hast du meinen Befehl verstanden? Soll ich ihn noch einmal wiederholen?" fragte Cassian mit einigem Nachdruck.

"Keine Angst. Hab schon alles verstanden. Keine Angst, Herr Leutnant. Das ist heute nicht meine erste Schlacht. Ich mach schon alles richtig." Bei diesen Worten verzog sich Khorrims schiefer Mund zu einem respektlosen Grinsen. Er machte keine Anstalten, sich zu erheben.

Cassian hatte gute Lust, ihn auf sein freches Maul zu schlagen, besann sich aber darauf, dass er von den umstehenden Soldaten beobachtet wurde. Er schluckte den bitteren Klumpen Zorn, der ihm hochgekommen war, wieder hinunter und ging zu seiner Reiterei.

Cassian befahl den Abmarsch, und alle seine Leute machten sich fertig. Der Wind, der bisher stetig in ihrem Rücken gewesen war, blies ihnen nun entgegen. Cassian freute sich über diese seltsame Launen der Götter, denn es war in dieser Gegend selten, dass der Wind drehte. Nun würden sie die Orks schon sehr viel früher hören können, und der Staub, den sie selbst aufwirbelten, würde ihnen nicht vorangeblasen. So würden sie freie Sicht nach vorn haben.

Eine Stunde später blies der Steppenwind die Staubwolke der vorrückenden Orks heran.

Hassim schätzte die Lage ein. "Wahrscheinlich können sie uns noch nicht sehen", meinte er. "Sie sind zwar schon auf zwei Meilen an uns heran, aber der Staub, den sie aufwirbeln, nimmt ihnen, Rastullah sei Dank, die Sicht. Wir haben eine gute Ausgangslage für die Schlacht. Trotzdem sollten wir uns jetzt aber beeilen, bevor der Wind wieder dreht."

Cassian, der neben ihm ritt, gab seinem Bannerträger einen Befehl. Der gab das Zeichen zum Ändern der Formation, und die Reiterei schwenkte nach links aus und damit an die Außenseite der Schlachtordnung. Die drei Kampfgruppen nahmen ihre vorbestimmten Positionen ein, und die kleine Armee rückte in Schlachtaufstellung vor. Das Dorf, zu dessen Schutz sie aufgebrochen waren, lag ruhig und sicher etwa eine Meile links hinter ihrem Rücken.

Den Orks war noch nie so sehr die Sicht vernebelt worden vom ewigen Wind wie an diesem seltsamen Tag. In einer Wand aus Staub ritt Bhatrach der Schlitzer an der Spitze des Orkzuges. Seine Augen brannten, und es kratzte ihn unangenehm in der Kehle. Er war ein stattlicher Orkmann, mit einem glänzenden Pelz und mächtigen Hauern gesegnet. Sein leuchtend grüner Samtumhang schien ihn wie ein lebendiges Wesen umfassen zu wollen, geformt von einem Wind, der nur wenig schneller blies, als er mit seinen Leuten vorwärts kam.

Woher er den Umhang hatte, war für Bhatrach ohne jede Bedeutung. Auch hätte es ihn kaum gekümmert, hätte einer seiner Menschensklaven ihm zu sagen gewagt, dass es der Umhang einer vornehmen Dame war. Entscheidend war nur, dass ihm das Gewand langweilig geworden war. Deshalb hatte er sich nun auf die Suche nach einem neuen gemacht, und solche Umhänge bekam man nur bei den Glatthäuten.

Er hatte mit dem Kriegsherrn ein wenig streiten müssen, um genug Krieger für einen kleinen Beutezug zu bekommen, aber Argrazuch war gnädig gestimmt gewesen. Er hatte mit seinen neuen Spielzeugen genug zu tun gehabt, wofür Bhatrach kein Verständnis hatte. Er hasste derart vertrackte Dinge, doch es war ihm angenehm, dass der Kriegsherr dadurch beschäftigt war und ihn machen ließ, was er wollte. So war Bhatrach nun wieder einmal auf dem Weg nach Westen, um sich und seinen Männern etwas Neues zu gönnen. Er liebte die Plünderzüge, denn sie gaben einem Krieger

Gelegenheit, seinen Mut zu beweisen und schöne Dinge mit nach Hause zu nehmen.

Als sich der Wind ein wenig verstärkte und den Staub weiter voraus blies, gewahrte Bhatrach der Schlitzer plötzlich eine Wand aus Metall, Leder und Fleisch, die sich kaum fünfhundert Schritt vor ihm aus der Steppe erhob. Mitten auf der endlosen Grasebene, mitten in seinem Weg, stand eine Ansammlung von gerüsteten und gut bewaffneten Menschen.

Bhatrach war ein wenig verwirrt. Er hatte nicht damit gerechnet, dass bei diesem unbedeutenden Dorf eine Armee stand. Auch seine Leute bemerkten die Armee der Gegner und wunderten sich nicht weniger als ihr Anführer. Bhatrach schwankte kurz in seinem Entschluss, heute noch einen Plünderzug zu unternehmen. Eigentlich war er zu einem regelrechten Kampf nicht in der richtigen Stimmung.

Er drehte sich im Sattel um und prüfte die Stimmung seiner Männer. Sie waren kampflustig und schienen einer Schlacht durchaus nicht abgeneigt. Einige stimmten schon Kriegsgesänge an.

Die Rotschilde brüllten ihm zu: "Lass uns angreifen! Befiehl den Angriff! Lasst sie uns niedermachen!"

Damit war Bhatrachs Entscheidung gefallen. Er gab seinen Bläsern ein Zeichen mit dem Säbel. Sie stießen aus Leibeskräften in die heiligen Kampfhörner, dass es weithin über die Ebene schallte. Der Zug der Orks fiel zuerst in einen schnellen Schritt, dann rannten alle plötzlich los, als hätten sie ein geheimes Zeichen vernommen. Den Wind im Rücken, raste die schwarzpelzige Flut donnernd auf die Menschen zu.

Cassian mahnte seine Leute zur Ruhe. "Ihr habt schon mehr als einmal gehört, wie sie brüllen!" rief er. "Lasst euch nicht reizen. Lasst sie herankommen."

Die Männer und Frauen blieben tatsächlich

unbeeindruckt von den farbenprächtigen Bannern und dem unbeschreiblichen Lärm. Auch der Gestank der Orks, den der Wind ihnen entgegenwehte, konnte ihnen nichts anhaben. Sie hatten schon oft Orks kämpfen sehen und wussten, dass es nur darauf ankam, den ersten Ansturm auszuhalten.

Cassian wartete ab, bis die reitenden Bogenschützen der Orks ihren Kriegern ein gutes Stück voraus waren. Dann ließ er seine Reiter in einem sehr gewagten Manöver zwischen den feindlichen Reihen angreifen. Sie bewegten sich dabei quer zur Richtung der Schlacht und waren in Gefahr, zwischen den Fronten eingekeilt zu werden. Die Orks hatten kaum Zeit, eine Salve abzugeben, da war Cassian schon über sie gekommen. Mit donnerndem Getöse prallten seine gepanzerten Reiter auf die Bogner. Einige wurden aus dem Sattel gestochen, andere mitsamt ihren kleinen, struppigen Pferden einfach umgeworfen von der Wucht des Zusammenstoßes.

Cassians Schwert, ein Geschenk seiner Geliebten Shahadri, schnitt in pfeifenden Bögen durch Leder, Fell und Knochen. Eine Handvoll Orks stellte sich mit ihren Krummsäbeln zum Kampf und wurde von den lanzenbewehrten Reitern niedergemacht, wenige nur konnten ihr Heil in der Flucht suchen.

Inzwischen war die Hauptmacht der Orks gefährlich nahe herangekommen, und Cassian musste seine Reiter wenden lassen, um sie aus der Sturmrichtung zu schaffen. Mit wehenden Bannern ritten sie zurück, um die Orks in weitem Bogen zu umgehen und ihnen in den Rücken zu fallen.

An der rechten Flanke ging inzwischen Khorrim Kantharts Gruppe zu ihrem ungestümen Angriff über. Ihr Sturm stand in Wildheit und Kraft dem der Orks in nichts nach. Mit lauten, blutgierigen Schreien brachen sie in die linke Seite der Orkreihen. Khorrim war mitten unter ihnen und kämpfte wie immer an vorderster Front. Zu Fuß drängte er sich zwischen die verkeilten Leiber und ließ seinen Hammer auf die Schädel seiner Feinde niedersausen. Das Blut spritzte um Khorrims Leute bis zu ihren Schultern empor, Knochen und Schilde barsten unter ihren mächtigen Hieben, und Pfeile schwirrten über den Häuptern der Krieger.

Bhatrach war stehengeblieben und versuchte inmitten seiner Garde den Verlauf des Kampfes einzuschätzen. Er war unentschlossen, an welcher Stelle der Schlacht er eingreifen sollte. Überall zugleich schien alles schiefzugehen. Seine Reiterschützen waren zerstreut, die linke Flanke brach unter der Mordlust Khorrims und seiner Bande zusammen, und die Furie auf dem schwarzen Pferd jagte ihre Leute gegen seine rechte Seite.

Fieberhaft suchte er gerade nach einem Ausweg aus dem schrecklichen Durcheinander, als ihn ein giftiger Schmerz zwischen den Rippen zusammenzucken ließ. Verwundert und ärgerlich sah er an sich herunter auf den rotgefiederten Pfeil, der ihm aus dem Leib ragte. Während er den Pfeil abbrach, suchte er weiter nach einer Möglichkeit, die Schlacht doch noch glücklich zu entscheiden. Das Dorf war schon in Sichtweite, die Beute schon fast zu greifen. Am liebsten wäre er eigentlich umgekehrt und nach Hause geritten, denn der Kampf, den er überhaupt nicht gewollt hatte, entwickelte sich zu seinen Ungunsten. Zudem hatte er Schmerzen in der Seite wegen des Pfeils und war gar nicht mehr gut gelaunt. Auf der anderen Seite war es keine ganze Meile mehr bis zum Dorf, und er wollte seine Männer jetzt, im Angesicht der Beute, nicht nach Hause führen.

So beschloss er schweren Herzens, an der linken Flanke einzugreifen und dem Blutsäufer mit dem Schlapphut entgegenzutreten. Dort rechnete er sich größere Chancen aus, denn Khorrims Leute waren nicht beritten.

Vallbrands Truppen hatten unterdessen noch immer nicht viel zu tun gehabt, denn die Orks waren nicht nahe genug herangekommen, um die Bogenschützen ernsthaft zu gefährden. So ließ er zwanzig Mann bei den Schützen zurück. Er selbst saß ab und machte sich mit seinen besten Männern und Frauen in beinahe gemächlichem Schritt auf den Weg ins Getümmel.

Links vor sich sah er Malina an der Spitze ihrer Krieger in die dicht gestaffelten Massen der Orks sprengen. Rechts hatten sich Khorrims Leute und die Schwarzpelze zu einem blutigen Knäuel aus Fleisch und Metall verkeilt, in das er nicht hineinstoßen wollte. Zudem mochte er Khorrim auch nicht besonders und wollte ihm nur im Notfall zu Hilfe eilen. Cassian sah er nicht, was ihm aber keine Sorgen machte, da der Leutnant schon auf sich aufpassen würde.

"Mitten durch!" brüllte er deshalb, und seine Krieger griffen den Schlachtruf begeistert auf und fielen in Laufschritt. Vallbrands Elite bestand nur aus Menschen, die ihm in der Statur nur wenig nachstanden, und so hatten sie keine Mühe, als Keil tief in die Reihen der Orks hineinzustoßen, mitten ins dichteste Gewühl, wo es ihnen am besten gefiel.

Schnell löste sich der ordentliche Keil der Thorwaler auf. Zwischen ihnen und den stärksten der Orks entwickelte sich die Schlacht zu einem blutigen Gemetzel. Beide Seiten kämpften mit wilder Entschlossenheit. Obwohl Vallbrands Leute zahlenmäßig deutlich unterlegen waren, schafften sie es irgendwie, diesen Nachteil durch ihre ungestüme Kampfesweise auszugleichen. Sie waren überzeugt, die besten Kämpfer der Welt zu sein, denn sie wussten, dass ihnen höhere Mächte als die ihrer starken Arme und blitzenden Waffen zur Seite standen.

Vallbrand spürte, wie ihm der rote Schleier vor die Augen ziehen wollte. Die ersten Anzeichen der schrecklichen, zerstörerischen Wut des Berserkers zeigten sich schon. Doch er musste sich im Zaum halten. Dies war weder die Zeit noch der Ort, um sich ganz hinzugeben. Es war nur eine kleine Schlacht gegen einen schwachen Feind.

An der rechten Seite waren die Krieger Khorrim Kantharts schon durchgebrochen und fassten die Orks jetzt im Rücken. Ein schwarzer Pfeil hatte den Hut des Korporals durchbohrt und hing fest. Seine Sicht war dadurch behindert, also blieb er stehen und nahm den Hut ab, um den Pfeil zu entfernen. Plötzlich dröhnte sein Helm wie eine Glocke, zum Klingen gebracht von einem Orksäbel. Blitzschnell schlug er mit dem Hammer in einer Drehung hinter sich. Ein lautes Knirschen bestätigte ihm, dass er mit der spitzen Seite des Hammers ein Gesicht getroffen hatte. Als er sich ganz umgewandt hatte, fiel sein Blick auf eine junge Kriegerin, die anstelle ihrer Nase und ihres Mundes eine klaffende Öffnung im Schädel hatte, aus der sie Blut und Schleim hustete. Ihre Hand war um ein Schwert gekrallt, das im Herzen eines Orks mit rotem Schild steckte. Der Ork hatte genau hinter Khorrims Rücken gestanden, und es war sein Säbel gewesen, der ihn so schwer getroffen hatte.

Khorrim zog den Pfeil aus seinem Hut, setzte ihn wieder auf und ging mit einem mitleidigen Seufzer weiter seinem Bluthandwerk nach. Daran, dass er gerade eine seiner eigenen Kämpferinnen getötet hatte, wollte er keinen weiteren Gedanken verschwenden.

Bhatrach hatte unterdessen seine Garde zum Sturm auf Khorrims Leute formiert. Seine wilden Krieger zogen eine bluttriefende Schneise der Vernichtung durch ihre Reihen. Sein Säbel, der geformt war wie das Beil eines Schlachters, summte auf und nieder. Sein ehemals schöner Umhang hing in Fetzen von ihm herab, und er blutete aus vielen kleinen Wunden. Er war mit den Gedanken nicht ganz bei der Schlacht und achtete kaum auf das, was um ihn herum geschah. Der Tag, der so schön begonnen hatte, schien einen unglücklichen Ausgang zu nehmen. Bhatrach kämpfte lustlos, beinahe kam ihm das Geschehen um ihn herum wie ein Traum vor.

So fand er sich bald etwas abseits von der Hauptschlacht wieder und sah eine Menschenfrau, die gerade ihr Schwert aus einem toten Ork zog. Sie war armselig in graue Lumpen gekleidet und trug, soweit er sehen konnte, keine Rüstung.

Er fragte sich, ob sich hier wohl eine Frau aus dem nahen Dorf in die Schlacht verirrt hatte, und ging neugierig auf sie zu. Als er gerade seinen Säbel hob, um sie zu töten, warf die Frau sich plötzlich zur Seite, drehte sich um und sprang ihn an, schneller, als er den Säbel führen konnte. Weit riss Bhatrach der Schlitzer die Augen auf, als ihr Schwert ihm mit durchdringendem Knirschen in den Unterleib fuhr. Fassungslos starrte er in das Gesicht der Frau, die ihn getötet hatte, und erkannte, dass sie gar kein Mensch war, sondern eine Elfe. Ihre nachtschwarzen Augen sprühten kaltes Feuer in sein Antlitz. Grässliche Narben verunzierten ihre Wangen, ihre Stirn und ihr Kinn. Sie grinste ihn breit an und zog ihr Schwert aus ihm, der Säbel entglitt seiner Hand. Bhatrach der Schlitzer kippte vornüber, während ihm der Kopf vom Rumpf flog, abgetrennt vom Schwert der hohlwangigen Elfe.

Leutnant Cassian Brandrot führte zur gleichen Zeit seine Reiter in den Rücken der Orks, die vorn von Malinas Kämpfern bedrängt wurden. Die Schlacht war für die Schwarzpelze verloren. Die Mitte der orkischen Schlachtreihe wandte sich schon vor Vallbrands Ansturm zur Flucht, und auch auf Khorrims Seite waren von den Schwarzpelzen nur wenige stehen geblieben. Malina, die mit den wenigsten Kämpfern hatte auskommen müssen, weil die meisten Schützen aus ihrer Gruppe stammten, hatte die Orks ins Wanken gebracht. Cassians Ansturm brach ihre Reihen vollends auf, und sie wandten sich zur Flucht.

So war die Schlacht nach wenigen Minuten geschlagen.

Cassian sammelte die Reiterei. "Ihnen nach!" befahl er. "Lasst sie nicht entkommen!"

In einer riesigen Staubwolke sprengten die Reiter hinter den Fliehenden her und hatten sie bald eingeholt. Die Orks, die keine Möglichkeit fanden, sich auf der kahlen Steppe zu verbergen, wurden niedergemacht.

Von hundert Kriegern, die ausgezogen waren, um Beute zu machen, sollten nur acht nach Hause zurückkehren.

4. Kapitel

Die Verfolgung der fliehenden Orks, das Beutemachen und die Suche nach Verwundeten hatten bis in den späten Nachmittag hinein gedauert. Hassim der Kundschafter und die Korporale besprachen mit Cassian im spärlichen Windschatten einiger Büsche den Ausgang der Schlacht und die Aufteilung der spärlichen Beute.

"Ich glaube, wir haben einen guten Kampf geliefert", sagte Cassian am Ende der Besprechung. "Es war ein anstrengender Tag, und wir brauchen uns unserer Leistung nicht zu schämen. Wir sollten den Unsrigen eine Rast gönnen. Das Dorf, Weißwasser heißt es, glaube ich, ist nicht fern. Die Menschen dort können etwas von unserem Geld sicher gut gebrauchen. Lasst uns also hier rasten und unseren Leuten Gelegenheit geben, ein wenig auf unseren Sieg zu trinken."

"Ein ausgezeichneter Einfall!" lobte Khorrim. Dabei stieg ein Glitzern in seine Augen, das Cassian Unbehagen bereitete. Schon bereute er seinen Entschluss wieder und wollte die Ankündigung zurücknehmen, da fiel sein Blick auf Vallbrand, der seine Gedanken zu erraten schien.

Vallbrand schüttelte sachte den Kopf, ging zu ihm und raunte ihm leise zu: "Wir werden schon auf Kanthart und seine Leute aufpassen, seid unbesorgt. Überlasst ihn nur mir, ich achte schon darauf, dass er keine Dummheiten macht."

Zu den anderen sagte er laut: "Ich finde, du hast recht, Cassian. Rasten müssen wir ohnehin vor dem Rückmarsch, warum also nicht hier, wo wir uns ein bisschen entspannen können. Ein wenig Ablenkung kann den Leuten sicher nicht schaden."

Malina erhob keinen Einwand, und so gab Cassian die entsprechenden Befehle. "Lasst eure Leute das Lager drüben am Fluss aufschlagen", sagte er zu den Korporalen. "Stellt doppelte Wachen für die Nacht auf. Die Truppe hat Ausgang bis drei Stunden nach Mitternacht. Erholt euch gut bei Speis und Trank!" Dann wandte er sich zu den Kundschaftern um und rief: "Hassim, zu mir!"

Hassim erhob sich und ging zu seinem Leutnant.

"Wir wollen noch ein wenig über die Ergebnisse der Aufklärung reden, Hassim", sprach Cassian zum Anführer seiner Kundschafter, während die beiden sich von den Korporalen entfernten. "Wie steht es? Habt ihr neue Anhaltspunkte gewinnen können, wo das Große Lager sein könnte?"

"Nein", antwortete Hassim. "Rastullah öffnet uns immer noch nicht die Augen. Es ist wie verhext: Ich kann nicht begreifen, wie man ein ganzes Heerlager so spurlos verschwinden lassen kann."

Ärgerlich trat Cassian nach einem Stein. "Der Oberst erlaubt es nicht, dass ihr länger als drei Tage auf Erkundung reitet", sagte er. "Ich tue mein möglichstes, aber ich kann ihm einfach nicht beibringen, dass es unabdingbar ist, das Große Lager endlich zu finden. Wir könnten die Orks mit einem Schlag vernichten, wenn wir wüssten, wo wir zuschlagen müssen!"

Hassim sagte: "Gräme dich nicht, Freund. Rastullah lässt die Gerechten nicht im Stich. Er wird uns geben, was wir brauchen, wenn die Zeit reif ist. Sein Wille ist es, der die Menschen leitet. In seine Hände müssen wir unser Schicksal empfehlen."

"Nein! Ich kann und will nicht mehr warten", sagte Cassian zornig. "Heute haben wir einen Überfall verhindert, aber morgen schon kann ein neuer geschehen. Jetzt gerade, während wir hier reden, könnten zwei oder drei Raubzüge stattfinden, ohne dass wir nur die geringste Ahnung davon haben. Wir müssen das Übel endlich an der Wurzel packen und vernichten.

Wir müssen die Schwarzpelze zurücktreiben in ihr Land!"

Er packte Hassim am Ärmel und zog ihn zu sich heran. "Hassim?" fragte er.

"Ja?"

Cassian sah den Kommandanten der Späher an. "Bist du bereit, dich in Gefahr zu begeben für unser aller Wohl? Sind deine Leute bereit, dir zu folgen, auch wenn du gegen den Befehl des Oberst handelst?"

Ruhig hielt Hassim Cassians drängendem Blick stand. Er überlegte nicht lange, ehe er antwortete: "Ja, Cassian. Wir werden tun, was du uns gebietest. Wir werden hinausreiten in die Steppe und sie finden, wo immer sie auch sein mögen. Rastullah hält Seine Hand über uns. Wir haben nichts zu fürchten."

Cassian war erleichtert. "Gut! Dann reitet morgen los! Kehrt nicht mit uns zurück in die Sicherheit des Lagers, sondern sucht die Orks. Sucht, bis ihr sie gefunden habt. Kehrt erst um, wenn ihr sichere Kunde mitbringen könnt, wo sie ihr verfluchtes Großes Lager haben. Ich werde mit Oberst Harrang reden. Er muss einfach einsehen, dass wir sie nicht länger nur aufhalten und ihren Ansturm verzögern dürfen. Die Sache muss ein für allemal entschieden werden!"

"Ich tue, was du gebietest", sagte Hassim mit einer kleinen Verbeugung. Er freute sich darauf, mit seinen Kundschaftern einen richtigen Ritt, der ihnen Ruhm und Ehre einbringen würde, zu unternehmen. Es war ein gutes Gefühl, endlich nicht mehr ständig an der unsichtbaren Kette der Armee zu liegen.

Unterdessen hatten die Menschen in der beginnenden Dämmerung ihr Lager neben dem kleinen Fluss aufgeschlagen. Die Zelte waren aufgestellt, die Feuer angezündet und die Pferde versorgt worden. Die Verwundeten stöhnten und schrieen unter den Händen des Feldschers. Malina, die von den anderen Korporalen zur Lagerkommandantin gewählt worden war, teilte die Wachen ein.

Einige der Kämpfer säuberten ihre Kleidung vom Blut der Erschlagenen, andere begruben die Toten. Feuerholz war zu knapp, als dass man es für einen Scheiterhaufen verwendet hätte. Die Lebenden brauchten die Wärme des Feuers nötiger als die Toten.

Khorrim ging voller Vorfreude auf die Nacht durch das Lager und lobte seine Untergebenen, wie er es immer tat, wenn eine Schlacht geschlagen war. Er liebte es, sie dem Wechselbad seiner Stimmungen auszusetzen. Sie sahen dankbar zu ihm auf, als er zwischen ihren Zelten einherschritt, ihnen auf die Schultern klopfte, Scherze machte und blutige Szenen noch einmal ausmalte.

Mit diebischer Freude dachte der Korporal daran, wie sie ihn am Morgen noch gehasst hatten. Es war immer so, dass eine gewonnene Schlacht das Gefühlsleben seiner Leute völlig umkehrte. Khorrim war stolz darauf, wie er sie unter Kontrolle behielt und ihnen dabei trotzdem ihre Wildheit nicht nahm. Sie waren schlimmer als alle anderen, und er war ihr Anführer. Er pfiff fröhlich vor sich hin auf seinem Weg durch die Zeltreihen. Khorrim war restlos zufrieden mit sich und der Welt.

Auf seinem Weg begegnete ihm Vallbrand, der gerade von den Pferden kam. In seinem Übermut wollte Khorrim sich mit dem Thorwaler eine Scherz erlauben und sprach ihn mit spöttischer Miene an. "Nun, Meister Vallbrand. Bist du auch noch so aufgeregt wie ich? Das war doch ein ganz ordentlicher Kampf heute, nicht wahr? Wie viele hast du verloren? Mehr als ich? Bei mir waren es heute nur neun."

Die Miene des Thorwalers verfinsterte sich. Er zog seine buschigen Augenbrauen zusammen und funkelte den kleinen Mann böse an.

Der aufgeblasene Khorrim hatte ihn an das erinnert, was er zu verdrängen versuchte. Er war innerlich zerrissen zwischen Scham über die Verluste und Freude über den Sieg. Seine Leute hatten heute wieder viel zu sehr geblutet, aber er konnte dagegen nichts tun. Gewisse Opfer mussten gebracht werden, um dem, was noch kommen sollte, den Weg zu ebnen. Er hatte sich für diesen Weg, der ihm schnell und zuverlässig Ruhm und Macht brachte, entschieden. Jetzt konnte und wollte er nicht mehr davon abrücken.

Vallbrand, der in diesen Gedanken brütete, fand Khorrim keiner Antwort würdig und ging schweigend weiter.

Übermütig tanzte Khorrim um ihn herum. "Sag schon!" rief er. "Wie viele? Zehn, elf, ein Dutzend? Na? Hat dir das Grauen die Sprache geraubt?"

Vallbrand fuhr herum und starrte den kleinen Mann von oben herab an. Er beugte sich drohend vor und zischte gefährlich leise: "Hüte deine Zunge, Kanthart, oder du verlierst sie. Geh mir aus dem Weg und sprich nicht von Grauen zu mir, oder ich werde es dich lehren!"

Khorrim zuckte zurück. Etwas in dem Augen des riesigen Kriegers ließ ihn auf der Hut sein. Er hatte den Verdacht, dass Vallbrand nur auf einen Anlass wartete, mit ihm abzurechnen. Auf einen Zweikampf mit Vallbrand Eisenfaust aber hatte Khorrim keine Lust.

Dieser stand äußerlich ruhig und gelassen da, aber Khorrim sah, dass er die Hand schon am Griff seiner gewaltigen Axt hatte. Um die beiden herum herrschte gespannte Stille unter den Soldaten. Alle warteten darauf, dass es zum Kampf auf Leben und Tod kam.

Vallbrand machte einen Schritt auf Khorrim zu, und der wäre sicher weiter zurückgewichen, hätte ihn nicht eine seiner Kämpferinnen angesprochen: "Wie steht es jetzt, Korporal? Wir warten auf dich. Gehst du mit uns ins Dorf, oder willst du hier Wurzeln schlagen?"

Erleichtert wandte Khorrim sich zu seiner Retterin um. "Truanna!" rief er. "Verzeih mir, dass ich dich warten ließ. Ich wollte nicht unhöflich sein." Er verkniff sich eine spöttische Verbeugung in Vallbrands Richtung und kehrte ihm den Rücken. "Na meine spitzohrige Schönheit? Ich höre ja große Dinge von dir. Stimmt es, dass du den Anführer erledigt hast?" plauderte er drauflos, während er, den Arm um die Schulter der Elfe gelegt, mit ihr dem Dorf zustrebte.

Truanna sah seine Erleichterung, und ein schiefes Grinsen erschien auf ihrem verwüsteten Gesicht. Sie hatte ein wenig schwarzen Staubes zu sich genommen und war sehr liebenswürdig und galant aufgelegt. Immer wenn sie eine Schlacht durchlebt hatte, befand sie sich in einem herrlichen Hochgefühl, das sie durch die Rauschmittel noch zu verstärken wusste. Auf dem Weg ins Dorf unterhielt sie ihren Korporal mit Anekdoten und Scherzen, um ihn die peinliche Szene vergessen zu machen. Sie genoss die Aufmerksamkeit ihres Kommandanten, der sich normalerweise niemals mit ihr abgegeben hätte.

Im Lazarett hatte Theobald der Feldscher alle Hände voll zu tun. Er beugte sich im schwachen Licht der Öllampen herab und zog mit traurigem Gesicht eine schmutzige Decke über das Gesicht eines Soldaten. Der junge Mann, einer von Malinas Bogenschützen, war gerade gestorben. Seine sichtbaren Wunden waren nicht bedeutsam erschienen, und dennoch hatte er nicht überlebt.

Der Feldscher wandte sich an seine Helferin Gudrun: "Trag den da bitte hinaus. Er hat alles hinter sich."

"Bei den Göttern! Schon wieder einer von Malinas Leuten?" fragte sie.

"Ja", antwortete Theobald. "Es ist mir unbegreiflich. Ich kann mir nicht erklären, wieso sie immer an so leichten Verletzungen sterben. Die Götter scheinen es wahrlich nicht gut mit ihnen zu meinen."

Gudrun meinte: "Vielleicht hast du recht. Aber sie sind nicht die einzigen, denen es so geht. Auch die Thorwaler und Cassians Reiter haben dieses Problem."

Theobald legte sein blutiges Operationsbesteck beiseite und wusch sich die Hände. "Ich weiß mir dazu keinen Rat mehr", sprach er nachdenklich weiter. "Sie kämpfen zwar besser als alle anderen, aber sie sterben schneller, als man dies für möglich halten sollte."

Gudrun vermutete: "Vielleicht lastet ein Fluch auf ihnen?"

Theobald sah sie erstaunt an. An diese Möglichkeit hatte er noch nicht gedacht. "Ja", sagte er dann. "Vielleicht stimmt das sogar. Wer kann das schon wissen."

Die Menschen des Dorfes Weißwasser hatten in den letzten Stunden Bänke und Tische auf den Dorfplatz gestellt. Sie hatten bunte Wimpel aufgehängt und Speisen und Getränke herangeschafft. Die Herde stand gut im Futter, und so konnten sie es sich leisten, für ihre Retter einen Ochsen auf den Spieß zu stecken. Sie hatten sofort nach der Schlacht begonnen, ein Festmahl herzurichten. Sie wussten, dass Soldaten nach der Schlacht der Goldbeutel immer recht locker saß, und hofften, sie könnten mit den siegreichen Frauen und Männern gute Geschäfte machen.

Der Bürgermeister hatte den Bauern ein paar große Fässer Bier abgekauft und hoffte, sie mit Gewinn unter die Leute zu bringen. Ein Händler war unvermutet im Dorf aufgetaucht. Er war den Soldaten wohl schon den ganzen Tag nachgereist. Aus seinem Vorrat hatte der Händler Schnaps zu Tage gefördert, auch Zuckergebäck und andere Leckereien konnte er anbieten. Musikanten spielten zum Tanz auf, als die ersten Gruppen der Sieger, umringt von den Kindern des Dorfes, ihren Einzug hielten.

Weit entfernt von den Feiernden zügelten einige müde Männer ihre Pferde und verfielen in Schritt, als sie in der Weite der Steppe das Große Lager erblickten. Pferde wie Männer dampften von der Anstrengung des Gewaltrittes. Sie hatten sich bei der wilden Jagd um ihr Leben nicht geschont. Die Glatthäute hatten ihrer Spur nicht folgen können, denn die Krieger hatten ihre ganze Kunst aufgebracht, um sie zu verwischen. Sie ritten betrübt auf ihre Heimstatt zu und fragten sich, ob sie vom Kriegsherrn wieder in seine Schar aufgenommen werden würden.

Das Große Lager der Orks erstreckte sich, etwa vierhundert Schritt durchmessend, in einem Kreis aus Fellzelten und Wagen, umzäunt von einer rohen Palisade. Es lag in einer Senke gut verborgen, weitab von den Wegen der Menschen und in der Ferne geschützt von Wachtürmen, die über die Steppe verstreut lagen. Die Orks hatten den Fluss, der in der Nähe vorbeifloss, umgeleitet und einen Wassergraben um die Palisade gezogen. Davor lagerten an den vielen Wachfeuern diejenigen, die der Kriegsherr nicht für würdig befunden hatte, in seiner Schar mitzukämpfen. Sie warteten auf ihre Gelegenheit, mit den Auserwählten zu ziehen, wenn deren Reihen neu aufgefüllt werden mussten.

Die acht Krieger, die das schreckliche Gemetzel des Mittags überlebt hatten, ritten auf das große hölzerne Tor zu. Bewegt von sechs starken Ochsen, öffnete es sich vor ihnen, und ließ sie über die Brücke. Am inneren Tor wurden sie von den Wachen verhalten gegrüßt. Die schlechte Kunde hatte sich schnell in der kleinen Stadt verbreitet, während die Heimkehrenden durch die Reihen der Zelte geritten waren. Keiner hatte zu ihnen aufgesehen, keiner hatte sie eines Grußes wert befunden.

Hinter der Palisade begann das abgeschirmte Gebiet der Auserwählten. Dort lag das ersehnte Ziel, das all jene

Orks anstrebten, die hier in der kalten Steppe lagerten. Dort war die Heimstatt von Argrazuchs Truppen, denen die wildesten und härtesten Krieger unter der Sonne angehörten.

In der Mitte des Großen Lagers erhob sich, acht Schritt hoch, das prächtige Zelt des Kriegsherrn. Die Wände seiner Behausung waren nicht aus Fell, sondern aus leuchtend blau gefärbtem Leinen, und seine Zeltstangen waren mit Gold beschlagen. Vor dem Zelt steckten in der Erde die Feldzeichen aller Truppen, die er schon besiegt hatte. Es war beeindruckend zu sehen, wie viele große Feldherrn sich Argrazuchs Macht und dem Mut seiner Truppen schon hatten beugen müssen.

Die acht Überlebenden ließen ihre erschöpften Pferde bei den Knechten und machten sich zu Fuß auf den Weg zur Mitte des Lagers. Die Krieger, an denen sie vorbeizogen, senkten ihr Haupt oder sahen weg. Nun wussten die Heimkehrer, dass sie keinen Platz mehr im Großen Lager hatten. Die Besiegten waren unwürdig, schon ausgestoßen aus dem Kreis der Auserwählten. Sie sahen, dass ihre Habe zusammengepackt auf dem Platz in der Mitte des Lagers lag. Die Sachen warteten darauf, von ihnen mit hinausgenommen zu werden in die windgepeitschte Steppe. Sie mussten zu den Feuern der Entehrten gehen, wo sie den Rest ihres Lebens von der Hilfe der Auserwählten abhängig waren. Sie konnten nicht zu ihren Stämmen zurückkehren, denn sie hatten ihnen abgeschworen. Argrazuch verlangte von jedem, der ihm folgen wollte, dass er sein altes Leben hinter sich ließ.

Der mächtige Kriegsherr stand vor seinem Zelt und erwartete die erschöpften Heimkehrer. Er war fast sechs Fuß groß, mit Armen wie junge Baumstämme. Sein dichtes Fell glänzte im Licht der Feuerschalen wie Ebenholz. Argrazuch kleidete sich in prächtige gelbe Hosen und trug ein Kettenhemd, vor Urzeiten von Zwergen geschmiedet, das er von einer Handelskarawane erbeutet hatte. Sein Umhang war ebenfalls in leuchtendem Gelb gehalten, und seine Leibgarde, die hinter ihm stand, trug auf ihren gelben Schilden sein Feldzeichen, die gehörnte rote Sonne.

Alle, die bei seinem Heerlager waren, erkannten ihn als unumschränkten Herrn über ihr Leben und ihre Habe an. Sie hatten ihre Stämme verlassen und einen neuen Stamm gefunden, mit Argrazuch als Häuptling. Er war schon zu Lebzeiten eine mythische Gestalt, von der die Orks in den entferntesten Winkeln der Welt an ihren Feuern erzählten.

Er starrte die Besiegten, die vor ihm standen, lange unverwandt an, ohne ein Wort zu sprechen. Das ganze Lager war verstummt, um die Worte der Heimkehrer und des Kriegsherrn zu hören.

"Was habt ihr mir zu berichten?" fragte der Kriegsherr mit ruhiger Stimme. Obwohl er leise sprach, war er im ganzen Lager gut zu verstehen.

"Wir sind besiegt worden, Herr", antwortete einer von ihnen. "Außer uns ist keiner übrig."

Argrazuch fragte: "Ist Bhatrach gefallen?"

"Ja, Herr. Er starb durch die Klinge einer ihrer Frauen", antwortete ein anderer.

"Welche Armee hat euch besiegt?" wollte der Kriegsherr wissen.

Der Heimkehrer antwortete: "Die Menschen mit der stählernen Schlange als Feldzeichen, Herr."

Argrazuch dachte nach. Er hatte schon viel von dieser Armee gehört, war ihr aber selbst noch nie mit seiner ganzen Macht gegenübergetreten. Vielleicht war es an der Zeit, das zu tun.

Er fragte: "Seid ihr sicher, dass euch keiner gefolgt ist?"

"Ja, Herr", sagte der Heimkehrer.

Argrazuch machte eine lange Pause und ließ die Schmach der Niederlage schwer auf allen Zuhörern lasten. Er sah sich im Lager um, forschte nach Zeichen der Mutlosigkeit und Niedergeschlagenheit, doch er fand keine. Seine Krieger waren nur nachdenklich, wie er.

Befriedigt hob er, zu den acht Besiegten gewandt, wieder an: "Dann geht jetzt. Ihr gehört nicht mehr zu uns. Wer zu uns gehören will, der muss siegen."

Mit diesen Worten wandte sich der Kriegsherr majestätisch um und winkte seinem Ratgeber, er möge ihm in sein Zelt folgen. Die Besiegten gingen mit hängenden Köpfen zu ihren Sachen, schulterten die Bündel und verließen zu Fuß das Lager der Auserwählten.

Weit vom Großen Lager entfernt hallte das Dorf Weißwasser unterdessen wider vom Lärm des Festes. Die Männer und Frauen der Truppe hatten sich bereits unters Volk gemischt. Sie lachten, tanzten und sangen mit den Dörflern. Bier und Schnaps flossen in wahren Strömen und die Leute aus dem Dorf strichen manch klingende Münze ein. Alle Kämpfer waren begierig, sich zu zerstreuen und die Bilder der nachmittäglichen Schlacht aus ihrem Geist zu verdrängen.

Die schweren Verluste, die sie in der Schlacht erlitten hatten, schienen vergessen. Auch an die Gefährten, die stöhnend im Lazarett lagen, dachte niemand. Der Kampf war vorbei, und einige waren vom Schicksal oder von den Göttern begünstig worden, andere nicht. Jeder, der es überstanden hatte, war froh, dass es nicht ihn, sondern einen anderen erwischt hatte. Sie waren stolz und glücklich darüber, zu den Siegern zu gehören.

Am fröhlichsten ging es bei den Thorwalern zu, die mit ihrem Korporal Vallbrand am großen Feuer saßen und um die Wette tranken. Die Thorwaler waren auch mit Abstand die stimmkräftigsten Sänger, so dass die

Tanzenden des öfteren aus dem Takt gebracht wurden, wenn eines der großen Heldenlieder erklang. Vallbrand aber war nicht so ausgelassen wie seine Leute. Er richtete immer wieder sein Auge wachsam auf Khorrim Kanthart, der inmitten seiner Soldaten lautstark mit seinen Taten prahlte und sich immer wieder umwandte, um ihm spöttisch zuzutrinken. Khorrim fühlte sich sicher zwischen seinen Untergebenen, denn sie waren in der Überzahl, weil von ihnen keiner zur Nachtwache eingeteilt war.

Leicht schwankend erhob sich Khorrim nach einem tiefen Zug aus dem Humpen und ging zu einer jungen Frau mit blondem Zopf, die bei den Dörflern saß. Er machte ihr einige leichtfertige Komplimente, und als sie ihm freundlich zunickte, packte er sie am Arm, zog sie hoch und führte sie lachend zum Tanz.

Adrian, der junge Mann, der neben ihr gesessen und Khorrims Treiben zuerst missmutig zugeschaut hatte, geriet langsam in Wut. "Was bildet der Kerl sich ein?" murmelte er böse. "Lisa ist meine Verlobte. Der soll gefälligst die Finger von ihr lassen." Er grollte dies halb zu sich, halb zu seinen Freunden. Er wollte aufstehen und Khorrim zur Rede stellen.

Einer seiner Freunde hielt ihn am Ärmel zurück und zischte ihm zu: "Siehst du nicht, wie seine Leute uns schon anstarren? Bleib bloß sitzen! Gegen die kommen wir nicht an."

Adrian wurde lauter. "Aber ich kann doch nicht zulassen, dass er sich an Lisa heranmacht!" sagte er.

Sein Freund legte beschwichtigend die Hand auf Adrians Arm. "Lass ihn doch", sagte er beschwörend. "Gegen die Soldaten kommen wir Dörfler sowieso nicht an. Aber Lisa wird ihm schon eine Abfuhr erteilen."

Lisa lachte unterdessen mit Khorrim über einen Scherz, den er ihr ins Ohr flüsterte, und ließ sich von ihm herumwirbeln, dass ihr Festtagskleid nur so flog. Khorrim war ein geschickter und einfühlsamer Tänzer, und sie hatte Vergnügen an dem Tanz mit einem der Helden, die das Dorf befreit hatten.

Vallbrand betrachtete die Sache mit sorgenvoll gerunzelter Stirn. Er fürchtete, dass Khorrim bald seine Maske fallen lassen und wieder zu dem Untier werden würde, das er eigentlich war. So stand er auf, wischte sich Bier aus seinem roten Bart und ging in Richtung der Tanzenden.

Khorrim hatte inzwischen seine Tanzpartnerin etwas abseits geführt, um mit ihr zwischen den kleinen Steinhäusern des Dorfes allein zu sein. Sie hatte zuerst nicht mitkommen wollen, aber er hatte behauptet, ihr ein Geschenk machen zu wollen, das er von seinem Pferd holen musste. Er bot ihr Bier aus einem Humpen an, den er vom Tisch genommen hatte, und redete leise auf sie ein, während er sie immer weiter vom Festplatz wegführte.

Vallbrand folgte den beiden mit lautlosem Schritt. Er war in Sorge, dass Khorrim Unheil über die ganze Truppe heraufbeschwören würde. Mehr als einmal hatte der Kerl sich mit Gewalt genommen, was eine Frau ihm nicht freiwillig geben wollte. Vallbrand hasste den kleinen Mann dafür, dass er sie alle immer wieder damit in Schwierigkeiten brachte.

Er sah, wie Khorrim die Frau nun in ein Haus am Rande des Dorfes drängte und sie zu küssen begann. Sie wollte ihn fortschieben, war aber seiner Körperkraft nicht gewachsen. In ihren Augen stand jetzt nackte Angst, als sie begriff, wie der Tanz enden sollte. Sie holte Luft und wollte um Hilfe schreien, doch die Hand des Korporals legte sich hart über ihren Mund, als er sie durch die Tür schob.

Sofort wollte Vallbrand hinterher, da gewahrte er,

dass der Bursche, der vorhin so eifersüchtig gewirkt hatte, das Verschwinden der beiden bemerkt hatte und auf das Haus zustrebte. Vallbrand zog sich schnell in den Schatten zurück, um das weitere zu beobachten. Noch war Khorrim Kantharts Zeit nicht gekommen, und Vallbrand wollte nur eingreifen, wenn es galt, einen Kampf zu verhindern.

Er sah durch das Fenster, wie Khorrim Lisa auf den Tisch zu drängte und ihr ein Bein stellte, so dass sie mit dem Rücken hart auf die Tischplatte aufschlug. Er hob sie hoch und schob sie auf den Tisch, wo sie, um Atem ringend, zu liegen kam. Dann riss er brutal ihr Kleid hoch und wollte das Unterkleid zerreißen.

Der junge Adrian stürmte in diesem Augenblick herein und riss in hellem Zorn die Augen auf. "Lass sofort meine Verlobte los, du Schuft!" brüllte er Khorrim an. "Nimm deine dreckigen Pfoten von ihr!"

Khorrim wandte sich um. Er blickte den jungen Mann mit spöttischem Grinsen an. "Und wenn ich's nicht tue?" forderte er ihn heraus. "Was willst du machen, Bauernlümmel, wenn ich sie mir nehmen will?"

Vallbrand war nahe genug, um die Worte verstehen zu können, aber er wusste, dass sie am Dorfplatz keinesfalls gehört werden konnten. Der Lärm des Festes übertönte alles, was hier im hintersten Winkel des kleinen Dorfes vor sich ging.

Mit einem schnellen Sprung war er bei der Tür, als er sah, wie der Korporal zu seinem Streithammer griff. Jetzt galt es, schnell zu handeln. Mord und Totschlag lagen in der Luft.

Vallbrand sah über die Schulter des Burschen aus dem Dorf hinweg in Khorrims Richtung. Der kleine Korporal hatte seinen Streithammer noch nicht gezogen, sondern verharrte mit der Hand über dem Griff, als er Vallbrands ansichtig wurde. Er wurde blass. Das hämische Grinsen wich aus Khorrims Gesicht, er deutete auf das Mädchen, das weinend in gekrümmter Haltung auf dem Tisch lag.

Bemüht, sich nichts anmerken zu lassen, sprach er zu Adrian, der nichts von Vallbrands Gegenwart wusste: "Nimm sie schon mit, Bursche. Ich wollte ihr doch nur ein bisschen Angst einjagen. Es war ein Scherz, verstehst du? Nichts weiter als ein kleiner Scherz. Wir wollen uns wegen so einer Kleinigkeit doch nicht schlagen! Wir sind doch vernünftige Männer."

Fassungslos angesichts solcher Dreistigkeit, brachte der Mann aus dem Dorf kein Wort heraus. Er konnte kaum glauben, was er hörte. Der Mann, der gerade versucht hatte, seine Verlobte zu vergewaltigen, sprach nun von Vernunft, Einsicht und kleinen Scherzen. Adrian war nicht im mindesten beschwichtigt, sondern nach wie vor entschlossen, Khorrim den Kopf abzureißen.

Vallbrand sprach ihn von hinten an: "Er hat recht, Junge. Ein Kampf nützt niemandem."

Erschrocken zuckte der junge Mann zusammen und fuhr herum. Sein Blick sprang zwischen den beiden Korporalen hin und her, er glaubte sich in der Falle und fürchtete jetzt um sein Leben. Auch in Weißwasser war wohlbekannt, dass man sich mit Söldnern lieber nicht auf einen Kampf einlassen sollte. Zu viele Geschichten kündeten davon, was mit einem Dorf geschah, das sich mit einem Söldnertrupp auf einen Streit einließ.

"Hör mir zu, Junge", fuhr Vallbrand fort. "Wenn du Khorrim jetzt angreifst, wird er dich töten. Er ist ein erfahrener Kämpfer, du aber hast nicht einmal eine Waffe bei dir. Wenn du um Hilfe schreist, werden wir hier im Dorf ein Blutbad haben. Ihr Dörfler seid weniger als wir, und ihr seid viel schlechter bewaffnet."

Khorrim, der langsam wieder Oberwasser bekam, nickte zustimmend.

Vallbrand sah ihn böse an und fuhr fort: "Auch wenn ich Khorrim und seine Mörderbande nicht mag, würde ich mit meinen Leuten an ihrer Seite kämpfen müssen. Deine Freunde und Verwandten können schließlich nicht wissen, wer von uns zu welchem Haufen gehört. Wir müssten uns also verteidigen, und das würde böse für euer Dorf ausgehen. Nimm am besten jetzt dein Mädchen, und komm mit mir zurück zum Fest. Ich bürge mit meinem Waffenarm für euer beider Sicherheit."

Der junge Mann hatte während Vallbrands Rede immer wieder misstrauisch zu Khorrim hinübergeschaut, ob dieser nicht die Ablenkung zu einem plötzlichen Angriff nützen würde, aber er hatte zugehört und verstanden.

Khorrim hatte sich während des Gesprächs nicht gerührt und trat jetzt zur Seite, als der Bursche zu der jungen Frau ging und ihr aufhalf. Schützend legte dieser den Arm um sie und führte sie behutsam vor die Tür.

Vallbrand starrte Khorrim an und zischte: "Beim nächsten Mal stirbst du, Kanthart. Wenn ich noch einmal wegen so etwas eingreifen muss, dann ist dein Leben verwirkt. Das schwöre ich dir, bei Swafnir!"

Damit wandte er sich ab und eilte dem Paar nach, um sie zum Festplatz zurückzuführen.

Nachdenklich blieb Khorrim Kanthart zurück. So hatte er sich sein Abenteuer nicht vorgestellt. Er war es nicht gewöhnt, dass ihm die Beute im letzten Augenblick vor der Nase weggeschnappt wurde. Dass es auch ausgerechnet Vallbrand sein musste, einer der wenigen Kämpfer, die Khorrim fürchtete. Gegen einen anderen hätte er gekämpft, um in Ruhe seinem brutalen Vergnügen nachgehen zu können.

Als er seine Fassung zurückgefunden hatte, kehrte er zum Festplatz zurück, um weiter zu feiern. Er versuchte, sich nicht anmerken zu lassen, dass Vallbrand ihm das Fest verdorben hatte.

5. Kapitel

Die Mitternachtsstunde nahte, und Nadhbragh der Seher machte sich auf, seine heimelige Wohnstatt zu verlassen. Er hauste etwas abseits der anderen Auserwählten in einem Steinturm, der sich im Westteil des Großen Lagers erhob. Wilde und seltsame Runen zierten die Wände seiner Unterkunft. Wie alle orkischen Seher hatte er in seiner lange Laufbahn eine unübersehbare Menge verschiedenster Kräuter, Essenzen, Fetische und magischer Steine angehäuft. Er benötigte viele Zutaten für seine Zauber und Rituale. Es würde noch ein langer und steiniger Weg sein, bis er alle seine Zauber so weit im Griff hatte, dass er der materiellen Komponenten nicht mehr bedurfte.

Nadhbragh war auf dem Weg zu seinem Kriegsherrn, dessen prächtiges Zelt genau in der Mitte des Lagers stand. Auf seinem Gang durch die Reihen der Zelte und Ställe dachte er wieder über ihren gemeinsamen Lebensweg nach.

Seit er Argrazuch vor vielen Jahren kennengelernt hatte, diente Nadhbragh der Seher ihm als Ratgeber. Er war vom ersten Augenblick an fasziniert gewesen von der Zuversicht und dem unerschütterlichen Mut, die dieser stattliche junge Krieger ausstrahlte. Jetzt, wo er ein großer Kriegsherr war, hatte sich daran nichts geändert. Mut und Zuversicht waren nur bereichert worden durch ein langes Leben der erfolgreichen Schlachten und durch den Aufbau seiner Gefolgschaft.

Argrazuch war anders als alle anderen großen Häuptlinge der Orks. Er hatte den Titel eines Kriegshäuptlings niemals angenommen, obwohl er ihm angetragen worden war. Damit, so hatte er Nadhbragh einst erzählt, wollte er ein Sinnbild schaffen für das Einzigartige in seinen Plänen.

Andere Anführer vereinigten manchmal ihre Stämme, um gemeinsam mehr Beute zu machen und größeren Ruhm zu ernten. Diese Vereinigungen brachen meist ebenso schnell auseinander, wie sie entstanden. Argrazuch aber hatte etwas anderes im Sinn. Er fragte nicht danach, zu welchem Stamm seine Krieger gehörten. Auch die Kaste des einzelnen spielte bei ihm keine Rolle. Selbst die Grishik konnten in den Kreis der Auserwählten aufgenommen werden, wenn sie ihren Mut und ihre Kraft bewiesen. Jeder, der bereit war, sein altes Leben aufzugeben und ein neues zu beginnen, konnte zu einem Auserwählten werden. Es hing nur von dem Mut und der Kraft des einzelnen ab, wie weit er es brachte.

Nadhbragh hatte anfangs Zweifel gehabt, dass eine Gemeinschaft aus so unterschiedlichen Männern lange zusammenhalten konnte. Er hatte es aber nicht gewagt, seine Sorge Argrazuch gegenüber auszudrücken. Nun jedoch hatte er seinen Kleingeist abgelegt und war überzeugt, dass Argrazuch in seinen Entscheidungen von Brazoragh, dem höchsten der Götter, in seinem Tun geleitet wurde.

Nadhbragh machte auf seinem Weg kurz halt, um die Sklavenpferche zu überprüfen. Die Verschiedenheit von Orks und Menschen war für ihn seit jeher ein spannendes Rätsel, und die Sklaven boten ihm eine glänzende Möglichkeit, die Stärken und Schwächen der Menschen zu erkennen und herauszufinden, wie sie dachten. Er konnte sogar ihre Sprache verstehen, denn er hatte ihnen lange unbemerkt zugehört. Der Seher hoffte, bald zu einem abschließenden Urteil über das eigentliche Wesen der Menschen kommen zu können. Dieses Wissen würde für die Zukunft unendlich wertvoll sein. Nur ein Feldherr, der den Geist seiner Feinde kannte und verstand, konnte ihre Pläne durchkreuzen.

Der nachdenkliche Weg Nadhbraghs endete vor dem prachtvollen blauen Zelt des Kriegsherrn. Hendrik, der Leibsklave Argrazuchs, stand im Gewand eines aranischen Dienstboten vor dem Eingang, um Gäste willkommen zu heißen und anzukündigen. Niemand durfte das Zelt des Kriegsherrn betreten, ohne von ihm selbst dazu aufgefordert zu sein. Das war eine der Maßnahmen, mit denen Argrazuch seine Sonderstellung unter allen Orks hervorhob.

Nadhbragh hatte Hendrik die Sprache der Orks beigebracht. Er hatte ihn beobachtet, seit er in den Sklavenpferchen angekommen war, weil er erkannt hatte, dass dieser Mensch ein Mann mit großem Wissen war. In langen und ausführlichen Gesprächen hoffte der Seher, von ihm alles über das Wesen der Glatthäute zu erfahren.

Deshalb hatte Nadhbragh Argrazuch gebeten, den Mann als Leibsklaven aufzunehmen, denn er befürchtete, dass er die gewöhnliche Sklavenarbeit nicht überstehen würde. Der Kriegsherr war einverstanden gewesen und hatte sich schnell an die Annehmlichkeit gewöhnt, so dass Nadhbragh nicht mehr um die Sicherheit seines Wissensquells zu fürchten hatte.

"Sag dem Herrn, dass die Stunde nah ist", sprach Nadhbragh. "Sag ihm, dass ich bereit bin."

Hendrik verbeugte sich wortlos und verschwand im Zelt, um Argrazuch zu verständigen. Nadhbragh sah unterdessen zum Sternenhimmel auf und betrachtete das Ziehen der Wolken. In letzter Zeit gelang es ihm immer häufiger, einen Blick auf die Wahrheiten der Welt zu werfen, die sich am endlosen Himmel offenbaren konnten. Doch es war eine schwierige Kunst, und er war noch weit von der Meisterschaft entfernt. Es war die höchste und kunstvollste Art, Weissagungen zu machen, und nur wenige Seher hatten darin Vollkommenheit erlangt. Nadhbragh verspürte den sehnlichsten Wunsch, auch einer von ihnen zu werden.

Er schrak aus seinen Betrachtungen auf, als er die Gegenwart des Kriegsherrn erspürte. Argrazuch hatte sich unbemerkt neben ihn gestellt und ganz still mit ihm zum Himmel aufgesehen. Nadhbragh fragte sich wieder, ob in dem großen Krieger nicht auch die Gabe schlummerte, in die Zukunft zu schauen. Er fragte sich, ob es in diesem Falle klug wäre, diese Gabe zu wecken und zur Entfaltung zu bringen. Auch so, nur gestützt auf seine Kampfkraft und die Begabung, seine Krieger anzuführen, war Argrazuch mehr als ein gewöhnlicher Sterblicher.

Der Kriegsherr räusperte sich und unterbrach den Gedanken. "Ich gehe jetzt mit dir, Nadhbragh", sagte er. "Es ist Zeit, uns vorzubereiten."

Damit wandte sich Argrazuch nach Westen und ging auf den Turm des Sehers zu. Nadhbragh folgte ihm. Die beiden mächtigsten Männer des Großen Lagers waren ein ungleiches Paar, wie sie so zwischen den Zeltreihen her schritten. Links ging der Kriegsherr, in seine Lieblingsfarben Gelb und Rot gekleidet, mit dem mächtigen Säbel an der einen und dem Beil an der anderen Seite. Er überragte seinen Ratgeber um mehr als einen Fuß, und der gestampfte Boden des Lagers knirschte unter seinem schweren Schritt.

Nadhbragh hingegen musste fast laufen, um mit seinem Herrn Schritt zu halten. Er war klein und zart, und um seine Gesundheit stand es seit einigen Jahren nicht mehr zum besten. Sein Schädel schien zwischen seinen schmalen Schultern viel zu groß für seinen Körper, und seine einfache dunkle Kleidung ließ jede Pracht vermissen. So viel er auch an Aufwand betrieb, wenn es um die Zutaten für seine Kunst ging, so wenig achtete er auf den äußeren Eindruck, den Betrachter von ihm bekamen.

Die Orks, an denen sie auf ihrem Weg durchs Lager vorbeikamen, unterbrachen ihre Reden und grüßten die beiden ehrfurchtsvoll. Von den äußersten Wohnzelten bis zu des Sehers Turm erstreckte sich eine freie Fläche, auf der Nadhbragh am Nachmittag ein winziges Zelt aufgebaut hatte. Seine Planen waren grau und schmucklos, fast fadenscheinig. Dennoch konnte der Kundige sehen, dass von diesem Zelt eine große Macht ausging.

Darunter befand sich eine Grube, die Nadhbragh am Vortag von den Sklaven hatte ausheben lassen. Hierhin führte er nun seinen Kriegsherrn. Sie wollten etwas tun, was bei den Orks nicht oft gemacht wurde. Sie wollten gemeinsam einen Blick in die Zukunft werfen.

Die Luft in dem niedrigen Zelt war geschwängert vom aromatischen Rauch der berauschenden Kräuter, der in dicken Schwaden den ganzen Innenraum ausfüllte. Man konnte die Hand nicht vor Augen sehen. Alle Geräusche klangen seltsam gedämpft, selbst das Atmen fiel in der stickigen Luft schwer.

Vorsichtig stieg der kleine Seher in die Grube hinab und ergriff dann Argrazuchs Hand, um ihn zu seinem Platz zu führen. Die beiden setzten sich, ein wenig von der Wand weg, mitten in den Raum. Der Boden war kalt und unbequem. Sie konnten die Wände der Grube und des Zeltes nicht sehen, ebensowenig das Zeltdach.

Die beiden Orks verharrten einige Augenblicke in Schweigen, bevor Nadhbragh die heiligen Gesänge anstimmte. Diese Gesänge dienten dazu, jenen, die Einsicht suchten, den Takt für ihr Atmen vorzugeben. Langsam gewöhnten sich Rachen und Lunge an den Rauch und die Dämpfe. Langsam wußten sie die dicke Luft richtig zu atmen. Ihre Leiber lernten, die Hitze des Raumes und die Kälte des Bodens zu ertragen. Ihr Geist wurde klar und scharf und streckte sich dem Himmel entgegen. Sie spürten ihre Seelen sich ausdehnen. Sie bereiteten sich darauf vor, das Wissen aufzusaugen, das ihnen zuteil werden sollte. Wie in der kleinen Welt des raucherfüllten Zeltes keine Wände und kein Dach existierten, so gab es für den Geist der Suchenden in der großen Welt draußen keine Grenzen.

Nadhbraghs feste Stimme leitete ihrer beider Inneres auf dem Weg durch Zeit und Raum. Vielfarbige Schatten zogen an ihnen vorbei. Manche bewegten sich, andere schienen still zu verharren, auf etwas Unbekanntes wartend. Ein paar Schatten wollten sich nähern, doch sie zerfaserten, wenn Nadhbragh die Verse der Abwehr sang. Höchste Gefahr drohte den beiden von diesen körperlosen Wesen. Es waren die Geister derjenigen, die dieselbe Reise unternommen hatten und nicht zurückgekehrt waren. Sie suchten nach Seelen, die sie unter ihren Willen zwingen konnten, in der verzweifelten Hoffnung, wieder in das Hier und Jetzt zurückkehren zu können. Argrazuchs Stimme bildete den tragenden Unterton im körperlosen Tongebäude der heiligen Gesänge der Suche.

Ihr gemeinsamer Gesang veränderte sich und wurde langsamer und leiser. Sie kamen ihrem Ziel immer näher. Nun war es an der Zeit, die Verse der Herbeirufung anzustimmen, um die Schatten der Zukunft vor ihrem geistigen Auge zu bannen und festzuhalten. Eine blaue Nebelwand waberte vor ihnen und leuchtete bei ihrer Annäherung gleißend hell auf. Ihr Geist glitt langsam, unter ziehendem Schmerz, durch einen klaffenden Spalt in der Wand, dem Ziel ihrer Suche.

Argrazuch und Nadhbragh blickten von oben auf die Welt herab. Sie sahen in die Weiten der endlose Steppe. Tief unter ihnen lagen haufenweise blutige Leichen über das zertrampelte Gras verstreut. Blut färbte die Steppe rot, und die beiden Orks vernahmen das Jammern und Schreien von Verwundeten. Die Erschlagenen waren zum größten Teil Menschen, nur wenige

Orks waren unter ihnen. Einer der toten Glatthäute krampfte seine leblose Hand um einen Bannerstab, dessen Kopfende eine kunstvoll gearbeitete stählernen Schlange schmückte. Einige Trupps von Orks durchstreiften das Schlachtfeld und untersuchten die Gefallenen, auf der Suche nach Beute und Leichtverwundeten, die man gefangen nehmen konnte. Auf einem Hügel in der Nähe sahen Argrazuch und Nadhbragh sich selbst unter dem Banner der gehörnten Sonne stehen und das Geschehen betrachten.

Nun stimmte Nadhbragh den Gesang der Rückkehr an, denn sie hatten gesehen, was sie sehen mussten. Langsam dämmerten die beiden Männer zurück in die Welt des Jetzt. Ihre Kehlen kratzten, ihre Augen tränten, und ihre Pelze waren nass von Schweiß. Sie bekamen kaum noch Luft und wurden erfasst von dem drängenden Verlangen, das Zelt endlich zu verlassen und tief Atem zu holen.

Nadhbragh stieg zuerst aus der Grube und schlug die Zeltbahnen zur Seite. Der ewige Wind der Steppe, sonst der Feind alles Lebenden, erschien den beiden süß wie Honig, als er den Rauch vertrieb und sie wieder frei atmen ließ. Sie taumelten benommen aus dem Zelt und ließen sich, wo sie standen, auf den Lagerboden vor dem Turm des Sehers fallen. Dort lagen sie lange schweigend, bis sie wieder tief atmen konnten und ihre Köpfe klar wurden. Dann ergriff Nadhbragh das Wort. "Hast du gesehen, was du sehen wolltest?" fragte er seinen Kriegsherrn.

"Ja", antwortete Argrazuch zufrieden. "Die Zukunft wird gut für uns sein."

Nadhbragh fürchtete, dass sein Herr zu große Zuversicht schöpfte, und mahnte ihn zur Vorsicht. "Bedenke aber, Herr: Es ist nur eine Möglichkeit. Was wir sahen ist zwar das, was am ehesten eintreten wird, aber es kann auch anders kommen."

Argrazuch lächelte beruhigend und antwortete: "Ich weiß, Nadhbragh. Doch was könnte uns noch gefährlich werden?"

Ein wenig beruhigt, aber immer noch nachdenklich antwortete der Seher: "Du hast recht, Herr. Wir können zuversichtlich sein."

6. Kapitel

Cassian blickte über die morgendlich kalte Steppe hinweg zu einer kleinen, baumbestandenen Insel im endlosen Grasmeer. Dort auf dem Hügel wehte das Banner von Argrazuch, dem großen Kriegsherrn. An einem Stab aus Eisen prangte die gehörnte Sonne auf gelbem Grund als Zeichen des Mutes und Erfolgs, der die Schar der Auserwählten vor aller Welt auszeichnete.

Seit Hassim vor einigen Tagen mit seinen Kundschaftern zurückgekehrt war und atemlos vom Zug der großen Streitmacht, die geradewegs nach Westen marschierte, berichtet hatte, waren sie vorangeeilt, um die Schwarzpelze zu stellen.

Wargo hatte vorgeschlagen, den Feind in der Sicherheit des Lagers zu erwarten. ″Wir können nicht so einfach drauflosgehen. Schließlich wissen wir nicht mit Sicherheit, wie viele es sind, Herr Oberst!″ hatte er gemeint. ″Es könnte sogar sein, dass sie uns zahlenmäßig so sehr überlegen sind, dass eine Schlacht ein zu großes Wagnis wäre.″

″Das mag schon sein, Wargo. Aber ich möchte nicht, dass die Orks die ganze Umgebung plündern, während wir ruhig und sicher im Lager sitzen. Was meint Ihr, Cassian?″

″Ich glaube, wir sollten noch einige Erkundungen einholen. Vielleicht kann Hassim feststellen, wie viele es sind″, hatte Cassian geantwortet.

Wargo hatte sich eingemischt. ″Ja, das meine ich auch. Das ist mit Sicherheit ein guter Vorschlag. Zuerst sollten wir uns ein genaues Bild von der Lage machen. Wir können erst losgehen, wenn wir sicher sind, dass sie uns nicht überlegen sind.″

Der Oberst aber war schon zu eine Entschluss gekommen. "Nein", hatte er gesagt. "Ich habe meine Entscheidung getroffen. Vorsicht ist hier nicht angebracht. Wir werden ihnen entgegenziehen und sie zur Schlacht stellen."

Nach diesen Worten war er hinausgegangen, um alle kampffähigen Männer und Frauen in Marsch zu setzen. Im Lager sollten nur die Knechte, die Verwundeten und die Huren zurückgelassen werden.

Das Schlachtfeld, auf dem sich die Menschen nun den Orks gegenüberstellen mussten, war nicht günstig. Im Südosten erhob sich ein Hügel, kaum vierhundert Schritt von der Schlachtreihe entfernt, auf dem Argrazuch sein Banner hatte aufstellen lassen und einen hervorragenden Überblick über das Gelände genoss. Die Soldaten mussten bergauf angreifen und hatten Sonne und Wind gegen sich.

Oberst Harrang hatte seine Fußtruppen im Zentrum aufgestellt, die Axtschwinger aus Vallbrands Kampfgruppe und Khorrims Hellebardiere bildeten den Kern der Schlachtreihe. Ihnen zur Rechten führte Korporal Viktor Gars das Kommando über die Schwertkämpfer und Bogenschützen. An der linken Flanke hatte, unter dem Feldzeichen der stählernen Schlange, der Oberst selbst an der Spitze seiner Garde Aufstellung genommen. Seine rechte Seite wurde von Leutnant Wargo mit einem Teil der Reiterei gedeckt. Der rechte Flügel schloss mit dem Großteil der Reiterei unter dem Kommando von Cassian und Malina. Insgesamt zählte die Armee der Menschen etwa dreihundert Köpfe.

Die Orks hatten sich vor der Hügelkuppe aufgestellt, mit den Leichtgerüsteten und den Bogenschützen vor der dichten Reihe ihrer besten Krieger. Rechts und links der Schlachtreihe waren die gefürchteten Reiterbogenschützen postiert. Sie gaben ein prächtiges Bild in ihren bunten Trachten ab. Diese besonderen Krieger hatten schon in so manches Heer Angst und Unordnung gebracht, wenn sie schnell wie der Wind anritten, eine Salve abgaben und sich ebenso schnell wieder zurückzogen, um wenig später erneut den gefiederten Tod über die Feinde regnen zu lassen.

Cassian fragte sich, wieso der Feldherr der Orks aus seiner überlegenen Höhenlage nicht mehr gemacht hatte. Der Platz auf der Hügelkuppe war zwar nicht sehr groß, hätte aber für die Bogenschützen zu Fuß wohl ausgereicht. Zudem hätten sie dort die spärliche Deckung der kleinen Baumgruppe, die auf dem Hügel wuchs, nutzen können. Statt dessen hatte Argrazuch auf diesen Vorteil verzichtet und war allein mit seiner Leibgarde auf dem Hügel geblieben. Dieser Fehler gab Cassian Herz neuen Mut, denn gegen einen Gegner, der mit so wenig taktischem Geschick vorging, konnten sich die Menschen trotz ihrer deutlichen Unterzahl vielleicht behaupten.

Unterdessen sah Argrazuch von seinem hohen Standplatz aus den Menschen zu, wie sie sich auf die Schlacht vorbereiteten. Er fühlte den Steppenwind im Rücken und wusste, dass er Brazoraghs Willen heute erfüllen würde. Die Zeit der Rache war gekommen. Bhatrachs Tod würde mit Strömen von Blut gesühnt werden.

Vor sich sah der Kriegsherr die Schar der Auserwählten, die besten Krieger auf der Welt. Keine Armee konnte sich ihrem wilden Ansturm entgegenstellen, ohne wie Staub hinweggefegt zu werden.

Er hatte Geshak und Maruch, den beiden Würdigsten aus den Reihen seiner Getreuen, die ehrenhafte Aufgabe übertragen, die Armee zu führen. Argrazuch hatte seine Krieger gerecht zwischen den beiden aufgeteilt und nur seine Leibwache behalten, um sie selbst im entscheidenden Moment einzusetzen.

Der Kriegsherr erfreute sich am Anblick seiner Auserwählten. Sie waren mit ihren besten Waffen und Rüstungen gekommen und hatten sich in ihre prächtigsten und farbenfrohesten Gewänder gekleidet. Die Bläser, Trommler und Bannerträger standen bereit, um in der bevorstehenden Schlacht seine Krieger zu höchster Hingabe zu beflügeln. Alles war vorbereitet, um unter den Glatthäuten das Schlachtfest zu feiern, das sie schon lange verdienten.

Oremo Harrang drehte sich im Sattel zur Seite, um mit Leutnant Wargo von Baliho, der neben ihm auf seinem Falben saß, Rat zu halten. "Was meint Ihr, Leutnant? Was sollen wir jetzt unternehmen? Sollen wir ihnen entgegenstürmen, oder ist es klüger zu warten, bis sie zu uns herunterkommen?"

"Es wäre sicher klüger", begann Wargo, "sie zu uns kommen zu lassen. Sie müssten aber tatsächlich sehr dumm sein, uns diesen Gefallen zu tun. Selbst ein Ork muss begreifen, dass wir in der schlechteren Lage sind. So wenig es mir behagt, bergauf vorzugehen, fürchte ich doch, wir werden angreifen müssen, denn wir können uns nicht von ihnen absetzen, ohne dass die Ordnung in unseren Reihen verloren geht."

"So sei es denn", sagte Oremo Harrang. "Wenn wir aus einer schlechten Lage kämpfen müssen, dann ist es eben so bestimmt. Aber ich sorge mich nicht. Die Götter wachen über uns, und wir sind bessere Kämpfer als sie. Ich werde den Angriff befehlen."

Mit diesen Worten wandte der Oberst sich zu seinem Bannerträger und ließ ihn das Zeichen zum Vormarsch geben. Die Hornsignale schallten dünn gegen den heranbrausenden Wind, und in die stählernen Schlangen kam Bewegung. Entschlossen, aber mit schwerem Herzen, rückten die Männer und Frauen der Kompanie gegen die Übermacht ihrer Feinde vor.

Die Orks rührten sich nicht, und auch ihre schrecklichen Kriegshörner bleiben stumm. In ihren vielfarbigen Kleidern und den verschiedenen Waffen und Rüstungen boten sie ein Bild des Chaos, bereit, als übelriechende Flut von Metall und Fell über die Menschen hinwegzubranden. Aber noch waren sie gezähmt und in Linien gebracht von einem mächtigen Willen, der ihnen nicht erlaubte, sich blindlings und tollkühn in die Schlacht zu werfen, wie sie es sonst taten. Sie erwarteten die Armee des Feindes mit einer wohlgeordneten Ruhe, wie Cassian sie noch nie bei ihresgleichen gesehen hatte.

Als die Kompanie auf zweihundert Schritt heran war, schmetterten die Bläser das Signal zum Angriff in die kalte Morgenluft. Die Reiter zu beiden Seiten der Schlachtreihe trabten an, um in die Flanken des Feindes zu gelangen. Die Hufe von Cassians Pferd schienen das Gras kaum noch zu berühren, als die Reiterei vom Trab in den Galopp überging. An seiner Seite ritt Malina Yagorn, die ihren Rappen mit der Rechten am Zügel hatte, während sie mit der Linken eines ihrer Schwerter zog. Cassian zog ebenfalls blank und deutete mit seinem Schwert auf den Punkt, den seine Leute angreifen sollten. Der Bannerträger gab sein Zeichen weiter, und die ganze Schar schwenkte in vollem Galopp in die neue Richtung ein.

Zu seiner Linken sah Cassian, dass auch Wargo und der Oberst ihre Reiter in donnerndem Galopp auf die Orks zuführten.

"Wenn die Schwarzpelze sich nicht bald bewegen, werden wir ihnen in die Flanke stoßen", rief Cassian zu seinem Fahnenträger, während ihm der Wind um die Nase brauste. "Wieso hält Argrazuch seine Reiterbogenschützen so lange zurück? Wir werden sie überrennen, wenn sie weiter stillhalten."

"Ich kann mir das nicht erklären. Mir ist nicht wohl

bei der Sache, Herr Leutnant", rief der Fahnenträger zurück.

"Mir auch nicht", sagte Cassian leise und wandte sich nachdenklich wieder den Schlachtreihen zu.

In der Mitte der Schlachtreihe kratzte Korporal Viktor Gars gedankenverloren seinen kahlen Schädel. Er hätte zu gern gewusst, was der orkische Befehlshaber vorhatte, denn er glaubte nicht daran, dass die Orks sich einfach überrennen lassen würden. Als er sah, wie vom Oberst der Befehl zum Sturm kam, versuchte er sich auszumalen, welches Ergebnis der Zusammenprall der Schlachtreihen haben würde, um rechtzeitig seine Vorbereitungen treffen zu können. Viktor war sehr stolz auf sein Geschick als Heerführer und suchte immer nach einer Möglichkeit, sich in der Schlacht durch überlegtes Handeln hervorzutun. Hier aber war er mit seinem Können am Ende und beschloss, das Beste aus seiner Lage zu machen, indem er mit seinen Bogenschützen und Schwertkämpfern abwartend vorging, um die Taktik des Feindes noch vor dem Zusammenstoß zu erkennen.

Neben ihm stürmten die Abteilungen von Vallbrand und Khorrim ungestüm vor, wie es der Art ihrer Befehlshaber entsprach. Die Orks bildeten unterdessen eine einfache Linie, mit den Bogenschützen dahinter, und rückten langsam den Hügel hinab, die Leichtgerüsteten in der Mitte. Die Krieger in schwerer Rüstung gingen an der Flanke, so als wollten sie den Ansturm der menschlichen Reiterei auf sich ziehen. Zwischen der Schlachtreihe und den Reiterbogenschützen klaffte eine breite Lücke, die nur darauf zu warten schien, durchstoßen zu werden.

Dieses Vorgehen ergab für Viktor keinen Sinn, denn es musste unweigerlich dazu führen, dass das Zentrum durchbrochen wurde und der Befehlshaber selbst in

Gefahr geriet. Viktor war immer stärker beunruhigt durch eine derart haarsträubende Dummheit. Er fürchtete, dass die Aufklärung des vermeintlichen Fehlers die Menschen teuer zu stehen kommen konnte. So ließ er noch langsamer vorgehen, wodurch die Kämpfer Khorrims und Vallbrands den Vorsprung noch vergrößerten.

Cassians Reiterei war inzwischen fast an die linke Flanke der Orks herangekommen und kam unter den Beschuss der Reiterbogenschützen. Jene feuerten in tadelloser Ordnung eine Wolke von Pfeilen nach der anderen auf die anstürmenden Menschen. Cassian und Malina ließen ihre Reiter in die mörderische Angriffsgangart fallen, die von den Pferde nur kurz durchgehalten werden konnte. Nur diese Gangart aber war es, die einer Reiterattacke jene schreckliche Wucht verlieh, die alle Feinde das Fürchten lehren konnte.

Die Orks hingegen schienen sich nicht besonders zu fürchten, denn sie bleiben länger als üblich auf ihrem Platz, bevor sie sich zurückzogen. Cassians Reiterei musste ihre Angriffsrichtung ein wenig ändern und kam näher an das Zentrum der orkischen Schlachtreihe, wo die Schwerbewaffneten standen. Er überlegte kurz, in diese Lücke hineinzustoßen, gab den Gedanken aber auf, als er sah, dass Vallbrand und Khorrim geradewegs auf die Mitte der Reihe zustürmten und ihm wenig Hilfe bieten konnten, wenn er erst im Nahkampf mit den Fußsoldaten wäre.

Auch Korporal Gars sah die Gefahr einer Umklammerung von Cassians Reitern und ließ jetzt die Bogenschützen auf die äußersten Orkkrieger feuern, um sie von Cassian und Malina abzulenken.

An der linken Flanke hatten inzwischen Oberst Harrang und Wargo die Orks erreicht und sich geteilt, wobei Wargo die Verfolgung der Reiterbogenschützen aufnahm und der Oberst mit seinen schweren

Gardereitern auf das rechte Ende der Schlachtreihe traf. Mit ohrenbetäubendem Knirschen brach sich ein Wald von Lanzen an einer eisernen Mauer. Viele der Orks sanken durchbohrt zu Boden oder wurden von den Schlachtrössern niedergetrampelt. Sie hackten nach den Beinen der Reiter und sprangen nach ihnen, um sie in den tödlichen Mahlstrom aus Stahl und Fleisch zu ziehen, der zu Füßen der Pferde tobte. Menschliches und orkisches Blut spritzte in grellen Fontänen, Pferde und Krieger schrien im Todeskampf, und bald war die Garde rettungslos in die Orks verkeilt.

Cassian zielte nun darauf ab, alles zu entscheiden, indem er die Reiterbogenschützen ziehen ließ und seine ganze Macht auf die näheren Krieger konzentrierte, denn er fürchtete, bei einer Verfolgung vom Schlachtfeld weggezogen zu werden und so die Zahlenverhältnisse noch mehr zuungunsten der Menschen zu ändern. Also ließ er noch einen scharfen Schwenk nach links machen und krachte mit seinen Berittenen in die Seite der orkischen Schlachtreihe.

Wie ein Keil, der ins Holz eines Baumes geschlagen wurde, drangen die Menschen in die dichte Reihe der Schwarzpelze. Von außen nach innen wich jede Ordnung aus der Aufstellung der Orks, als der Angriff sie mit grausamer Wucht traf. Einige liefen davon, andere wurden überrannt, nur wenige leisteten Widerstand. Cassian ritt ins dichteste Getümmel der Schlacht und teilte mörderische Hiebe mit seinem Schwert Todesklaue aus. Er wob ein Netz des Verderbens durch die Leiber seiner Feinde und war bald so mit Blut bedeckt, dass er nicht mehr wusste, welches davon sein eigenes war und welches von seinen Gegnern stammte.

Cassian wollte direkt durch die Reihen der Orks zum Banner vordringen, um die Feinde ihrer Anführer zu berauben. Vier seiner Leute waren bei ihm und verbreiterten die Schneise der Vernichtung, die er im Schatten der zahllosen Pfeile von beiden Seiten durch die Masse der Schwarzpelze zog.

In der Mitte des Hangs entbrannte unterdessen der Kampf zwischen den schwer bewaffneten Truppen von Vallbrand und Khorrim und den leicht bewaffneten Orks.

Khorrim ging wie üblich zu Fuß, Freund und Feind nicht achtend, mit unbezähmbarer Mordgier in die Reihen der Feinde. Die Menschen, die unter seiner Führung zu heulenden Bestien wurden, hielten schreckliche Ernte unter den Orks.

Vallbrand und seine Axtschwinger bahnten sich langsam und zielstrebig einen Weg in die Schlachtreihe, wie mächtige Bullen, die durch hohes Gras pflügten. Eine Brandung aus Schmerzensschreien und Waffengeklirr umtoste sie auf ihrem Weg den Hügel hinauf.

Vallbrand hatte ein Hochgefühl des sicheren Sieges im Herzen. Er wusste, dass ihm nichts geschehen konnte. Er wusste auch, dass seine Leute mit jeder Übermacht fertig werden konnten, wenn es sie auch noch so schmerzliche Verluste kosten sollte.

Noch immer hielt Viktor seine leichten Truppen in Reserve, da er den Punkt der Schlachtentscheidung bisher nicht ausmachen konnte. Seine Bogenschützen ließ er jetzt auf die Nahtstelle in der orkischen Schlachtreihe, zwischen Cassians und Vallbrands Leuten, feuern, da er meinte, so eine Vereinigung der beiden und einen endgültigen Durchbruch zu fördern.

Argrazuch hingegen schien keine Zweifel mehr zu haben, wo seine Leibgarde eingesetzt werden musste. Er zog seinen gewaltigen Säbel, ließ den Kriegsschrei ertönen, der von seiner Garde sofort aufgenommen wurde, und stürzte sich an die linke Flanke, wo Cassian und Malina mit den Orks im Kampf standen.

Auf der Kuppe des Hügels gewahrte Cassian unterdessen eine Staubwolke, die ihm sehr seltsam vorkam. Sie schien von hinter dem Hügel gekommen zu sein und bildete jetzt eine beinahe feste Wand aus Staub, die ihm die Sicht auf das, was dahinter lag, nahm. Eigentlich hätte gar nicht so viel Staub aufgewirbelt werden können, denn das Gras war dort sehr dicht, und zudem gab es vereinzelt Baumgruppen, die den Wind brachen. Außerdem hätte der Wind den Staub den Hügel hinabblasen müssen, was er aber nicht tat. Die Staubwand stand da wie Nebel an einem windstillen Tag.

Davor aber war etwas zu beobachten, was seine Aufmerksamkeit stärker fesselte als der seltsame Staub. Argrazuchs Garde stürmte geradewegs auf ihn zu. Mit unmenschlichen Schreien und wild geschwungenen Waffen rasten die größten und gefährlichsten aller Orkkrieger den Hügel hinab.

Cassian und Malina sammelten so viele ihrer Leute, wie sich aus dem Gewühl lösen konnten, und stellten sich der neuen Gefahr entgegen.

Inzwischen schien die Schlacht in der Mitte des Hanges entschieden. Sowohl Khorrim als auch Vallbrand hatten die Reihen ihrer Gegner rapide gelichtet und wateten in einem See von Blut den Hügel hinauf. Sie gaben ihren Truppen Gelegenheit, sich neu zu formieren, um sich seitlich weiterzubewegen und Cassian und den Oberst zu unterstützen.

Oberst Harrang war unterdessen an der linken Seite in Bedrängnis geraten. Viele aus der Garde mussten bereits abgesessen kämpfen, der Oberst selbst war verwundet worden und mit einer kleinen Gruppe seiner Männer von den anderen abgeschnitten. Um sie herum häuften sich die Leichen ihre Feinde, doch der grausige Wall bot nur geringen Schutz. Wieder und wieder stürmten die Orks gegen sie an, und mit jedem Mal hatte die Garde größere Verluste.

Wargos Reiter waren im Nahkampf mit den Reiterbogenschützen und konnten nicht zu Hilfe kommen, so dass Viktor sich gezwungen sah, die Leichtbewaffneten, die er in Reserve gehalten hatte, zum Schutz des Oberst einzusetzen, anstatt sie gegen die Mitte zu führen.

Cassian behauptete sich gut gegen die Garde der Orks, denn hier waren die Menschen an Zahl nicht so weit unterlegen. Die meisten Reiter waren noch zu Pferd und nutzten diesen Vorteil zu schneller Bewegung. Allerdings hatte Cassian sein Vorhaben, die Anführer der Orks zu stellen, aufgeben müssen, denn nun befand er sich selbst in der Verteidigung. Dennoch glaubte er, nur noch kurz aushalten zu müssen, denn die Schlacht schien ja in der Mitte schon entschieden. Da vernahm er plötzlich ein tiefes Summen, gefolgt von einem dumpfen Aufprall aus der Richtung der Hügelkuppe. Er wandte sich um und sah, was der Staubnebel, der sich nun lichtete, freigab.

Dort oben auf dem Hügel standen in ordentlicher Reihe acht riesige Armbrüste auf hölzernen Gestellen. Jede der Ballisten hatte eine Sehne, die mindestens drei Schritt messen musste und wurde von sechs zerlumpten, mageren Menschen bedient. Die Menschen schufteten unter den Peitschen von orkischen Aufsehern. Sie rackerten sich ab ohne eine Pause, ohne auch nur kurz zu verschnaufen, denn ging um ihr Leben.

Wenn einer der gewaltigen Bögen nach vorne schnellte, entließ das Gerät einen Stein von der Größe eines Menschenkopfes mitten in die Truppen Vallbrands und Khorrims. Sie waren so nahe an die furchtbaren Maschinen herangekommen, dass die Steine nicht von oben auf ihre Köpfe herabfielen, sondern ihre Reihen durchschlugen wie ein Pfeil ein Holzbrett durchschlägt. Vier oder fünf Männer wurden zermalmt, wenn einer der Brocken sich seinen blutigen Weg bahnte.

Diejenigen, die ihr Leben durch einen Sprung aus der Bahn der Verwüstung retten konnten, wollten so schnell wie möglich aus der Reichweite der Geschütze kommen. Die Truppen gerieten in heillose Unordnung. Überrascht und unsicher rannten sie durcheinander, viele suchten ihr Heil in kopfloser Flucht und wurden Opfer der Pfeile, die von den orkischen Reiterbogenschützen an Cassians Flanke abgefeuert wurden.

Die nächste Salve zielte auf die Bogenschützen und vertrieb sie aus ihrer Stellung, woraufhin die Orks, die gegen Cassian und Malina standen, wieder zum Angriff übergingen. Argrazuch selbst stürzte sich mit seiner Garde vorwärts und begann ein grässliches Schlachten unter den Reitern.

Oberst Harrang befahl unterdessen den Schwertkämpfern Viktors, die zu seiner Rettung kamen, mit aller Macht gegen die Geschütze vorzugehen und sie am Schießen zu hindern. Sie stürmten sogleich den Hügel hinauf, wo sie von einer Wolke von Pfeilen empfangen wurden, die sie so lange aufhielt, dass die Ballisten eine Salve auf sie abgeben konnten. Auch sie waren in wenigen Augenblicken in die Flucht geschlagen und ließen ein Knäuel von zermalmten Knochen und zerquetschtem Fleisch hinter sich zurück.

Die gesamte Armee der Menschen verlor jetzt die Ordnung und flutete zurück vor dem Alptraum aus Stein und Holz, der sie heimsuchte. Menschen und Pferde schrieen vor Schmerzen, eingekeilt unter der Last von Toten und Steinbrocken. Blut machte das Gras glitschig, und die Kämpfer stolperten und rutschten den Hügel hinunter.

Malina Yagorn sah entsetzt auf den schrecklichen chaotischen Haufen, in den sich die Armee, die eben noch mitten im Sieg zu stehen schien, verwandelt hatte. Sie hatte viele ihrer besten Kampfgefährten verloren und fürchtete, selbst noch vor Einbruch der Nacht den Orks zum Opfer zu fallen. Sie überlegte, ob sie lieber die Flucht ergreifen sollte, um wenigstens zu versuchen, ihr Leben zu retten, als sie mit einem Mal gewahr wurde, dass die Standarte Argrazuchs nicht weit von ihr entfernt aus dem Getümmel ragte. Ihn jetzt zu töten, brächte vermutlich nichts, denn es war fraglich, ob die Orks das überhaupt bemerken würden. Sie bedurften ja eigentlich keiner besonderen Führung mehr, um sich über die Reste des Feindes herzumachen. Aber sie hatte einen anderen Plan. Sie wusste, dass es bei den Orks eine alte Sitte gab, nach der man den Anführer eines Heeres zu einem Zweikampf herausfordern konnte, der über den Ausgang der Schlacht entscheiden sollte.

Malina gab ihrem Pferd die Sporen und setzte in einem kühnen Sprung mitten zwischen die Orks. Das Pferd überschlug sich, als es bei der Landung über eine Lanze stolperte, und sie konnte sich nur mit Mühe rechtzeitig aus dem Sattel retten. Sie hieb die Säbel, die auf sie eindrangen, beiseite, trat nach ihren Angreifern, warf einem ihren Umhang entgegen und erstach ihn, als er sich verhedderte. Wie eine Heldin aus sagenhafter Vorzeit bahnte sie sich ihren Weg durch die Schwarzpelze, die vor ihrem Mut und ihrer Kraft zurückwichen, bis sie bei der Standarte angelangt war. Dort warf sie ihre Schwerter vor Argrazuch, dem großen Kriegsherrn, in den Boden, dass sie mit den Spitzen steckenblieben, und ging langsam und mit ausgebreiteten Armen auf ihn zu.

Sie wusste, dass es ihren Tod bedeutete, wenn nur einer der Orks den Sinn ihrer Geste nicht verstehen würde, als sie drei Schritte vor dem Kriegsherrn stehenblieb. Tatsächlich bemerkte sie aus dem Augenwinkel, wie ein riesiger Krieger seinen Säbel heben und sie niederhauen wollte, als er von einem laut gebrüllten Befehl Argrazuchs zurückgehalten wurde.

Argrazuch sah Malina an, verwundert, dass die Menschenfrau über diese uralte Form der Herausforderung Bescheid wusste. Er wandte sich ihr langsam zu und stand Auge in Auge mit diesem seltsamen Wesen, das es wagte, ihn zum Zweikampf zu fordern.

Malina begann schnell und laut zu sprechen: "Lass den Kampf enden! Ich fordere dich heraus zu einem Zweikampf auf Leben und Tod! Er soll die Schlacht entscheiden und die Krieger des Verlierers dem Sieger ausliefern!"

Argrazuch sah sie unverwandt an und schien ihre Worte bedächtig abzuwägen. Seine Männer hatten die Herausforderung gesehen, und manche von ihnen verstanden sogar die Menschensprache, so dass er einiges Ansehen verlieren würde, wenn er ablehnte. Zudem schien ihm der Mut, den diese Frau bewiesen hatte, einer Anerkennung wert. So wollte er ihr die höchste Anerkennung zuteil werden lassen, die er ihr geben konnte. Er wollte ihr einen ehrenvollen Tod im Zweikampf zubilligen.

Er befahl, sofort das Zeichen zum Abbruch des Kampfes zu geben, und rings um ihn senkten die Orks ihre Waffen. Die Hörner gaben das Zeichen weiter, und wenig später hielt die gesamte Reihe der Orks in ihrem Wüten inne, was ihre Gegner sehr verwunderte. Krieger, die nicht zu kämpfen aufhören wollten, wurden von ihren eigenen Anführern mit Gewalt daran gehindert, und bald hatte die Schlacht tatsächlich ein Ende gefunden.

Die Menschen aber waren zu wenig geordnet, um sofort über ihre Feinde herfallen zu können, und ihre Befehlshaber, die erkannten, dass etwas Besonderes vorging, hatten Mühe, sie im Zaum zu halten. Stille senkte sich mit einem Mal über das Schlachtfeld, und alle warteten, was geschehen würde.

Indes wandte sich Argrazuch langsam, fast schleppend, in der Sprache des Reiches an Malina: "Einverstanden. Wir kämpfen jetzt."

"Nein, Kriegsherr", erwiderte sie. "Meine Gefährten wissen noch nichts von der Herausforderung. Ich muss sie erst unterrichten, damit sie wissen, was geschieht. Wir wollen morgen bei Sonnenaufgang kämpfen."

Argrazuch dachte kurz nach und erwiderte: "Gut. Ich erlaube dir einen Aufschub. Du kannst gehen."

Malina beugte sich vor ihm hinunter, zog ihre Schwerter aus dem Boden und wandte sich um. Dort sah sie vor sich die Reihen der Verzweifelten, für die sie dieses Wagnis eingegangen war. Aus vielen Wunden blutend, stützten sich die Menschen aufeinander. Jeder Kampfeswille war aus ihren Gesichtern gewichen. Sie starrten Malina schmutzig, blutig und verwirrt entgegen.

Mit raschem Schritt ging sie zu ihren Reihen zurück. Über dem Schlachtfeld hatte die merkwürdige Ruhe gehalten, die sich scharf vom infernalischen Lärm des Mordens unterschied, der kurz zuvor noch geherrscht hatte. Diese Ruhe wich jetzt einem Strom von Fragen. Ihre Gefährten riefen durcheinander:

"Was hast du gemacht?"

"Warum haben sie aufgehört?"

"Wollen sie uns wieder angreifen?"

"Wieso machen sie uns nicht nieder?"

Malina gab keine Antwort und ging achtlos und schnell durch die Reihen der verwunderten Kämpfer. Sie strebte direkt auf die Standarte des Oberst zu. Dort stand ein Kartentisch mit einigen Stühlen, wo auch Cassian, Viktor und Wargo Platz genommen hatten, um an der Beratung teilzunehmen.

"Was ist denn los? Was hast du dort oben getan?" fragte Oberst Harrang seine Korporalin sofort. "Warum haben sie plötzlich aufgehört zu kämpfen?"

″Ich habe mich einer alten Sitte erinnert, die bei den Orks noch gebräuchlich ist. Zum Glück nehmen sie es sehr genau mit ihren barbarischen Traditionen. Ich habe Argrazuch zum Zweikampf gefordert, um die Schlacht zu entscheiden.″

″Aber es ist Wahnsinn von ihm, darauf einzugehen″, entfuhr es Wargo. ″Er muss von Sinnen sein, dass er die Herausforderung annimmt. Er hatte die Schlacht doch schon gewonnen!″

″Natürlich war es töricht″, antwortete Malina. ″Aber er konnte unmöglich ablehnen. Er hätte sein Gesicht verloren. Zu viele seiner Leute waren bei ihm und haben zugesehen. Selbst wenn sie mich nicht verstanden haben, konnten sie doch die Gesten erkennen, die zur Herausforderung gehören.″

″Aber du hattest kein Recht, diese Abmachung mit ihm zu treffen!″ rief der Oberst aus. ″Du bist nicht unsere Anführerin und kannst nicht so einfach über unser aller Schicksal verfügen!″

Zornig erwiderte Malina: ″Was hätte ich denn sonst tun sollen! Hätte ich zusehen sollen, wie wir verlieren? Es war keine Zeit, das mit Euch zu besprechen. Wir wären jetzt alle tot, wenn ich das nicht getan hätte.″

Ein wenig ruhiger sagte der Oberst: ″Dennoch obliegt es mir, dem Befehlshaber, den Zweikampf zu führen. Es ist schließlich meine Truppe, um die es hier geht. Du musst zu Argrazuch gehen und ihm sagen, dass ich an deiner statt kämpfen werde.″

″Mit Verlaub, Herr Oberst!″ unterbrach Wargo wieder. ″Es ist nicht klug, wenn Ihr Euch in eine solche Gefahr begebt. Der Ausgang diese Kampfes ist keineswegs gewiss. Wer soll denn die Truppe führen, wenn Ihr, die Götter mögen uns bewahren, unterliegt? Ich denke, es steht wohl außer Frage, dass wir uns nicht daran gebunden fühlen müssen, wenn Malina für uns streitet und unterliegt, denn sie ist ja, wie Ihr richtig sagtet, nicht unsere Anführerin. Aber Ihr müsst Eure Kompanie anführen, wenn wir uns dann zur Wehr setzen müssen."

"Falls wir uns dann zur Wehr setzen müssen!" brüllte Cassian dazwischen. "Malina wird nicht unterliegen, dessen bin ich sicher. Ihr seid ein elender Schwarzmaler!"

Malina wandte sich von den Männern ab, um ihre Leute beim Lageraufbau zu beaufsichtigen. Sie hatte genug gehört, um zu wissen, dass die Offiziere sich nicht auf einen anderen Kämpfer würden einigen können. Das sinnlose Streitgespräch aber wollte sie nicht mit anhören, sie musste sich vorbereiten.

Während die Truppen ein einfaches Feldlager einrichteten und die Wachen eingeteilt wurden, stritten der Oberst und die beiden Leutnants weiter darüber, wie man in der jetzigen Lage verfahren sollte.

Wargo ergriff als erster das Wort. "Ich bin dafür, dass wir uns noch im Schutze der Nacht von den Orks absetzen", sagte er. "Sie sind zu viele, und sie haben diese verdammten Geschütze. Noch einmal würden sie uns sicher nicht davonkommen lassen. Wir würden in einer Schlacht unweigerlich unterliegen."

"Davon will ich nichts hören!" erwiderte Oberst Harrang. "Ich habe nicht den weiten Weg auf mich genommen, um nach einer halb geschlagenen Schlacht besiegt abzuziehen. Wir sind hier, um der Bedrohung endlich ein Ende zu machen. Noch können wir kämpfen. Noch haben sie nicht gesiegt!"

"Gut, Herr Oberst. Wie Ihr befehlt." Wargo beugte sich etwas vor. "Aber wenn Ihr erlaubt, hätte ich noch einen anderen Vorschlag, den ich gern vorbringen möchte. Wir sollten noch in der Nacht über die Orks herfallen. Jetzt rechnen sie nicht damit, dass wir die Schlacht wieder aufnehmen. Sie werden sicher ihren vermeintlichen Sieg feiern. Mit etwas Glück könnten wir sie vernichtend schlagen, bevor sie kampfbereit sind."

Cassian brauste wütend auf. "Hinterhältiger Mordbube! Das sieht Euch ähnlich!"

Der Oberst schnitt ihm das Wort ab: "Seid still, Cassian! Ihr braucht nicht ausfallend zu werden." Er wandte sich Wargo zu. "Ich will so tun, als hätte ich Euren Vorschlag nicht gehört. Es mag sein, dass andere Befehlshaber nichts Schlimmes dabei sehen, mit solcher Hinterlist vorzugehen, aber wir werden die Ehre unserer Kompanie nicht mit einer derart ruchlosen Tat beflecken. Der Waffenstillstand wird eingehalten."

Jetzt ergriff Cassian das Wort. "Ich bin dafür, den Ausgang der Schlacht ganz in Malinas Hände zu legen. Ich vertraue auf ihre Fähigkeiten im Kampf. Wir alle haben oft genug gesehen, dass es niemanden gibt, der ihr darin gleichkommt. Ich glaube daran, dass es ihr gelingt, Argrazuch zu besiegen."

Dem Oberst versetzten diese Worte einen schmerzhaften Stich. Er war immer noch der Meinung, dass nur ihm als Anführer eine solche Entscheidung zustand. Diesen Gedanken aber behielt er für sich. Den Rest seiner Bedenken hingegen äußerte er laut. "Ich kann mich nicht mit dem Gedanken abfinden, vielleicht mit der ganzen Kompanie in die Gefangenschaft der Orks zu gehen. Die Leute haben gut gekämpft, und es wäre ihnen gegenüber nicht recht, wenn ihr Schicksal vom Kampfglück einer einzelnen abhinge. Wir müssen noch einen anderen Plan machen für den Fall, dass sie doch unterliegt."

"Aber Herr Oberst!" unterbrach Cassian.

"Schweigt! Lasst mich ausreden! Ich bin immer noch nicht dafür, den Waffenstillstand zu brechen. Aber wenn Malina unterliegen sollte, werden wir uns nicht kampflos ergeben. Ich kann und will meinen Leuten einen solchen Befehl nicht geben. Es ist besser, in Ehren unterzugehen, als sich schmachvoll gefangen nehmen zu lassen. Es soll nicht heißen, dass die Kompanie sich einfach so hat gefangen nehmen lassen."

"Trotzdem..." begann Cassian wieder.

Der Oberst schlug krachend auf den Tisch und brüllte: "Ruhe! Ein für allemal. Ich habe entschieden, wie ich es für richtig halte. Eine weitere Diskussion werde ich nicht dulden. Geht jetzt und kümmert Euch um Eure Leute."

Oremo Harrang funkelte seine Leutnants unter zusammengezogenen Augenbrauen an. Sie wussten beide, dass er in dieser Stimmung keinem Gespräch mehr zugänglich war. Widerwillig trollten sich Cassian und Wargo und gingen zu ihren Abteilungen.

Während das Feldlager widerhallte vom Stöhnen und Schreien der Verwundeten und den düsteren Totengesängen der Thorwaler, bereitete sich Malina in ihrem Zelt auf den entscheidenden Kampf am nächsten Tag vor.

Sie breitete auf dem Boden ihres Zeltes eine Unterlage aus einem seltsam dunklen Leder aus und setzte sich darauf. Langsam entspannte sie bewusst jeden Muskel ihres Körpers, der von der Anstrengung der Schlacht schmerzte. Sie fühlte, wie ihre Arme und Beine schwer wurden, wie ihr Kopf langsam auf ihre Brust sackte und ihr Atem ganz ruhig und flach wurde.

Zögernd schickte sie ihren Geist auf Reisen. Sie hatte diese Übung nie besonders gemocht, und ihre widerwillige Lehrmeisterin hatte sie oft ermahnen müssen, nicht in ihren Bemühungen nachzulassen. Malina fürchtete das, was geschehen konnte, wenn sie ihrem Geist erlaubte, sich ganz zu entspannen.

Vor ihrem geistigen Auge dehnten sich die endlosen Weiten der Steppe. Sie schien darüber hinwegzufliegen, an einen Ort, der nur wenigen Eingeweihten bekannt war. Sie konnte diesen Ort sehen, obwohl er unter der Erde lag. Langsam und schmerzhaft senkte sich ihr Geist, durchbrach die schützende Erdhülle und erreichte den gesuchten Ort.

Dort ließ sie sich in der Mitte eines absonderlichen Raumes nieder. Sie war froh, dass ihr geistiges Auge ihr den genauen Anblick dieses Raumes ersparte. Sie erlebte das Gefühl, wie sich ihre Seele allmählich zu einer kleinen Kugel aus Schatten verdichtete. Jetzt war die Zeit gekommen zu sprechen.

"Bist du hier?" fragte sie in die Dunkelheit. "Kannst du mich hören?"

"Ich bin hier", kam die Antwort.

Ihre eigene Stimme schien ihr aus dem Dunkel heraus zu antworten, doch es war nicht ihre Stimme. In dieser Stimme schwang etwas mit, was sie nicht hatte, in der Stimme kam unüberhörbar eine Macht zum Ausdruck, wie sie kein menschliches Wesen besaß.

"Was willst du von mir, Malina?" fragte sie.

Malina antwortete: "Ich komme mit einer Bitte. Du hast gesehen, was heute geschehen ist?"

"Ich weiß, was geschehen ist", sagte die Stimme. "Und ich weiß auch, was du vorhast."

"Dann bitte ich dich, mir zu helfen", sagte Malina. "Ich kann ohne deine Hilfe nicht gewinnen."

Die Stimme brach in Gelächter aus. "Helfen!" rief sie. "Ich soll dir schon wieder helfen! Immer kommt ihr zu mir, wenn ihr nicht weiterwisst oder wenn ihr euch zuviel vorgenommen habt. Kannst du denn nichts alleine machen?"

Malina wurde zornig. Sie hatte heute ihr Leben aufs Spiel gesetzt, und jetzt wurde sie verspottet.

"Ich kann sehr wohl allein zurechtkommen", begann sie, doch die Stimme unterbrach sie.

"Verzeih mir. Es war nicht recht, dich zu verspotten. Ich will dir gerne gewähren, wonach du verlangst."

Die Stimme wurde leiser, war fast nur noch ein Flüstern. Malina lief es kalt den Rücken herunter, als sie die unterdrückte Bosheit spürte, die ihr entgegenschlug. "Dein Gegner ist stark", flüsterte die Stimme.

"Er ist vielleicht der stärkste Kämpfer, den es in der ganzen Steppe gibt. Du wirst etwas Besonderes brauchen. Etwas ganz Außergewöhnliches. Ich werde es dir geben."

Dann senkte sich Stille über den seltsamen Raum, und Malina war froh, dass das Gespräch vorbei war. Sie hasste diese Stimme, die sich so sehr wie die ihre anhörte. Sie hasste diesen Ort, der die Quelle von soviel Macht und soviel Elend war.

"Fang auf!" erscholl es plötzlich aus dem Dunkel.

Ein Gegenstand wurde ihr zugeworfen. Ihr kleiner Schattenkörper griff danach.

Schlagartig war Malina wieder bei sich. Sie spürte wieder Leder unter sich und schlug die Augen auf. Sie war wieder in der wirklichen Welt, sie saß auf dem Boden ihres Zeltes in der weiten Steppe.

Im Lager der Orks auf der anderen Seite des Hügels herrschten unterdessen ähnliche Zustände. Auch hier wurden die Verwundeten versorgt, und die Wachen versahen unruhig ihren Dienst. Die Toten aber wurden nicht betrauert wie bei den Menschen. Sie wurden einfach auf einen Haufen geworfen und verbrannt, nachdem man ihnen alles abgenommen hatte, was noch verwendbar war.

Der Kriegsherr lehnte sich in seinem Zelt zurück und tat einen tiefen Schluck aus seinem Weinglas. Er war mit dem Tag sehr zufrieden. Fast alles hatte sich so erfüllt, wie der Vorausblick es gezeigt hatte. Nur der mutige Einsatz der Menschenfrau hatte ihn überrascht. Sie war jemand, in dem er den Geist und Willen Brazoraghs spüren konnte, und er achtete sie hoch. Dennoch würde sie gegen ihn zweifellos unterliegen müssen, denn sie war nicht auf dem rechten Weg. Die Zukunft gehörte ihm. Ihm und seinen Kriegern, die heute wieder ihre Macht unter Beweis gestellt hatten.

Argrazuch stellte das Glas beiseite, griff nach dem Braten, der von Fett triefte, und biss herzhaft hinein. Er kaute genüsslich das scharf gewürzte Fleisch und spülte mit einem tüchtigen Schluck Wein nach. Zum wiederholten Mal freute er sich am Wohlgeschmack des Weines und dachte kurz über das seltsame Wesen der Menschen nach, die so fein zu leben und so erbärmlich zu kämpfen verstanden.

Plötzlich fuhr ein scharfer Windstoß durch das Zelt, und der Kriegsherr erblickte, aufgeschreckt aus seinen Gedanken, seinen Leibsklaven Hendrik, wie er die Zeltplane aufhielt.

"Was ist denn los?" fragte er ärgerlich. "Was gibt es, Hendrik? Wer sucht mich auf?"

"Ich bin es, Herr", tönte eine vertraute Stimme hinter dem Sklaven. Nadhbragh der Seher schob ihn beiseite und trat ein. Seine schmächtige Gestalt füllte den Zelteingang nicht halb aus. Argrazuch fühlte, wie sein Herz von Freude erfüllt wurde beim Anblick seines langjährigen Gefährten.

"Nadhbragh, mein Treuer. Setz dich, und nimm einen Schluck vom Wein. Er ist nicht schlecht, wenn man ihn ein bisschen würzt. Die Farbe wird auch viel besser davon."

Nadhbragh schlurfte zu einem niedrigen, mit Schnitzereien verzierten Tisch und setzte sich. Er nahm die Karaffe, goss sich ein Glas vom Wein ein und warf eine Handvoll schwarzer Ameisen hinein. Fasziniert beobachtete er den Kampf der kleinen Tiere, die verzweifelt versuchten ins Trockene zu gelangen und doch nach und nach verendeten, wenn ihre Kraft versiegte. Er ließ sich viel Zeit bei der Prozedur, um seine Gedanken zu ordnen.

"Warum kommst du zu mir, Nadhbragh?" fragte der Kriegsherr. "Du hast lange nicht mit mir getrunken."

Nadhbragh antwortete: "Herr, ich habe über den heutigen Tag nachgedacht. Nicht alles hat sich so entwickelt, wie wir es bei unserer Suche nach der Weisheit sahen."

"Ich weiß, Nadhbragh", sagte Argrazuch. "Aber wir brauchen nicht den Mut sinken zu lassen. Wir haben heute gesiegt, und wir werden morgen siegen. Die Erde zittert immer noch unter unseren Schritten, und nichts kann uns aufhalten."

Der Seher sagte: "Ich glaube daran, Herr, dass nichts uns aufhalten kann. Und dennoch..."

"Ja?"

"Dennoch bin ich in Sorge", fuhr Nadhbragh fort. "Ich hatte eine neue Einsicht, Herr. So sehr ich mich auch bemühe, ich vermag sie nicht zu deuten."

Argrazuch lehnte sich zurück und forderte ihn auf: "Berichte mir davon."

"Ich sah dich im Kampf mit jener Menschenfrau, die dich heute herausgefordert hat. Ihr standet mitten zwischen den Heeren und habt euch gemessen. Aber sie war nicht wie heute. Eine Macht schien ihr zur Seite zu stehen, die ich nicht sehen konnte."

Argrazuch sah nachdenklich in des Sehers Augen. Er schien tatsächlich davor zurückzuschrecken, seine Einsicht weiter zu schildern. Nadhbragh war manchmal etwas zu vorsichtig, was seine Vorhersagen anging, aber hier musste mehr im Spiel sein.

"Wie ging der Kampf aus?" fragte der Kriegsherr, als Nadhbragh nicht von sich aus weitersprach.

"Bedenke, Herr, dass es nur eine von vielen Möglichkeiten ist, die ich gesehen habe", begann dieser. "Es ist durchaus möglich, dass sich alles anders zuträgt."

"Wie ging es aus?" fragte Argrazuch drängend.

Nadhbragh schlug die Augen nieder und antwortete leise: "Du bist unterlegen, Herr. Sie hat dich besiegt, und ich bin sicher, dass daran irgendeine Magie schuld war."

Der Kriegsherr lachte. "Das kann nicht sein, Nadhbragh", sagte er. "Du täuschst dich. Ich kann nicht unterliegen. Niemals! Kein Sterblicher kann mich bezwingen!"

Argrazuch war aufgestanden, und seine mächtige Gestalt schien den Raum des Zeltes ganz auszufüllen. Er hatte etwas Überirdisches an sich, als er stolz und aufrecht mitten im Raum stand, eine Herausforderung an die ganze Welt und alle, die auf ihr lebten.

"Der Segen Brazoraghs liegt auf mir" sprach Argrazuch. "Ich werde nicht unterliegen. Weder gegen Waffen noch gegen Magie."

Nadhbragh blickte verwirrt und gebannt auf seinen Kriegsherrn. Er konnte deutlich fühlen, dass der Segen wirklich auf ihm lag. Er spürte, wie die Zweifel in seinem Herzen geringer wurden und schließlich ganz verschwanden. Argrazuch war der Auserwählte. Er glaubte an ihn.

7. Kapitel

Der Morgen dämmerte über dem Schlachtfeld heran, und in die Krieger beider Seiten kam Bewegung. Sie schüttelten die Starre der unruhigen Nacht ab und machten sich bereit zuzusehen, wie ihr Schicksal entschieden würde.

Die Orks rückten von hinten auf die Hügelkuppe heran und nahmen dort Aufstellung. Die Menschen verließen ihr Lager und stellten sich in der Ebene auf. So lagen die beiden Armeen einander gegenüber wie am Vortag, nur dass sie nicht zur Schlacht aufgestellt waren und die Waffen nicht gezogen hatten.

Von beiden Seiten rückten jetzt die Zweikämpfer, jeweils mit einer kleinen Begleitgruppe, heran. Schweigen senkte sich über das Schlachtfeld, als die Gruppen einander in der Mitte des Kampfplatzes begegneten.

Von Nordwesten her schritt Malina Yagorn über das niedergetrampelte Gras. Sie war in ein schweres Kettenhemd mit geschwärzten Gliedern gerüstet und trug ihr schwarzes Haar unter dem Helm zu einem dicken Zopf geflochten. An ihrer Seite hing ein schlankes, langes Schwert, das sie noch keiner hatte im Kampf führen sehen. Es war in einer prächtigen Scheide verborgen, deren silberne Beschläge mit zwergischen Runen verziert waren. Am Knauf prangte ein großer dunkler Edelstein, der das Licht der aufgehenden Sonne mit mattblauem Glanz zurückwarf.

Ihr gegenüber schritt Argrazuch vom Hügel herab, furchteinflößend in seinem gelben Gewand mit der gehörnten Sonne auf der Brust. Seine großen Hauer glänzten in der Sonne, als ein siegessicheres Grinsen über sein Gesicht spielte. Auch er trug ein Kettenhemd, nur dass es nicht schwarz wie Malinas war, sondern in lauterem Silber schimmerte.

Als er in der Mitte des Kampfplatzes angekommen war, zog er seinen mächtigen Säbel, drehte sich zu seinen Kriegern um und reckte beide Arme empor. Sofort erhob sich in den Reihen der Orks Triumphgeschrei, und ohrenbetäubend wurden die Säbel gegen die Schilde geschlagen.

Malina stand ihm schweigend gegenüber, unbeeindruckt von dem Lärm, den die Orks veranstalteten. Die Begleiter der beiden Kämpfer stellten sich in einem Viereck von dreißig Schritt Seitenlänge auf, um den Kampfplatz abzustecken. Im Norden und Süden nahmen Cassian und Viktor ihren Platz ein, der Osten und Westen wurden von Geshak und Maruch besetzt.

Argrazuch ließ den Säbel sinken und drehte sich zu Malina um, worauf seine Krieger verstummten. Er hob seinen Säbel zum Gruß, und Malina zog ihr Schwert, um den Gruß zu erwidern. Voller Vorfreude sah Argrazuch dem Kampf entgegen, denn er schätzte es, seine Kraft vor den Augen aller zu beweisen. Ohne noch einmal das Wort an sie zu richten, ging er Malina gegenüber in Position und griff an.

Mit weit ausholenden Hieben trieb er Malina zurück, die vom schnellen Beginn des Kampfes ein wenig überrascht schien. Cassian kam es vor, als wäre sie im Führen ihrer Waffe ungeübt, und er fragte sich, weshalb sie überhaupt mit dem unbekannten Schwert statt mit ihren gewohnten Klingen kämpfte.

Malina beschränkte sich zunächst darauf, Argrazuchs ungestüme Angriffe abzuwehren, und schien zwar nicht in Bedrängnis, doch unfähig, selbst zum Angriff überzugehen.

Der riesige Ork jagte sie mit tief geführten Hieben über den Kampfplatz. Er war ganz in seinem Element, geboren, ein Krieger zu sein, und stolz auf die unbändige Kraft seines Waffenarms.

"Stell dich endlich, du feiges Menschenweib!" brüllte er ihr zu, um sie anzustacheln.

"Die Menschen kämpfen schlecht!" fielen Geshak und Maruch, seine Unterfeldherrn, unter lautem Lachen in seine Rufe ein.

"Ich schlitze dich auf bis zum Nabel!" schrie der Kriegsherr. "Du bist gar nicht würdig, gegen mich zu kämpfen! Du bist schwach und feige!"

Endlich wandte sich Malina, rot vor Zorn über seine Schmähungen, zu dem großen Ork um.

Blitzschnell sprang Argrazuch jetzt vor und versuchte Malina mit einem Stich in den Unterleib zu treffen. Doch sie schien darauf gewartet zu haben, dass er näher herankam, denn sie drehte sich leicht zur Seite und schlug ihm auf den Waffenarm, direkt unter den Rand des Ärmels seines Kettenhemdes. Ihre Klinge biss sich durch den dicken Pelz, und Argrazuch grunzte erstaunt, fand aber gleich die Balance wieder und trieb sie mit einem Rückhandhieb von sich weg.

Nun belauerten die beiden einander aus größerer Entfernung, keiner wollte den nächsten Angriff wagen. Sie umkreisten einander vorsichtig und täuschten Attacken vor, um den anderen aus der Reserve zu locken.

Malina nützte einen der vorgetäuschten Angriffe des Orks, um ihrerseits wieder näher heranzukommen, und musste sogleich einem wilden Hieb gegen den Kopf ausweichen. Jetzt begann sie Argrazuch vor sich herzutreiben und ließ ihre Klinge blitzschnell hin und zurück fahren, zustechen und wieder heransausen, so dass der Ork sich nur mit Mühe ihrer erwehren konnte.

Als einer von Malinas Hieben seinen Helm streifte, brachte er sich durch einen überraschenden Sprung nach vorne in Sicherheit und trat nach ihrem Knie.

Sie wich dem Tritt zwar aus, geriet aber kurz aus dem Gleichgewicht, was Argrazuch zu einem gewaltigen Hieb gegen ihren Kopf nutzte. Der Säbel drang mit metallischem Knirschen durch den Helm und traf Malina an der Schläfe. Helles Blut sickerte aus der Wunde hervor, und sie ging zu Boden, unfähig, sich auf den Beinen zu halten. In den Reihen der Orks erhob sich ein Jubelgeschrei und Waffengeklirr, dass man auf dem Kampfplatz schier davon betäubt wurde. Schreie des Entsetzens und der Furcht erklangen von der Menschenarmee.

Cassian war leichenblass geworden. Er sah alle Hoffnung, die er in Malinas überlegene Kampfkunst gesetzt hatte, enttäuscht. Trauer über den schmerzlichen Verlust seiner Kampfgefährtin übermannte ihn. Seine Leute machten sich bereit, mit dem Mut der Verzweiflung zu kämpfen.

Der Ork war mit einer Geschwindigkeit, wie sie kein Mensch bei seiner massigen Gestalt für möglich gehalten hatte, über ihr und wollte zum Todesstoß ansetzen. Malina schwanden beinahe die Sinne vor Schmerz, ihre Augen waren verklebt von Blut und Schweiß. Sie sah nicht mehr, wo ihr Gegner war, und rollte sich zur Seite, in der verzweifelten Hoffnung, seinem Stoß zu entkommen.

Knirschend fuhr der Säbel Argrazuchs in den Boden, genau dort, wo sich eben noch Malinas Brust befunden hatte. Er zog zurück und holte zu einem neuen Stich aus, da fuhr ihm plötzlich Malinas Schwert kreischend zwischen die Glieder seines Kettenhemdes. Er spürte einen Tritt gegen seinen Unterschenkel und geriet ins Straucheln, was Malina, mehr ohnmächtig als bei Bewusstsein, dazu nutzte, ihr Schwert mit aller Kraft weiter in seinen Leib zu treiben.

Vom eigenen Gewicht aufgespießt, röchelte Argrazuch im Todeskampf, seine Hand mit dem Säbel zuckte hierhin und dorthin wie der Schwanz eines sterbenden Tieres. Er hustete einen dampfenden

Schwall Blut auf das Gesicht seiner Gegnerin, der unter ihm die Sinne schwanden, und starb, fassungslos, dass er von seinem Gott so im Stich gelassen wurde.

Maruch, der den Menschen am nächsten stand, zog seinen Säbel und schien sofort über Malina, die mit bleichem Gesicht besinnungslos im Gras lag, herfallen zu wollen. Wütende Schreie ertönten aus den Reihen der Menschen, einige griffen zu den Waffen und stürmten in Richtung des Kampfplatzes. Auch Cassian und Viktor zogen blank. Der große Ork hingegen rannte an Malina vorbei geradewegs zum Leichnam seines Herrn und stellte sich mit gezogenem Säbel über ihn, bereit, jeden zu töten, der es wagen sollte, sich an der Leiche zu vergehen. Auch Geshak stürmte jetzt hinzu, um den toten Kriegsherrn vor dem Zugriff seiner Feinde zu schützen. Rücken an Rücken standen die beiden Orks bei der Leiche und fletschten verteidigungsbereit die Zähne.

Oben auf dem Hügel hatte sich fassungslose Stille über die dichtgedrängt stehenden Orks gelegt. Die Auserwählten waren in einem Augenblick des kommenden Triumphs plötzlich ihres Kriegsherrn beraubt worden und drohten den Zusammenhalt zu verlieren. Einige schienen sich schon zur Flucht zu wenden und hätten die Reihen sicher verlassen, hätte nicht Nadhbragh mit lauter Stimme das Wort ergriffen.

"Bleibt stehen!" rief er. "Der Kriegsherr hat euch nicht gestattet zu gehen! Wollt ihr sein Andenken so entehren? Soll es heißen, dass die Seinen ihn verlassen haben im Augenblick des Todes?"

Zustimmendes Gemurmel ertönte aus der Masse der Krieger. Jene, die fliehen wollten, kehrten zurück in die Reihen und senkten schamerfüllt die Köpfe.

Von unten her brandete nun der Jubel der Menschen auf. Als Cassian und Viktor die ohnmächtige Malina aufhoben und sie zurück zu den Ihrigen trugen, schlugen auch sie mit den Waffen auf die Schilde und brüllten ihre Erleichterung und ihren wiedergewonnenen Mut in die Welt hinaus. Der Zweikampf hatte sein Ende gefunden, und es war ein Ende, wie es von den anwesenden Menschen und Orks wohl nur wenige für möglich gehalten hatten.

Wargo und Oberst Harrang berieten sich in schnell flüsternd, wie jetzt vorzugehen sei.

"Die Lage ist bedenklich", begann Wargo. "Es gelingt nur mit Mühe, jene zurückzuhalten, die auf den Kampfplatz stürmen wollen. Ihre Stimmung ist gefährlich siegestrunken. Ich fürchte, wir werden die Truppe nicht mehr lange unter Kontrolle halten können."

"Haltet Eure Leute zurück. Es gibt jetzt keinen Grund mehr für einen neuen Kampf. Es ist entschieden, wir haben gesiegt", entgegnete der Oberst.

Wargo sagte besorgt: "Ich befürchte, ich kann sie trotzdem nicht mehr lange bändigen. Besonders Khorrims Leute scheinen unbedingt einen Kampf zu wollen. Aber ich bin auch geneigt, ihnen recht zu geben. Die Gelegenheit ist wahrlich günstig. Wir sollten entschlossen gegen die Orks vorgehen, solange sie führerlos sind."

"Wenn Ihr Eure Leute nicht im Griff habt, sollte ich mir vielleicht einen anderen Leutnant suchen", sagte Oberst Harrang erbost. "Wie könnt Ihr nur daran denken, einen Kampf eröffnen zu wollen, nur weil Eure Untergebenen Blut sehen wollen! Wir sind die Offiziere, wir haben hier zu befehlen, und wenn Ihr das nicht könnt, werde ich Euch absetzen!"

"Aber Herr Oberst!" erwiderte Wargo. Die Empörung stand ihm ins Gesicht geschrieben.

"Die Lage ist doch günstig wie noch nie! Sie haben keinen Anführer mehr und sind verwirrt. Wir könnten sie alle mit einem Schlag vernichten. Die

Bedrohung wäre ein für allemal ausgeschaltet."

Der Oberst sagte ungeduldig: "Wir sind nicht zum Kampf bereit, Wargo. Ihr wisst das so gut wie ich. Sie sind uns immer noch an Zahl überlegen, mehr sogar als gestern. Begreift Ihr nicht, dass wir uns von den eigenen Truppen keine Schlacht aufzwingen lassen dürfen?"

Hier wurde der Oberst von lautem Hörnerklang unterbrochen, der vom Hügel herabschmetterte. Es war ein Signal, wie es die Menschen noch nie vernommen hatten, und sie sahen verwundert hinauf zu ihren Feinden, aus denen sich jetzt eine Gruppe von etwa vierzig Kriegern löste. Diese Schwarzpelze warfen ihre Schilde zu Boden und steckten die Waffen weg, als sie sich zu einer Marschkolonne formierten. An ihrer Spitze schritt ein kleiner Ork, der sich beim Gehen auf einen reichgeschmückten Stab stützte.

Cassian war inzwischen bei den Offizieren zur Besprechung angelangt. Erstaunt sah er dem zu, was auf der Hügelkuppe vor sich ging. Er teilte den anderen mit, was er darin zu sehen glaubte. "Sie scheinen uns zeigen zu wollen, dass sie keinen Kampf beabsichtigen. Sie wollen wohl ihren toten Feldherrn abholen."

Wargo entgegnete: "Und wenn das eine Kriegslist ist? Wer sagt uns, dass die anderen nicht über uns herfallen, während wir zusehen, wie sie ihren Anführer abholen? Wir dürfen ihnen nicht trauen. Schließlich sind sie verschlagen und hinterlistig."

"Ich glaube nicht, dass es eine List ist", warf Viktor ein, der sich ebenfalls hinzugesellt hatte. "Ich habe vorhin gehört, dass der Kleine, der sie anführt, zu ihnen gesprochen hat. Ich konnte ihn zwar nicht verstehen, aber er scheint großen Einfluss zu haben. Vielleicht ist er sogar ihr neuer Häuptling. Wer sollte sie denn zum Angriff führen, wenn er hier unten ist?"

Wargo warf einen eiskalten Blick auf seinen Berater und wandte sich von der Besprechung ab. "Wenn hier schon das Wort eines Korporals mehr zählt als das seines Leutnants, so werde ich mich, mit der Erlaubnis des Herrn Oberst, zurückziehen und bei meinen Leuten auf Befehle warten", sagte er beleidigt. Mit diesen Worten entfernte er sich in Richtung seiner Reiterei, wobei er darauf achtete, möglichst würdevoll einherzuschreiten.

Oberst Harrang hatte unterdessen seinen Entschluss gefasst. "Wir werden ihnen entgegengehen", sagte er. "Cassian, Vallbrand, Viktor! Ihr kommt mit mir. Wir wollen mit den Schwarzpelzen reden!"

So bildete sich auch bei den Menschen eine Abordnung, die ebenfalls ohne Schild und mit den Waffen in der Scheide dem Kampfplatz zustrebte. Etwa zehn Schritt voneinander entfernt hielten die beiden Gruppen an, und ihre Anführer traten vor.

Wieder hatte sich Stille über die Steppe gesenkt. Außer dem ewigen Brausen des Windes war nur das Schnauben der Pferde und gelegentlich das Klirren von Gerät zu vernehmen, als sich die beiden Anführer über Argrazuchs Leiche hinweg musterten. Der Ork ergriff zuerst das Wort: "Ich bin Nadhbragh der Seher, ehemals von den Korogai, nun von den Auserwählten des Argrazuch." Er sprach die Sprache des Mittelreiches mit einem starken, kehligen Akzent.

Der Oberst antwortete ihm: "Ich bin Oberst Oremo Harrang, der Feldherr der Kompanie der Stahlschlangen, die du hinter mir siehst. Was ist dein Begehr?"

"Oberst!" sagte Nadhbragh. "Es ist nicht klug, wenn wir jetzt noch eine Schlacht beginnen. Ich weiß, dass wir jetzt eigentlich alle eure Gefangenen sind. Aber ihr seid nicht einmal genug, uns zu bewachen. Ich werde die Krieger nicht überzeugen können, euch zu folgen. Ihr könnt uns nicht angreifen, weil ihr so wenige seid.

Wir aber wollen euch nicht angreifen, weil wir nicht viel dabei gewinnen können. Es scheint, als hätte diese Schlacht keinen Sieger. Deshalb werden wir jetzt unseren Kriegsherrn mitnehmen und das Schlachtfeld verlassen."

Der Oberst war überrascht, eine so lange Rede aus dem Munde eines Wesens zu vernehmen, das ihm kurz zuvor noch als ein zweibeiniges Tier erschienen war. Er war beeindruckt von der sachlichen Sprache und dem großen Wortschatz seines Feindes und brauchte ein wenig länger als gewöhnlich, um sich eine Antwort zurechtzulegen. "Das ist gegen die Abmachung", sagte er schließlich. "Ihr müsst uns zumindest einen Ersatz leisten dafür, dass wir euch ziehen lassen. Wir haben den Zweikampf gewonnen und damit auch die Schlacht. Es geht nicht, dass wir ohne Siegespreis heimkehren."

Der kleine Ork verzog seinen Mund zu einem Lächeln, das trotz seiner großen Zähne eher müde als bedrohlich wirkte. Er überlegte kurz und antwortete: "Gut. Das ist einsichtig. Ich schlage euch vor, dass ihr alles, was noch auf dem Schlachtfeld zurückgeblieben ist, als Beute einsammelt, wie es des Siegers Recht ist. Außerdem lassen wir euch die Pferde unserer Toten als Preis für unseren Abzug. Bist du damit einverstanden, oder willst du versuchen, in einem Kampf mehr zu gewinnen?"

Der Oberst dachte kurz nach und sah dann ein, dass er bei diesem Handel gut ausstieg, denn er konnte einige Beute heimführen. Eigentlich konnte er froh sein, überhaupt mit dem Leben davonzukommen, so groß war die Übermacht der Orks gewesen. So gab Oberst Harrang seine Zustimmung. "Dann sei es so zwischen uns abgemacht", sagte er. "Wir nehmen die Pferde und alles, was an Waffen und Gütern auf dem Feld liegt. Ihr bekommt dafür einen ungefährdeten Abzug."

Der Seher gab ein Zeichen, und die Orks hoben ihren toten Kriegsherrn auf. Sie trugen ihn den Hügel hinauf zu den Reihen seiner Auserwählten.

Nadhbragh wandte sich noch einmal um und sprach: "Ich bitte euch: Versucht nicht, uns zu verfolgen. Wir müssten euch alle töten." Mit diesen Worten wandte er sich ab und reihte sich am Ende des Zuges ein, als wäre er ein gewöhnlicher Krieger.

Oben auf dem Hügel schlossen sich alle Orks Mann für Mann dem langen Zug an, an dessen Spitze Argrazuchs Leichnam getragen wurde. Zum dunklen Klang der Kriegshörner machten sie sich auf den Weg Richtung Osten. Sie gingen alle zu Fuß und führten die Pferde, die ihnen geblieben waren, am Zügel hinter sich her. Die göttliche Sendung des Kriegsherrn hatte ein Ende gefunden von der Hand Malina Yagorns.

8. Kapitel

Zwei Wochen später versammelte Oberst Harrang seine Offiziere in seinem Zelt wieder zu einer Besprechung. Malina war bereits von ihrer Wunde genesen und nahm gemeinsam mit Cassian als Vertreter der Ersten Abteilung teil. Viktor und Wargo waren als Vertreter der Zweiten Abteilung zugegen. Der Oberst eröffnete die Sitzung mit einer überraschenden Bekanntmachung. "Der Bürgerrat von Rabangen hat bei General von Steinsee wegen einer Truppe zum Schutz der Stadt angefragt", begann er. "Weil wir im Moment sehr knapp an kampfkräftigen Leuten sind, hat der General statt dessen veranlasst, dass einige Wagenladungen voll Waffen und Rüstungen dorthin gebracht werden sollen. Damit sollen sie einen Bürgerhaufen ausrüsten und ihre Stadt selbst verteidigen." Nun breitete der Oberst eine Landkarte auf seinen Tisch und deutete mit dem Zeigefinger auf den Anfang und das Ziel des Transports. Er gab seinen Offizieren eine Erklärung der Lage. "Der Weg, den die Wagen nehmen werden, verläuft mitten durch Orkland, direkt südöstlich von uns. Ich habe uns deshalb als Bewachungstruppe angemeldet. Cassian?"

Cassian, der in Gedanken bei der schönen Shahadri geweilt hatte, schreckte auf. "Ja, Herr Oberst?" antwortete er etwas verwirrt.

"Hat die Jagd nach den Hirngespinsten vom großen Orklager irgendwelche brauchbaren Ergebnisse für unsere bevorstehende Aufgabe eingebracht?" fragte der Oberst.

Aufgebracht sprang Cassian auf, er war sich des spöttischen Lächelns auf Wargos Lippen wohl bewusst, ohne ihn ansehen zu müssen. "Es gibt dieses Lager, Herr Oberst!" rief er aus. "Sie müssen alle an einem Platz versammelt sein. Wie könnten sie sonst diese Disziplin und diese Ordnung erlangt haben, wenn nicht durch gemeinsames Üben?"

"Ist schon gut, Cassian!" fiel ihm der Oberst beschwichtigend ins Wort. "Ich wollte Euch nicht kränken. Ich weiß, dass Ihr es für wichtig haltet, unsere Kundschafter danach suchen zu lassen. Ich habe auch nichts dagegen, solange die Lage so ruhig ist wie jetzt. Aber sprecht jetzt bitte nicht davon, sondern von dem, was uns auf dem Weg erwartet."

"Ja, Herr Oberst", sagte Cassian und deutete auf einen Punkt auf der Karte, der mitten im Weg des Transportes lag. "Es scheint so, dass die Schwarzpelze hier eine Art Turm gebaut haben, um die Gegend zu überblicken. Ich habe mit Hassim darüber gesprochen, und er meint, man könnte von diesem Turm aus gut und gerne acht Meilen weit sehen. Der Transport wäre also in höchster Gefahr, entdeckt zu werden, wenn er keinen weiten Umweg macht."

"Einen weiten Umweg kann ich keinesfalls in Kauf nehmen. Der General besteht darauf, dass die Waffen schnell an ihr Ziel gelangen. Eile ist geboten, damit die Sendung überhaupt noch etwas ausrichten kann. Zudem würde ein Umweg durch Gebiete führen, die nicht in unserem Bereich liegen, so dass eine andere Kompanie sich darum kümmern müsste. Ich will mir aber diese Aufgabe nicht aus den Händen nehmen lassen. Strengt Eure Köpfe an und denkt Euch etwas aus, damit wir den Umweg nicht machen müssen. Ihr habt Zeit bis morgen. An die Arbeit." Der Oberst stand auf und wollte nach hinten gehen, doch seine beiden Leutnants hatten anscheinend noch nicht begriffen, dass er sie entlassen hatte.

"Ich hätte schon einen Vorschlag", begann Cassian. Er beugte sich vor, um auf einen Punkt auf der Karte zu deuten.

"Ich auch, Herr Oberst!" fiel ihm Wargo ins Wort und stieß Cassian grob vom Tisch weg, um seinerseits die Karte in Beschlag zu nehmen.

"Ihr seid entlassen!" brüllte der Oberst und schlug krachend auf den Tisch. "Ich habe es satt, dass Ihr hier durcheinanderredet. Ich will nichts davon hören, wie Ihr versucht, einander zu übertrumpfen. Geht raus und denkt nach. Ich will Eure ewige Streiterei nicht hier in meinem Zelt erdulden! Besprecht Euch mit Euren Korporalen. Morgen früh legt mir jeder einen Plan von seiner Abteilung vor. Ich werde mich dann entscheiden. Jetzt will ich nichts mehr davon hören!"

Endlich ließen Wargo und Cassian von ihrem Streit ab und verließen das Zelt ihres Oberbefehlshabers. Ihre Korporale trotteten hinterdrein.

Cassian machte sich jetzt schleunigst auf den Weg zu Shahadri. Er sehnte sich danach, von ihr Zuspruch zu erhalten.

Er fand sie in seinem Zelt, wie sie gerade dabei war, ein neues Kleid anzuprobieren, das sie heute von einem vorbeiziehenden Händler gekauft hatte.

"Du siehst gut aus in diesem Kleid", sagte Cassian und ging zu ihr. Er schloss sie in die Arme und küsste sie zärtlich. Sie erwiderte seinen Kuss mit der gleichen Zärtlichkeit.

Dann fragte sie ihn: "Was ist bei eurer Besprechung herausgekommen?"

"Ach, frag nicht danach", sagte Cassian, der enttäuscht war, dass sie über seine Arbeit sprechen wollte, statt sich zärtlicherer Unterhaltung hinzugeben. "Es war furchtbar. Wargo war wie immer unausstehlich, und der Oberst hat nur Angst, jemand anderer könnte ihm Ruhm und Ehre streitig machen."

"Worum ging es denn überhaupt?" fragte Shahadri.

Cassian antwortete: "Dort draußen in der Steppe ist

ein Wachturm, den die Orks gebaut haben. Der Oberst will, dass wir beide, Wargo und ich, ihm bis morgen jeder einen Plan vorlegen, wie der Turm zu erstürmen wäre. Ein Transport mit Waffen soll dort durchgehen, und der Turm bedroht seine Sicherheit. Ich hätte auch schon einen Plan überlegt, aber der Oberst will ihn erst morgen anhören."

Shahadri bat: "Erzähl mir von deinem Plan."

Cassian seufzte und setzte sich auf sein Bett. Er zog die Stiefel aus und begann, ihr sein Vorhaben auseinanderzusetzen.

Korporal Viktor Gars ging unterdessen durch das Haupttor des Lagers hinaus in die windgeplagte Steppe, um dort seine Gedanken zu ordnen. Er war es längst leid, von seinem Leutnant immer nur mit wenig ehrenvollen Aufgaben betraut zu werden. Immer wieder wurden seine Leute zur Wache im Lager zurückgelassen oder mussten in der Schlacht die Reserve bilden. Er war der Meinung, dass dies einem derart großen strategischen Geist, wie er ihn besaß, auf geradezu schändliche Weise spottete.

Seit seiner frühen Jugend war er, der immer schon zu großer Leibesfülle neigte, von den Spielkameraden verspottet und ausgeschlossen worden. Daran hatte sich auch in der Akademie nichts geändert, wo ihn selbst seine Lehrer nicht so behandeln wollten wie die anderen Zöglinge. Er hatte gelernt, dass sie allesamt nicht zu beeindrucken waren, wenn er seinen Zorn über ihre Überheblichkeit offen zur Schau trug, und hatte begonnen, alles in sich hineinzufressen, dessen er habhaft wurde. So hatte er mit zwanzig Jahren schon deutlich über zweihundert Pfund gewogen und nun, im Alter von dreiunddreißig, wog er fast dreihundert. Niemand, der es nicht selbst gesehen hatte, glaubte, dass er mit dem großen Bidenhänder, den er über der

Schulter trug, meisterhaft umgehen konnte. Außerdem wusste er sehr gut um seinen schlechten Ruf.

Anders als Malina aber war Viktor um seinen Ruf sehr wohl besorgt und suchte ständig nach einer Möglichkeit, sich angenehm in Erinnerung zu bringen. Er übernahm, ohne zu murren, alle Aufgaben, die ihm übertragen wurden, und tat sich hervor, indem er alles schnell und gewissenhaft erledigte. Er war nie aufbrausend oder ungerecht gegen seine Leute und ließ sich gegen seine Vorgesetzten nie etwas zuschulden kommen. Trotzdem sahen alle im Lager ihn nur als einen fetten Schwächling, der sich im Kampf nicht beweisen konnte und deshalb maßlos soff und fraß und sich mit Knechten und Stallburschen einließ.

Oft schon hatte besonders Khorrim versucht, ihm daraus eine Strick zu drehen. Einmal war er zu Wargo gegangen und hatte sich über Khorrims ständige Sticheleien und hinterlistige Seitenhiebe beschwert.

Der Leutnant hatte nur gesagt: "Ich weiß nicht, was du hast. Er hat doch recht. Bist du etwa kein fetter alter Mann, der sich mit Knaben einlässt? Und ist es nicht so, dass du mit deinen Leuten gern im Hintergrund bleibst und dich nicht im dicksten Schlachtgetümmel hervortust?"

Viktor hatte geantwortet: "Ihr wisst genau, dass Ihr selbst mir immer diese Aufgabe zuweist."

"Versuche bloß nicht, dich auf mich rauszureden", hatte der Leutnant, der an diesem Tag in äußerst schlechter Stimmung gewesen war, nur gesagt. "Es bleibt mir doch nichts anderes übrig. Ihr seid eben zu nichts anderem zu gebrauchen, du und deine Bande von Versagern."

Viktor war bei diesen Wort rot angelaufen vor unterdrücktem Zorn, hatte aber nichts weiter dazu gesagt.

Wargo hatte sich noch ein wenig Wein nachgegossen und mit gönnerhafter Miene bemerkt: "Trotzdem werde ich dich als meinen Ratgeber behalten. Ich halte zu dir, mein Lieber. Sonst wüsste doch niemand mit dir etwas anzufangen. Geh jetzt, und sieh mal in den Ställen nach dem Rechten."

Voll Abscheu gegen seinen Leutnant und gegen die ganze Kompanie, hatte Viktor sich aus dem prächtigen Zelt getrollt.

Heute aber, so glaubte er, war der Tag, um dem Leutnant und dem Oberst zu beweisen, was in ihm steckte. So machte er sich in der Einsamkeit seiner Wanderung durch die Steppe daran, einen Plan zu ersinnen, der bei Oberst Harrang Eindruck machen würde.

Des Nachts hatte Viktor dann, zurückgekehrt von seinem Spaziergang, eine lange und eindringliche Unterhaltung mit Hassim, dem Anführer der Kundschafter, wo er sich von ihm die genaue Lage und das Aussehen des Wachturms und seiner Umgebung haarklein schildern ließ. Cassian hatte ja schon am Vortag mit Hassim gesprochen und sich damit einen Vorsprung bei seiner Planungsarbeit geholt, doch Viktor zweifelte nicht daran, dass er dem Leutnant geistig überlegen war und mit dem besseren Plan würde aufwarten können.

Zu Mitternacht sprach er bei seinem Leutnant vor, um ihm den Plan zu erläutern. Wargo sah ihn zunächst ungläubig an und meinte: "Du bist wohl von Sinnen, mir einen solchen Plan vorzuschlagen. Hast du dir keine Gedanken gemacht, wie gefährlich so ein Vorhaben sein kann? Außerdem bin ich mir nicht einmal sicher, dass der Oberst in seiner beschränkten Sichtweise so einen Plan nicht von vornherein als ehrlos ablehnt."

Viktor entgegnete: "Es mag gefährlich sein, das ist wahr. Aber es ist nicht für uns gefährlich. Weder Ihr noch ich müssen an der Aktion teilnehmen. Ich bin mir sicher, dass der Oberst mehr Zutrauen in die Erste Abteilung hat. Er wird sie damit beauftragen, wenn Ihr ihm klarmacht, dass eine Kriegslist nichts Ehrloses ist."

Wargo sah ihn nachdenklich an und sprach: "Nun gut. Dann will ich gleich morgen früh mit dem Oberst darüber reden. Aber sei auf der Hut, Viktor. Wenn etwas schief geht, werde ich nicht vergessen, von wem der Plan war."

Sorglos lehnte Viktor sich im Stuhl zurück und meinte: "Es wird nichts schief gehen. Seid dessen sicher. Es wird gewiss nichts schief gehen."

Früh am nächsten Tage erhob sich Wargo, wohl wissend, dass sowohl die Korporale, mit Ausnahme Malinas, als auch Cassian noch schlafen würden. Er kleidete sich schnell an und ging in die Dämmerung hinaus. Eiligen Schrittes querte er den Lagerplatz und meldete sich bei Oberst Harrangs Wache an.

Wenig später empfing ihn der Oberst in eben jenem Raume seines Zeltes, wo am Vortag die Besprechung stattgefunden hatte. Die Landkarte lag, mit einigen neuen Anmerkungen versehen, auf dem Tisch aufgerollt. Oberst Harrang saß hinter dem Tisch auf seinem Feldstuhl und bat Wargo, an seiner Seite Platz zu nehmen.

Ein Diener brachte eben den Morgentrunk, als Wargo mit seinen Ausführungen begann: "Die Sache ist eigentlich weniger schwierig, als sie auf den ersten Blick aussieht. Man muss sich nur in den Geist der Schwarzpelze versetzen können, dann liegt die Lösung eigentlich auf der Hand." Hier machte Wargo eine Pause, die den Oberst zu genauem Nachfragen geradezu herausfordern musste.

"Heraus damit! Wie sieht diese einfache Lösung aus?" fragte der Oberst.

"Wir alle wissen aus leidvoller Erfahrung, dass die Orks in diesem Krieg in der Hauptsache auf Beute aus sind. Die Gier nach Gold, Waffen, Pferden und Sklaven ist die Triebkraft hinter ihren Überfällen. Sie sind von Natur aus ein Haufen, dem jede innere Ordnung fehlt. Die starke Hand Argrazuchs mag dies vielleicht eine Zeitlang überwunden haben, doch er ist jetzt tot. Es ist wohl kaum anzunehmen, dass sie nun nicht in ihre alten Gewohnheiten zurückfallen, wo jeder macht, was er will. Wir sollten daraus unseren Nutzen ziehen und die Orks, die in dem Turm Wache halten, herauslocken."

"Wie wollt Ihr das anstellen?" fragte der Oberst zweifelnd. "Sie wären verrückt, wenn sie beim Anblick von Bewaffneten ihren Turm verließen, statt in Sicherheit auf Verstärkung zu warten."

Wargo machte eine Kunstpause und trank einen Schluck, bevor er sagte: "Wenn aber die Bewaffneten nicht so einfach als solche kenntlich wären? Wir könnten mit einem oder zwei Wagen, die mit Planen überdeckt sind, einen ansehnlichen Haufen von Kriegern befördern. Dazu würden wir noch einige wenige Krieger als Begleitung mitgeben, damit die Sache nicht unglaubwürdig wird. Wenn die Orks dann aus Beutegier ihren Turm verlassen haben und den vermeintlichen Transport überfallen, springen unsere Bewaffneten vom Wagen und machen ihnen gemeinsam mit den Begleitern den Garaus. Dann kann der eigentliche Transport ungehindert weiterziehen."

Oberst Harrang dachte eine Weile über den Vorschlag nach. Er verzog keine Miene, als er Wargo mitteilte, er hätte den Vorschlag jetzt vernommen und würde ihn eingehend prüfen, wenn er Cassians Vorschlag auch gehört haben würde. Wargo aber kannte den Oberst schon lange und meinte, in dessen Augen schon die sichere Zustimmung zu Viktors Plan gelesen zu haben. Er empfahl sich nun, um in sein Zelt zu gehen und darüber nachzudenken, was er Viktor, der sicher begierig war zu erfahren, wie sein Vorschlag angekommen war, sagen wollte.

Später am Morgen suchte auch Cassian, der Vallbrand und Malina noch von seinem Vorschlag unterrichtet hatte, den Oberst auf. Sie hatten ihm zugestimmt, und er war überzeugt, dass es ein guter Plan war, auch wenn Shahadri ihn nicht als gelungen angesehen hatte.

Voller Zuversicht, dass der Oberst seinen Plan gutheißen werde, setzte er sich an den Kartentisch, schenkte sich ein wenig Wein ein und breitete seine Karten aus. Er begann damit, dem Oberst auseinanderzusetzen, wie viele Leute und welches Gerät er brauchte. "Ich nehme an, dass wir mit einer ganzen Abteilung kommen müssen", sagte er. "Außerdem brauchen wir Leitern und einen Rammbock, um den Turm zu nehmen. Die Orks werden nicht so dumm sein, sich uns zur offenen Schlacht zu stellen."

"Und wo wollt Ihr die Leitern und den Rammbock herbekommen?" fragte Oberst Harrang. "Ihr wisst sehr wohl, wie sehr die Zeit drängt. Meint Ihr, wir könnten uns noch so lange aufhalten?"

"Aber es kann höchstens ein oder zwei Tage dauern, das Zeug zu bauen, Herr Oberst", entgegnete Cassian, dessen Zuversicht langsam zu schwinden begann.

Der Oberst meinte: "So lange will ich auf keinen Fall warten. Ich möchte diese Sache schnell erledigt sehen. General von Steinsee hätte sicher kein Verständnis dafür, wenn wir noch lange zögern."

Cassian, der seine Arbeit nicht gewürdigt fand, erwiderte: "Aber ohne Belagerungsgerät können wir den Turm nicht einnehmen. Sollen wir vielleicht die Wände mit unseren Schwertern einreißen?"

"Ich sehe schon", sprach der Oberst, "Ihr habt nicht besonders gründlich über die Sache nachgedacht. Man hätte sich doch eine Möglichkeit ausdenken können, die keinen so langen Aufschub voraussetzt."

Entrüstet sprang Cassian auf. "Ich habe mir sehr wohl genaue Gedanken gemacht", sagte er. "Seht her, ich habe alles genau aufgeschrieben. Jeden Mann, jedes Tier und Gerät, alles habe ich verzeichnet." Er begann sich über den Oberst zu ärgern und seine Stimme wurde immer lauter.

Beschwichtigend hob der Oberst die Hände. "Gemach, gemach", versuchte er den aufgebrachten Leutnant zu beruhigen. "Es ist ja nicht so, dass Euer Plan von Grund auf schlecht wäre. Aber mir scheint, es gibt einen besseren."

"Ach ja?" fragte Cassian spöttisch. "Der stammt wohl von Wargo. Habe ich recht?"

"Von wem der Plan stammt, tut nichts zur Sache", entgegnete der Oberst. "Solange es ein guter Plan ist, bin ich bereit, ihm zu folgen."

Cassian versuchte noch einmal, den Oberst dazu zu bringen, wenigstens seine Aufstellungen genau zu betrachten, doch vergeblich. Er sah schließlich ein, dass es ein fruchtloses Ansinnen war, den Oberst doch noch zu überzeugen. Cassian gab auf und verließ niedergeschlagen das Zelt. Diesmal schien ihm Wargo tatsächlich zuvorgekommen zu sein.

9. Kapitel

Mühselig ratterten die beiden Wagen über das Gras der weiten Steppe dahin. Es war einer der wenigen Tage, an denen es regnete, und die Wege im Orkland hatten sich binnen Stundenfrist in Rutschbahnen aus knietiefem Schlamm verwandelt.

Vallbrand Eisenfaust zog seinen Schlapphut tief in die Stirn und blickte missmutig in die grauen Regenschleier hinaus. Das Wasser troff von der Plane des Wagens über die Hutkrempe in seinen Nacken, und er musste den Mantel enger um die Schultern ziehen. Der Kutscher an seiner Seite war bei dem herrschenden Wetter noch übler dran, denn er hatte nicht einmal einen Hut, um seinen Kopf vor den Wassermassen zu schützen. Die Bewaffneten, die hinten im Wagen unter der Plane saßen, hatten es da schon deutlich angenehmer.

Links und rechts von den beiden Wagen gingen zehn Krieger in ordentlichen Reihen einher. Das Geräusch ihrer scheppernden Waffen und Rüstungen wurde vom Regen gedämpft, und auch ihr gelegentliches Murren war kaum zu vernehmen. Vor und hinter dem Wagenzug ritt jeweils ein Kundschafter, den Mantel geschlossen, gesenkten Hauptes durch den Regen. Der Wachturm der Orks war schon vor einer halben Stunde in Sicht gekommen, aber bislang hatte sich dort oben noch nichts gerührt.

Vallbrand begann allmählich, sich Sorgen zu machen, ob der Plan, den der Oberst ihnen verkündet hatte, überhaupt gut gehen konnte. Die Schwarzpelze waren für seinen Geschmack ein bisschen zu vorsichtig. Sie hätten längst versuchen müssen, über den kleinen Wagenzug herzufallen, wenn Leutnant Wargo mit seiner Annahme richtiggelegen hätte. Die Anspannung und die Unsicherheit waren auch bei seinen Männern ständig gewachsen, seit sie den Turm im Sichtfeld hatten, und es schien, als würden alle nur darauf warten, dass der Kampf losging.

Der Kutscher wandte sich an Vallbrand: "Sie müssten uns längst gesehen haben. Meinst du, dass sie jetzt endlich hervorkommen?"

Vallbrand brummte etwas in seinen Bart.

"Die Ochsen sind auch schon ganz unruhig. Glaubst du, wir haben es bald überstanden?"

"Lass mich endlich zufrieden, du Feigling! Ich hätte das auch lieber anders gemacht. Aber die Offiziere haben zu befehlen, und wir haben zu gehorchen. Also halt die Augen offen und gib Ruhe."

Der Kutscher wandte sich beleidigt ab und starrte angestrengt auf den Turm, der sich neben dem Wegesrand erhob.

Fast zwanzig Schritt hoch ragte der hölzerne Wachturm wie eine Felsnadel über der Steppe auf. Es war ein Bauwerk, das mit einiger Kunstfertigkeit errichtet worden war, die man den Orks nicht zugetraut hätte. Wie viele Stockwerke er hatte, war von außen nicht zu erkennen, denn keine Fensteröffnung durchbrach die Wände aus altem, dunklen Holz. An ihrer Spitze wurde die Konstruktion von einer hohen Palisade gekrönt, die eine offene Plattform umgab. In dieser Palisade befanden sich mit Sicherheit Schießscharten, die man aber von unten nicht sehen konnte. Der Turm wirkte, als stünde er nutzlos in der öden Landschaft und wäre von allem Leben verlassen.

Der Wagenzug war schon beinahe auf der Höhe des Tores angelangt, als Vallbrand meinte, er hätte oben beim Geländer eine Bewegung erspäht. Jetzt konnte es nicht mehr lange dauern, bis der Kampf beginnen musste. Er fasste die Axt fester und machte sich bereit, vom Wagen zu springen.

Das schmale Tor des Turms öffnete sich plötzlich, als sich die Mitte des Wagenzuges genau auf der Höhe des Tors befand, und die Orks stürmten mit wildem Kriegsgebrüll daraus hervor. Sie ließen ihre Säbel kreisen, schlugen auf ihre Schilde und schrieen aus Leibeskräften, um die vermeintlich leichte Beute noch mehr in Angst und Schrecken zu versetzen. Ihr Anführer war ein riesiger Kerl mit einem zweihändigen Säbel, gekleidet in leuchtendem Rot, den Helm zierte eine schreckliche Fratze. Er stürmte seinen Leuten voran, geradewegs auf den ersten Wagen zu, auf dem Vallbrand saß.

Dieser wuchtete sich vom Kutschbock, warf den Mantel ab und brüllte seinen Leuten den Befehl zum Angriff zu. Die Orks staunten nicht schlecht, als die Planen der beiden Wagen beiseite geschlagen wurden und darunter fast drei Dutzend Bewaffnete zum Vorschein kamen. Schnell waren die zwanzig Orks in einen Kampf verwickelt, den sie in dieser Form sicher nicht erwartet hatten.

Jetzt, nachdem endlich der Kampf begonnen hatte, floss das Blut wieder heiß und wild durch die Adern der Menschen. In ihren Gedanken brannte die Lust zu siegen, angestachelt von Vallbrands rätselhaftem Gebräu, das sie beim Aufbruch zu sich genommen hatten.

Vallbrand stürmte sogleich auf den Anführer zu und ließ seine Axt auf ihn herabsausen. Der Ork konnte dem wuchtigen Schlag zwar ausweichen, doch er rutschte dabei im Schlamm aus und fiel auf den Rücken. Blitzschnell war Vallbrand über ihm und grub die Axt in seinen Brustkorb. Der Ork kreischte schmerzerfüllt auf und ließ den Säbel aus den Händen gleiten. Vallbrand tobte unterdessen schon weiter zum nächsten Gegner und hieb ihm die Axt in die Seite. Seine Leute wüteten nicht weniger blutig unter den überraschten Orks, und die zwanzig, die ausgezogen waren, um Beute zu machen, waren bald geschlagen. Zwei Orks hatten sich schnell umgewandt, als sie die vielen Krieger erblickt hatten, und versuchten nun, durch das Tor in die Sicherheit des Turmes zu gelangen. Sie sahen nicht über die Schulter, sondern rannten um ihr Leben, ohne darauf zu achten, was hinter ihnen vorging. So wurden auch sie leichte Beute für Vallbrands pfeifende Axt. Dem einen klaffte eine riesige Wunde im Rücken, der andere sank, einen Arm zu einem blutenden Stumpf zerhauen, zu Boden. Vallbrand hastete jetzt mit zweien seiner Thorwaler die vielen Holzstufen hinauf bis zur Plattform und tötete alle Schwarzpelze, die ihm dabei unterkamen. Als die drei die Spitze des Turmes erreicht hatten, war unten der Kampf beendet, und die Söldner waren schon dabei, die Leichen der Orks um ihre Habseligkeiten zu erleichtern.

Vallbrand rief den beiden Reitern am Fuße des Turmes zu: "Der Kampf ist vorbei! Macht euch sofort auf den Weg! Der Transport kann ungefährdet weiterziehen!"

Die beiden wandten ihre Pferde und galoppierten nach Nordwesten davon, um die Wagen, die außer Sichtweite versammelt waren, auf den Weg zu bringen.

Jubel brandete unten auf, als die Reiter davonstoben. Die Männer und Frauen schlugen mit den Schwertern auf ihre Schilde und ließen Vallbrand hochleben. Es war ein einfacher Sieg für sie gewesen.

Die Männer und Frauen unter Vallbrands Kommando besetzten den Turm, wie es vorher die Orks getan hatten, taten sich an deren Vorräten gütlich und warteten, dass der Rest des Wagenzuges einträfe. Die Kutscher mussten unterdessen unter leichter Bewachung den anderen Wagen entgegenziehen. Sie sollten ihre eigentliche Ladung, die einstweilen unter den anderen verteilt gewesen war, wieder in ihre Wagen aufnehmen, damit der Zug in guter Geschwindigkeit vorankäme.

Zwei Stunden später war der ganze Transport beim Turm versammelt und abmarschbereit. Oberst Oremo Harrang nahm mit Vallbrand und Khorrim die Vorhut. Dahinter zogen fünfzehn Wagen, schwer beladen mit Waffen und Rüstungen, unter der Bewachung Cassians und Viktors. Wargo und Malina bildeten die Nachhut dieses Zuges.

Am nächsten Tag, um die Mittagszeit, sichteten die Kundschafter Hassims im gleißenden Sonnenlicht eine Staubwolke. Sie ritten eine wenig näher heran und erkannten, dass hier etwa vierzig Orks geradewegs auf den Transport zuhielten. Die meisten ihrer Krieger schienen zu Fuß unterwegs zu sein, nur eine Handvoll von ihnen hatte Pferde. Hassim und die Seinen sprengten eilends zu Oberst Harrang, um ihn zu unterrichten.

Der Oberst beschloss, die Orks mit seiner Garde und den Truppen Malinas aufzuhalten. Da der Feind nur wenige Reiter besaß, rechnete er damit, sie alle niedermachen zu können, so dass keine Kunde von dem großen Waffenzug weiter ins Orkland dringen konnte. Nach wenigen Minuten waren die Reiter bereit und trabten Richtung Süden davon.

Der Waffentransport zog unterdessen eine niedrige Hügelkette entlang weiter. Khorrim hatte jetzt die verkleinerte Vorhut, und Wargo führte die Nachhut alleine an. Cassian hatte vom Oberst den Befehl über den ganzen Transport erhalten. Er sah gerade zum Himmel auf, um zu erkennen, ob für den Nachmittag Regen zu erwarten wäre, als er mit einem Mal ein vielstimmiges Summen zu vernehmen glaubte.

Sofort war der Himmel von einer Wolke von Pfeilen verdunkelt, die sich hinter den Hügeln zu erheben schien und auf den Wagenzug herabstürzte. Brüllende und geifernde Orks rasten plötzlich von den Hügelkuppen herunter und auf die Wagen zu. Schreckliche Kriegshörner wurden geblasen und vermehrten den ohrenbetäubenden Lärm um eine weitere Stimme. Den Menschen wurden die Pferde scheu, die Ochsen brüllten, mancher Krieger sank getroffen zu Boden und schrie laut auf in seinem Schmerz.

Cassian brauchte ein wenig, um sich von dem Schreck zu erholen und die Lage zu überblicken. Sie waren in eine Falle geraten. Auf einem Hügel erhob sich ein Banner, das Cassian noch nicht gesehen hatte. Es zeigte einen schwarzen Dolch auf grünem Grund, dessen Knauf grotesk vergrößert die Form einer roten Scheibe hatte. Unter diesem Banner scharten sich einige Reiter in schimmernden Rüstungen, die bei dem Überfall den Befehl zu führen schienen. Von den Hügeln herab aber stürzte ein tobendes, kreischendes Chaos auf die Menschen herab. Die vordersten Spitzen der Orks waren schon fast heran und lagen in wildem Kampf mit den Bewachungstruppen. Cassian sah weder seinen Bannerträger noch einen der Bläser, so dass es ihm unmöglich war, mit seinen Befehlen Ordnung in dic Reihen der Seinen zu bringen. Er fasste den nächsten berittenen Soldaten, dessen er habhaft werden konnte, und gab ihm den Befehl, eilends zur Nachhut zu reiten und sie heranzuführen. Dann stürztc cr sich selbst in den Kampf und betete zu Rondra, dass die Nachhut noch rechtzeitig eintreffen möge.

Er ritt auf den nächsten dichten Haufen von Orks zu, um den Feind wie schon so oft in der Schlacht auseinanderzutreiben. Sein erster wilder Hieb wurde pariert, und der zweite ging gänzlich fehl. Das verwunderte Cassian ein wenig, denn auf seine Kampfeskunst hatte er sich immer verlassen können. Ein Ork, der nahe an ihm war, stieß seinen Säbel tief in den Bauch des Pferdes. Dampfendes Blut schoss hervor, und das arme Tier schrie im Zusammenbrechen laut auf vor Schmerz.

Cassian musste sich nun zu Fuß den Gegnern stellen, die in großer Zahl auf ihn eindrangen. Er teilte Hiebe nach rechts und links aus, parierte, fintete und stach zu, ohne sich von seinen Feinden lösen zu können. Seine Rüstung hatte schon mehrere Treffer abgefangen, als er sich plötzlich einem sehr großen Ork in leuchtend grüner Kleidung gegenüber sah, in dem er jenen erkannte, der vor zwei Wochen über Argrazuchs Leiche gewacht hatte. Auch Maruch schien ihn zu erkennen und bedeutete den anderen Orks, dass er sich mit Cassian allein im Zweikampf messen wollte.

Cassian ging sofort zum Angriff über, als er sah, dass ihm ein wenig Platz gelassen wurde. Todesklaue pfiff ein grausiges Lied, als er sie gegen den Orkkrieger schwang. Maruch zeigte sich von Cassians Ansturm wenig beeindruckt und wischte den ersten Angriff scheinbar mühelos zur Seite. Er schien Kräfte wie ein Oger zu besitzen und kam unter dem mächtigen Hieb nicht einmal ins Wanken. Cassian war bestürzt. Er zögerte kurz in seinem Angriff, was Maruch sogleich dazu nutzte, ihm einen Säbelhieb zu verpassen. Cassians Hand kam nicht hoch zur Parade. Sein Schwert schien mit einem Mal das Gewicht eines Baumstammes zu haben. Der Säbel des Orks krachte schwer auf seine Rüstung nieder. Cassian wankte, immer noch unfähig zu begreifen, was vor sich ging.

Maruch trieb ihn jetzt mit seiner Klinge vor sich her, als wäre er ein Fechtschüler, dem der Meister sein Können vorführte. Nur mit Mühe gelang es ihm, den Schlägen auszuweichen. Er kam nicht mehr dazu, selbst einen Hieb anzubringen, denn sein Waffenarm hing ihm wie taub vom Körper. Er versuchte das Schwert fallen zu lassen, um so vielleicht die Freiheit zurückzugewinnen, doch seine Hand wollte sich nicht öffnen.

Verzweifelt fragte er sich, was hier mit ihm geschah, als ihm das Bewusstsein im dröhnenden Glockenton eines schweren Kopftreffers schwand.

10. Kapitel

Cassian erwachte mit brummendem Schädel. Langsam dämmerte er herauf in die oberen Gefilde des Bewusstseins, seine Ohren waren es, die ihm zuerst wieder Dienst tun wollten. Er vernahm um sich herum leises Stöhnen und fernen, kehligen Gesang. Unter sich spürte er etwas, das er für eine zerlumpte Decke hielt, die auf einem unebenen kalten Boden lag. Er roch Blut und Schweiß in seiner Nähe und einen bestialischen Gestank, über dessen Herkunft er nicht näher nachdenken wollte. Jemand, dessen Atem stark nach Wein und Angst roch, beugte sich über seinen Körper.

Langsam, unerträglich langsam, klärte sich sein Blick, und er begann, vage Umrisse seiner Umgebung wahrzunehmen. Er befand sich in einem schmutzigen Zelt, dessen Planen speckig und an vielen Stellen geflickt waren. Sonnenlicht flutete durch ein paar Löcher herein, unfähig, den Innenraum zu erleuchten. Im spärlichen Licht einer Tranfunzel sah er zu seinen Seiten weitere Menschen liegen. Einige schienen miteinander zu reden, andere wanden sich in Krämpfen des Schmerzes. Über sich erblickte er undeutlich ein Gesicht. Korporal Viktor Gars sah mit besorgter Miene auf den Leutnant herab und fragte etwas, was Cassian nicht verstand.

Er wiederholte seine Frage: "...Ordnung... Sorge... trinken...?"

Cassian nickte auf das letzte Wort hin und fühlte, wie sein schmerzlich pochender Kopf angehoben wurde. Kurz darauf flutete etwas Kaltes, offenbar stark Berauschendes seine Kehle hinab. Er schloss die Augen, ließ sich wieder zurücksinken und schlief ein.

Wieder erwachte Cassian, etwas schneller als das erste Mal, und setzte sich auf. In das Stöhnen und Jammern hatte sich jetzt Schnarchen gemischt, das die leise gemurmelten Unterhaltungen übertönte. Cassian wollte aufstehen, doch die Welt begann sich um ihn zu drehen, so dass er davon Abstand nehmen musste, wollte er nicht gleich der Länge nach hinschlagen. Er musterte seine Umgebung und erkannte, dass er sich immer noch in dem großen Zelt befand. Mit ihm war noch etwa ein Dutzend Menschen hier untergebracht. Zwei Kriegerinnen erkannte er sofort, weil sie aus seiner eigenen Truppe stammten, alle anderen, die hier waren, kamen ihm zumindest bekannt vor.

Neben ihm unterbrach jemand sein hingebungsvolles Schnarchen, und er wandte sich dorthin um. An seiner Seite war Viktor, der sich gerade den Schlaf aus den Augen rieb und sich aufsetzte.

"Ihr habt sehr lange geschlafen, Herr Leutnant. Wir haben schon gefürchtet, dass Ihr gar nicht mehr aus dem Reich der Träume zurückkehrt."

"Wo sind wir hier überhaupt?" fragte Cassian mit schwerer Zunge.

"Bei den Schwarzpelzen", antwortete Viktor. "Sie haben etwa zwanzig von uns gefangengenommen. Erinnert Ihr Euch nicht mehr an die Schlacht?"

Cassian sagte: "Nein. Ich weiß nur, dass ich einen Schlag auf den Kopf bekommen habe. Dann war alles dunkel um mich. Das nächste, was ich weiß, ist, dass ich hier erwacht bin."

"Dann lasst mich erzählen", begann Viktor. "Wir wurden von den Orks überfallen, kurz nachdem der Oberst weggeritten war. Sie waren stark in der Überzahl und haben uns mehr als hart bedrängt. Ich habe Euch fallen sehen und dachte schon, jetzt müsste ich den Befehl übernehmen, aber der Anführer der Orks hat mir auch diese Sorge abgenommen."

Bei diesen Worte zeigte er auf einen blutigen Verband, der um seine linke Schulter gelegt war.

Cassian fragte: "Und weiter?"

Viktor fuhr fort: "Ich habe dann noch gesehen, wie die Nachhut eingetroffen ist, aber der Ork im grünen Gewand und seine Krieger hatten alle Gefangenen schon den Hügel hinaufgeschafft. Dort haben sie uns Säcke über den Kopf gezogen und sind mit uns losgeritten. Dann haben wir fast einen ganzen Tag lang nicht angehalten, immer auf dem Pferderücken. Jeder hatte einen Ork hinter sich auf dem Pferd, und so ging es dahin, wie weit, weiß ich nicht. Diese Orkpferde müssen einiges aushalten."

Viktor schmunzelte, als er an seiner gewaltigen Leibesfülle hinabsah, und fuhr fort: "Jedenfalls sind wir vor vier Tagen hier angekommen. Ich glaube, das hier ist das Große Lager, von dem Ihr immer gesprochen habt. Deshalb haben sie uns wohl auch die Augen verbunden, damit wir nicht sehen können, wo es liegt."

"Habt ihr schon genauer erkennen können, wie es hier aussieht?" fragte Cassian.

"Nein", gab Viktor zur Antwort. "Wir kommen leider nicht weit weg von dem Zelt. Vor dem Eingang stehen immer mindestens vier Wachen, und die Waffen haben sie uns auch abgenommen, wie du vielleicht schon bemerkt hast."

Bei der Erwähnung der Waffen geriet Cassian ins Grübeln über den letzten Kampf und das erschreckende Verhalten seines Schwertes. Er scheute sich nicht, dem Schwert in seinen Gedanken tatsächlich so etwas wie einen Willen zu unterstellen, und er meinte, es wäre ein sehr böser Wille gewesen, der es geleitet hatte.

Er wandte sich wieder an Viktor. "Hast du gesehen, ob sie auch mein Schwert mitgenommen haben?"

"Nein", sagte dieser. "Ich glaube, sie haben es liegen lassen. Das ist seltsam, oder? Ich kann mir wirklich keinen Reim darauf machen, wo es doch so ein schönes Beutestück wäre. Ihr wisst, wie wir alle Euch darum beneidet haben. War vielleicht irgend etwas damit nicht in Ordnung?"

Cassian schwieg und wandte sich von Viktors neugierig fragendem Blick ab. Um das Thema zu wechseln, fragte er: "Mir schien, als wären wir mehr gewesen hier drin, als ich das erste Mal aufgewacht bin. Wo sind denn die anderen hin?"

Viktor beugte sich nahe zu ihm und sprach jetzt sehr leise. "Es stimmt, was Ihr sagt. Wir waren früher mehr. Die Orks holen sich täglich einen oder zwei von uns heraus, meistens jene, denen es besser geht. Die Leute glauben, sie würden zum Arbeiten fortgeführt, aber ich weiß es besser." Er senkte die Stimme zu einem Flüstern. "Ich lasse die anderen in dem Glauben, aber ich habe einmal gesehen, was mit ihnen geschieht. Seither habe ich den Leuten verboten, hinauszuschauen, angeblich deshalb, weil die Orks sonst unangenehm werden. Sie nehmen sie mit und bringen sie ihren fluchwürdigen Göttern zum Opfer dar."

"Was tun sie?" fragte Cassian in ungläubigem Staunen. Er hatte von den barbarischen Sitten der Orks einiges gehört, doch das konnte und wollte er sich nicht vorstellen.

"Ja", bestätigte Viktor. "Es ist wirklich so. Sie nehmen einen von uns mit und binden ihn auf eine Art Gerüst, und ihr Priester schlitzt ihm dann auf eine schrecklich grausame Weise den Bauch auf."

Cassian fuhr auf: "Diese barbarischen Schweine. Wie viele von uns haben sie schon ermordet?"

Viktor sah sich hastig im Zelt um, ob man Cassians Worte verstanden hatte, und flüsterte: "Nicht so laut. Es waren bis jetzt acht. Ich habe Angst, denn es kann nicht mehr lang dauern, bis sie auch uns holen. Die Wächter sehen mich immer schon so seltsam an."

Cassian schwieg betroffen und ließ sich das Gesagte durch den Kopf gehen. Viktor schaffte ihm unterdessen ein wenig zu essen und zu trinken heran. Das Essen war ein scharf gewürzter, dünner Brei, der einem die Kehle verbrannte und danach ein größeres Loch im Magen zu lassen schien, als man es vorher gehabt hatte. Als Getränk reichte Viktor dazu einen scharfen Schnaps, den er ins Zelt der Gefangenen geschmuggelt hatte.

Als Cassian gerade zum Ende seiner kargen Mahlzeit kam, wurde die Zeltplane von außen zurückgeschlagen, und vier Orks betraten das Zelt. Sie verjagten einen Krieger, der in der Nähe des Eingangs gelegen hatte, mit Fußtritten und hielten zielstrebig auf eine der Frauen zu, die aus Cassians Gruppe stammte. Cassian sprang auf und schüttelte die Hand Viktors ab, der ihn zurückzuhalten versuchte. Er fühlte sich zwar sehr unsicher auf den Beinen, wollte aber auf keinen Fall zulassen, das noch einmal jemand als Opfer dargebracht wurde.

Er packte einen der Orks grob an der Schulter und schrie ihn an: "Verschwinde! Ich lasse nicht zu, dass ihr noch einen von uns holt!"

Der Ork wandte sich gedankenschnell um und stieß in der Bewegung mit dem Ellbogen nach Cassians Gesicht. Cassian hatte seinen Körper noch nicht völlig in der Gewalt und konnte sich des gemeinen Angriffs nicht erwehren. Es krachte wie trockenes Holz, als ihm die Nase brach, und er sank besinnungslos zu Boden.

Cassians Ohnmacht dauerte nicht lange, denn der Schmerz in seinem Gesicht brachte ihn bald wieder zu Bewusstsein. Er kroch auf allen vieren zum Eingang des Zeltes, wo Viktor stand und mit seinem feisten Körper den Blick versperrte. Der Korporal hatte die Zeltplane ein klein wenig geöffnet und spähte hinaus. Cassian richtete sich unendlich mühsam auf, um auch einen Blick auf das Geschehen zu werfen, das sich auf dem schlecht beleuchteten Platz im Orklager abspielte.

Viktor wandte sich um, als er Cassian nahen hörte. "Geht zurück nach hinten. Ihr beunruhigt unsere Leute nur. Sie brauchen nicht zu wissen, was dort draußen vorgeht", zischte er ihm zu.

Wütend flüsterte Cassian: "Vielleicht ist es längst an der Zeit, dass sie beunruhigt werden, wenn es stimmt, was du sagst. Mach Platz! Ich lasse mir von dir keine Befehle geben, Korporal!"

"Wie Ihr wollt", meinte Viktor. "Aber denkt ja nicht, Ihr könntet uns hier herausführen. Wir sind alle verloren, wenn uns niemand retten kommt."

So spähten die beiden gemeinsam über die Schultern der Zeltwachen hinweg.

Draußen auf dem Lagerplatz war ein großes Gerüst aufgerichtet, das aus zwei hohen Stangen und einer Querlatte bestand. An diese Latte war eine Leiter gelehnt worden, auf der ein Ork stand, der gerade Cassians Kriegerin zugereicht bekam. Man hatte sie vollständig entkleidet und am ganzen Körper mit seltsamen Zeichen bemalt. Sie war bewusstlos und hing schlaff wie ein Sack in den Armen des schwarzpelzigen Kriegers. Auf der Querlatte saßen zwei Orks, die sich an Seilen zu schaffen machten.

"Eilana, Eilana, Eilana... !" Eine spöttische Stimme ertönte plötzlich in Cassians Kopf und sang monoton den Namen der Kriegerin vor sich hin. Er war sich völlig sicher, dass er die Stimme noch nie gehört hatte. Trotzdem kam sie ihm seltsam bekannt vor. Als er darüber nachdachte, warum ihm der Name nicht einfallen wollte, war der Spuk auch schon vorbei.

Die Orks an den Seilen hatten sich nun heruntergebeugt und Eilanas Handgelenke mit Lederbändern befestigt, so dass sie zwischen den beiden Pfosten in den Seilen hing, gehalten von zwei kräftigen Kriegern. Auch ihre Beine wurden mit Seilen gefesselt, und bald war sie an dem Gestell aufgespannt wie Tierhaut beim Gerber.

Cassian machte einen Schritt nach vorn. Zorn loderte in seinen dunklen Augen, und es hätte nicht viel gefehlt, dass er auf den Platz gestürmt wäre, um dem Vorgang Einhalt zu gebieten.

Viktor zischte ihm zu: "Bleibt, wo Ihr seid! Wenn Ihr dort rausgeht, müssen wir alle dafür büßen! Sie werden uns alle sofort ermorden, wenn Ihr sie jetzt stört."

Cassian rang mit sich, doch er musste sich Viktors kalter, grausamer Berechnung geschlagen geben.

Draußen auf den großen Platz hatte ein düsterer Gesang angehoben. Die Luft hallte wider von einer eintönigen, auf und ab schwellenden Melodie, die aus den Kehlen der umstehenden Orks kam. Eine Gruppe von ihnen löste sich aus der Menge und begann gemessenen Schrittes auf das Gerüst zuzugehen. Das Geräusch ihrer schweren Stiefel erschien seltsam gedämpft, so als herrschte dicker Nebel auf dem Platz. Auch der Gesang der Orks war leise, fast unhörbar, und dennoch füllte er den Platz aus und erstickte alle anderen Geräusche.

Ringsum im Lager herrschte gewöhnlicher Betrieb. Die Schwarzpelze schienen sich für das, was in ihrer Mitte vorging, nicht zu interessieren oder nicht hinsehen zu wollen. Nur diejenigen, die der Sache sehr nahe waren, konnten nicht anders, als gebannt zuzusehen.

Der kleine Zug von Orks hatte sich nun so weit dem Gerüst genähert, dass ihr Anführer, in dem Cassian Nadhbragh zu erkennen glaubte, direkt unter Eilana zu stehen kam. Er machte eine Handbewegung zu den Orks hin, die auf dem Querbalken saßen, und die beiden sprangen von dort hinunter, wobei sie die Seile festhielten. Sie fielen fast zwei Schritt tief, bevor ihr Fall von den straff gespannten Seilen gebremst wurde. Eilana, die zwischen den Seilen hing, erwachte plötzlich und schmerzhaft aus ihrer Bewusstlosigkeit. Die Arme wurden ihr von der Kraft des überraschenden

Zuges aus den Schultergelenken gerissen, und die beiden Orks pendelten neben ihr hin und her. Ihr Körper wurde weit über das mögliche Maß hinaus gedehnt und gestreckt, als man sie nach oben zog und gleichzeitig die Füße fest mit dem Boden verbunden wurden.

Mit weit aufgerissenem Mund brüllte sie in unerträglichen Schmerzen, doch es war kein Laut von ihr zu hören. Sie versuchte die Muskeln anzuspannen, doch dem Zug am Seil war sie machtlos ausgeliefert. Nur das eintönige Singen der Orks erklang über dem Platz. Sonst herrschte unnatürliche Stille.

Hurtig hatten andere Orks unterdessen Leitern herangebracht und links und rechts neben der nackten Frau aufgestellt. Dort hinauf schickte Nadhbragh nun zwei seiner Helfer, die jeweils einen Arm der schreienden Eilana über der Schulter umfassten. Nadhbragh gebot vier seiner Begleiter, ihn direkt unter der schreienden Frau festzuhalten. Dann zog er aus seinem Gewand einen Dolch mit sehr breiter Klinge.

Der Gesang der Umstehenden wurde zu einem einzigen tiefen Ton, der in den Ohren schmerzte. Nadhbragh sang eine kreischende zweite Stimme dazu, dass Viktor und Cassian die Galle hochkommen wollte. Plötzlich verstummte Nadhbragh, und die beiden Helfer auf der Leiter taten ihr Werk.

Sie stachen mit großen Dolchen in das Fleisch an Eilanas Armen. Zwischen der Schulterkugel und der Gelenkspfanne traten die Dolche hinten wieder heraus, und beide begannen zugleich zu schneiden. Eilana schrie in höchster Verzweiflung, als die scharfen Klingen immer mehr von ihren Armen durchtrennten, während weiter an den Seilen gezogen wurde. Ihr Blut spritzte auf die beiden Helfer, die ohne Hast und unbeeindruckt ihr grausiges Werk fortsetzten.

Viktor hielt Cassian mit Gewalt fest, damit er nicht

hinauslaufen konnte. Cassian wehrte sich aus Leibeskräften, doch Viktor war viel schwerer und weniger angeschlagen, so dass er sich nicht befreien konnte.

Der Gesang der Orks brach ab, als Eilanas Fleisch, bis auf zwei dünne Fetzen durchschnitten, dem schrecklichen Zug der Seile nachgab. Die abgeschnittenen Arme schnellten an den Seilen empor, und ihr bewusstloser Körper fiel, des Halts beraubt, geradewegs nach unten. Nadhbragh hatte die Dolchklinge hoch über den Kopf gereckt und erwartete ihren Anprall.

Der scharfe Stahl fuhr ihr in den Unterleib. Nadhbragh schwankte unter dem Aufprall, doch die vier Orks hielten ihn fest, so dass Eilanas Leib, vom eigenen Gewicht vorangetrieben, wie auf einem Pfahl aufgespießt wurde. Nadhbraghs Arme verschwanden bis zum Ellbogen in ihrem Fleisch. Er selbst wurde, genau wie seine Helfer, von ihrem Blut fast ertränkt. Seine Arme konnten ihr Gewicht nicht tragen, und er musste sich mit ihr vornüber fallen lassen. Die vier Orks, die ihn gehalten hatten, ließen ihn los und traten beiseite.

Nadhbragh vollendete sein Werk, indem er sich durch die Bauchdecke freischnitt und den Umstehenden seine besudelten Arme weit ausgebreitet entgegenstreckte. Er schien doppelt so groß zu sein wie zuvor, so als wäre der düstere Todesgott wirklich in ihn gefahren und mitten im Lager gegenwärtig. Die Schwarzpelze wichen ängstlich vor ihm zurück und schauderten vor der Fülle seiner Macht. Lange blieb Nadhbragh so stehen und ließ alle spüren, dass der Segen seines Gottes mit ihm war. Dann verschränkte er die Arme vor der Brust.

Der Bann brach, und aus den Kehlen der Orks ertönte vielstimmiger Jubel über das gelungene Opfer.

Cassian ließ sich betäubt und fassungslos von Viktor zu seiner Lagerstatt führen. Die Beine wollten ihm wieder den Dienst versagen, und sein Geist lechzte nach dem gnädigen Vergessen, das der Schlaf bringen sollte.

Jenes Vergessen, das Cassian erhofft hatte, ließ ihn in dieser Nacht im Stich. Wieder und wieder erschienen die unmenschlichen Qualen Eilanas vor seinem Auge, und der Schlaf war ihm vergällt. So erwachte er, ohne erholt zu sein, recht spät und bemerkte, dass Viktor fehlte.

Er wandte sich an einen der Mitgefangenen und fragte: "Wo ist Viktor? Haben die Orks ihn abgeholt, wie sie es gestern mit Eilana taten?"

"Abgeholt haben sie ihn wohl", meinte der Gefragte. "Aber alles war ganz anders als gestern."

"Wie meinst du das?" fragte Cassian nach.

"Ihr Anführer war ein sehr kleiner Ork, sehr dünn und alt. Er war aber recht herrschaftlich in seinem Auftreten, und alle schienen vor ihm Angst zu haben. Sie haben ein wenig mit ihren Waffen gedroht, aber trotzdem haben sie Viktor freundlich behandelt. Was der kleine Ork zu ihm gesagt hat, konnte ich aber nicht verstehen."

Cassian glaubte, in dieser Beschreibung Nadhbragh den Seher zu erkennen. Er fragte sich, ob Viktor jetzt wohl unter der Folter lag und die Geheimnisse der Kompanie ausplauderte.

Viktor Gars saß unterdessen, nicht weniger sorgenvoll als Cassian es gewesen war, in dem Steinturm, in dem Nadhbraghs sein Zuhause im Großen Lager hatte. Seine Bewacher hatten ihn abgeholt und auf direktem Weg, vorbei an den Sklavenpferchen, hierher geführt. Sie hatten mit keinem Wort auf seine zahllosen Fragen reagiert, obwohl sie ihn, wie Viktor meinte, vielleicht verstanden hatten. Er wusste nicht, dass nur sehr wenige Orks der Sprache des Mittelreiches mächtig waren.

Er saß auf einem Schemel Nadhbragh gegenüber, der es sich in einem Stuhl bornländischer Machart bequem gemacht hatte. Der Raum, in dem sie sich allein befanden, war mit einer groben Holztür verschlossen und hatte eine recht niedrige Decke und sehr kleine Fenster.

Nadhbragh musterte den Menschen lange unverwandt, bevor er zu sprechen anhob. "Du wirkst wie ein vernünftiges Wesen", begann er. "Deshalb möchte ich gern mit dir reden. Wir sind Feinde, und ich weiß, dass du mir nicht gern antworten wirst. Trotzdem werde ich dich nicht foltern lassen. Ich will, dass du mir freiwillig antwortest."

"Das ist zu gütig von dir", antwortete Viktor und versuchte dabei auf spöttische Weise überlegen zu klingen. Etwas in der Haltung des kleinen Orks, den er gestern so bestialisch hatte morden sehen, verunsicherte ihn. Nadhbragh schien frei zu sein von Hass oder Rachsucht, und er schien begabt mit einem kühlen, verständigen Geist, wie Viktor ihn für sich selbst gern in Anspruch nahm.

"Ich glaube, du hast gerade einen Scherz gemacht, wie Menschen ihn machen", sprach Nadhbragh weiter. "Erkläre ihn mir."

Viktor antwortete hastig: "Das ist nicht so wichtig. Sprich weiter."

"Nun gut. Ich möchte dich fragen, was du von dem Zweikampf vor zwei Wochen hältst. Nicht nur mir scheint es etwas sonderlich, was sich da zugetragen hat. Findest du es nicht auch seltsam, dass ein so großer Krieger wie Argrazuch von einer Frau besiegt wird?"

"Ich fürchte, du unterschätzt Malina. Sie ist eine starke Kämpferin. Ich weiß nicht, ob einer der Unsrigen ihr das Wasser reichen kann. Mich wundert der Ausgang des Kampfes nicht allzu sehr."

Nadhbragh antwortete: "Aber selbst wenn sie eure

beste Kriegerin ist, scheint mir das seltsam. Du musst wissen, dass Argrazuch kein gewöhnlicher Sterblicher war. Der besondere Segen unseres Gottes lag auf ihm. Er hatte seine Weisung zu erfüllen." Er machte nachdenklich eine Pause, bevor er weitersprach. "Ich bin mir sicher, dass hier Magie im Spiel war. Ich weiß, dass ihr Menschen oft Magie verwendet. Manchmal sagt ihr, sie kommt von euren Göttern, und manchmal sagt ihr, sie kommt aus der Welt selbst. Aber ihr seht nicht, dass das gleich ist. Ich verstehe mich auf solche Dinge. Ich bin ein Seher."

Viktor antwortete ausweichend: "Es ist keine Schande, Magie zu benutzen."

"Natürlich ist es keine Schande", gab Nadhbragh zur Antwort "Nur wenn die Magie nicht rein ist, dann ist es ein Unrecht, wie es schlimmer nicht sein könnte."

Dabei starrte Nadhbragh Viktor durchdringend in die Augen. Dieser wollte seinen Blick abwenden, doch er konnte seinen Kopf nicht mehr bewegen. Die Augen des kleinen Orks hielten die seinen gefangen. Kalter Schweiß rann ihm in Bächen von der Stirn, als er spürte, wie sein innerstes Selbst den Blicken des Sehers preisgegeben war. Gewaltige Angst vor dem seltsamen kleinen Ork erfasste sein Herz. Es hätte nicht viel gefehlt, dass er aufgesprungen und weggelaufen wäre. Da entließ Nadhbragh ihn endlich aus der Umklammerung.

"Nein", sagte er, als hätte er eine Einsicht erlangt. "Du bist es nicht. Du hast nichts Unreines in deiner Magie. Du bist ein jämmerliches Wesen, aber deine Magie ist rein. Ich will dir anvertrauen, was meine Sorge ist. Höre mir also gut zu."

Viktor hatte von Nadhbraghs geistigem Angriff Kopfschmerzen bekommen und musste sich mit dem Ärmel das Blut aus dem Gesicht wischen, das ihm aus der Nase lief. Der Ork schien von ihrem Seelenkampf nicht einmal angestrengt zu sein.

Nadhbragh begann: "Ich werde dir sagen, was ich gesehen habe. Dann kannst du selbst entscheiden, was du davon hältst. Ich habe gesehen, dass viele eurer Siege nicht aus euch selbst kommen. Ihr seid nicht so stark, wie ihr glaubt. Auch eure Götter sind nicht so stark. Eure Kraft kommt von etwas anderem. Von etwas Bösem. Und die Frau, die gegen Argrazuch gesiegt hat, dient diesem Bösen. Ich habe nicht gesehen, durch wen das Böse in euer Lager gekommen ist, aber ich weiß, dass es dort ist. Denke darüber nach. Wir werden oft miteinander sprechen. Ich muss mehr darüber erfahren, und ich brauche jemanden, der mir berichten kann."

Viktor wollte etwas erwidern, doch Nadhbragh ließ ihn nicht zu Wort kommen. Er stand auf und bedeutete auch seinem Gefangenen aufzustehen. Dann rief er etwas in der Sprache der Orks, und die Wachen, die vor der Tür gewartet hatten, betraten den Raum.

Er verabschiedete Viktor mit den Worten: "Geh zurück zu deinen Leuten. Es ist noch zu früh für dich, mir eine Antwort auf das zu geben, was ich dir eröffnet habe. Aber du sollst darüber nachdenken. Wenn du wieder bei mir bist, werden wir uns länger darüber unterhalten. Und vergiss nicht: Du darfst mit niemandem über das sprechen, was wir hier beredet haben."

Wenig später war Viktor wieder zurück im Zelt der Gefangenen.

Sie bestürmten ihn mit Fragen: "Was wollte er von dir? Werden wir freigelassen? Will man Lösegeld für uns? Wo sind die, die sie abgeholt haben?"

Doch Viktor antwortete nicht und zog sich in den hintersten Winkel des Zeltes zurück, um mit seinen Gedanken allein zu sein. Er war besorgt über das, was Nadhbragh ihm erklärt hatte, auch wenn er sich nicht entschließen konnte, dem Seher voll und ganz zu glauben. Dennoch kehrten seine Gedanken immer wieder zu den verschiedensten Vorkommnissen zurück, die er sich schon früher nicht hatte erklären können, und er meinte, langsam zu einer Einsicht zu kommen.

Cassian hatte unterdessen ganz andere Sorgen. Er vermutete, dass Viktor, den auch er nur als schwächlichen Säufer, Fresssack und Verderber von Knaben kannte, alles ausgeplaudert hatte, was die Orks hatten wissen wollen. Nun hatte er Angst, dem Korporal nicht mehr trauen zu können, und versuchte abzuschätzen, welche der Leute im Notfall auf seiner Seite wären und welche auf Viktors.

In diesen Gedanken wurde er unterbrochen, als Nadhbragh mit den Wachen hereinkam. Der Seher hielt sich nicht lange auf, sondern ging gleich zu Cassian hin und sprach ihn an: "Komm mit, Mensch. Ich will mit dir reden."

Cassian rührte sich nicht und entgegnete: "Du musst mich schon mit Gewalt dazu bringen. Freiwillig gehe ich nicht mit dir mit."

"Wie du willst", erwiderte Nadhbragh mit einem leisen Seufzen des Bedauerns. Er wandte sich um und deutete auf einen Gefangenen, der am Eingang lag.

"Tötet ihn", befahl er seinen Kriegern.

Zwei Orks ergriffen den Mann, ein dritter stellte sich vor ihn und hob den Säbel.

"Halt!" brüllte Cassian. "Du wirst keinem meiner Leute etwas tun, du ehrlose Kreatur. Was bist du grausam! Ich komme mit dir, wenn du alle in Ruhe lässt. Sie können dir ohnehin nicht schaden."

Zufrieden über Cassians Sinneswandel ging Nadhbragh voraus aus dem stickigen Zelt und ließ Cassian von den Wächtern zum Turm führen. Auf dem Weg dorthin kamen sie an den Sklavenpferchen vorbei. Hinter den Gittern waren über hundert Menschen, Männer und Frauen jeden Alters, eingepfercht. Sie waren allesamt zerlumpte, jammervolle und hungrige Gestalten und riefen nach seiner Hilfe: "Hilf uns, Herr! Hol uns hier raus! Lass uns frei, Herr!"

Als er stehen bleiben wollte, weil ihn das Mitgefühl überkam, wurde er von einem seiner Wächter grob vorwärts gestoßen und setzte sich zur Wehr, bis er eine Säbelspitze im Rücken fühlte und sich fügen musste.

Nadhbragh wandte sich ihm zu und sagte: "Halte dich hier nicht auf. Du kannst ihr Los ohnehin nicht ändern. Sei nicht störrisch. Wenn du mit mir zusammenarbeitest, dann bin ich gut zu ihnen. Wenn du dich weigerst, geht es ihnen schlecht."

Bis zum Turm des Sehers ging Cassian jetzt ruhig mit, ohne sich zu wehren, und überlegte, wie er der Folter standhalten sollte.

Als er Nadhbragh in dem niedrigen Raum gegenübersaß, glaubte Cassian sich genügend vorbereitet, um nicht zum Verräter zu werden. Er war sehr erstaunt, dass die Wachen sie allein gelassen hatten, und dachte kurz daran, Nadhbragh zu töten. Doch er verwarf den Gedanken wieder, als er daran dachte, was die Orks dann mit den Sklaven und mit seinen Leuten anstellen würden.

Auch Cassian wurde von Nadhbraghs Blick gefangen. Er spürte gleich, dass der Ork ihm auf irgendwie seinen Willen aufzwingen wollte, und setzte sich mit aller Macht seines Geistes zur Wehr, bis Nadhbragh ihn endlich, schwer atmend, aus seinem Seelengriff entließ.

Dann klärte der Seher ihn auf: "Ich habe in deinen Geist gesehen. Ich weiß jetzt, dass du rein bist. Deshalb werde ich auch dir sagen, was ich dem anderen gesagt habe."

Cassian schwieg.

Nadhbragh sprach weiter: "Ich habe gespürt, dass unter den euren unreine Magie ist. Ihr benutzt sie immer wieder, und eure Siege werden dadurch erst möglich."

Cassian brannte vor Zorn wegen der Anschuldigung, doch er verzog keine Miene und sprach kein Wort.

"Ist es dir denn gleichgültig, was ich sage?" fragte Nadhbragh. "Kümmert es dich denn nicht, dass in deiner Nähe Unreines und Übles vorgeht? Wie kann man nur so beschränkt sein!"

Cassian sagte noch immer nichts, doch die Wut in seinem Herzen war bitter wie Galle. Wie konnte einer, der selbst die schwärzesten Riten pflegte, ihn solcher Dinge anklagen?

Nadhbragh sprach lange und eindringlich auf ihn ein, fast wie zu einem Kind, und erhielt bis zuletzt keine Antwort. Cassian saß einfach nur da und hörte ihm zu, ohne seinen Blick zu senken oder etwas zu sagen.

Als Nadhbragh sah, dass dieser Mensch zu starrköpfig war, um mit ihm weiter über dieses Thema zu sprechen, wollte er ihn entlassen, doch Cassian mochte nicht gehen, ohne noch etwas anderes zu sagen. "Wie kannst du es wagen, von unreiner Magie zu sprechen, nach dem, was ich gestern nacht mit ansehen musste. Du selbst bist es, der die abscheulichsten und schwärzesten Riten abhält! Deine Klinge war es, die ich im Fleisch einer Wehrlosen versinken sah!" Cassian brüllte nun in heißem Zorn: "Ich verwünsche und verfluche dich, du widerwärtige Kreatur! Du bist ein Mörder und ein Hexer! Du bist verabscheuungswürdiger als alles, was auf dem Antlitz der Welt lebt!"

Nadhbragh rief nach der Wache und ließ Cassian mit Gewalt aus seinem Turm entfernen. Er schüttelte traurig den Kopf und dachte bei sich, dass es wohl doch nicht so einfach sein würde, die Menschen endlich zu verstehen. Sie waren so gespalten zwischen ihrem Denken und ihrem Tun. Sie hatten so wenig Verständnis für das, was im Leben wirklich wichtig war und was nur eitler Schein war. Er tröstete sich aber mit dem Gedanken, dass er für Cassian wenigstens ein ansehnliches Lösegeld würde einstreichen können.

11. Kapitel

Die Tage der Gefangenen verliefen eintönig. Selten nur unterbrachen besondere Ereignisse den dumpfen Trott des Alltags. Die Opferungen hatten aufgehört, als nur noch acht der Menschen am Leben waren. Mit Ausnahme von Cassian und Viktor waren diese acht alle schwer verwundet oder krank und dämmerten im Zwielicht ihres Gefängnisses dem Tode entgegen.

Viktor und Cassian hatten wenig über die Anschuldigungen gesprochen, die Nadhbragh der Seher vorgebracht hatte.

Cassian hatte in einer stillen Stunde versucht, von Viktor zu erfahren, was er gefragt worden war. "Hat dich der widerwärtige Nadhbragh auch beschuldigt, wir würden schwarze Magie betreiben?" hatte er gefragt.

"Ja, das hat er", hatte Viktor ihm knapp geantwortet.

"Und weiter?" war Cassian in ihn gedrungen. "Was denkst du darüber? Ist es nicht lächerlich, sich von einer solchen Kreatur derart beschuldigen lassen zu müssen?"

Viktor hatte ihn nur rätselhaft angesehen und gemeint: "Vielleicht will er nur Zwietracht zwischen uns säen. Wahrscheinlich versucht er nur, uns mürbe zu machen. Wir sollten uns nicht weiter darum kümmern, was er sagt."

"Meinst du?" hatte Cassian gefragt, doch Viktor hatte ihn keiner Antwort gewürdigt, sondern sich abgewandt und nichts mehr weiter gesagt.

Cassian hatte den Korporal als findigen und klugen Burschen kennengelernt, doch er verabscheute ihn immer noch, da er ihn für einen Feigling hielt, der nur allzu gerne bereit war, sich den Befehlen der Orks zu fügen und sich nicht für seine Leute einzusetzen. Auch am Schicksal der menschlichen Sklaven, die unter schrecklichen Bedingungen in ihren Pferchen gehalten wurden, noch weniger zu essen bekamen als die Kriegsgefangenen und täglich hart schuften mussten, nahm Viktor viel weniger Anteil als Cassian. Er schien sich voll und ganz in eine Welt von düsteren Gedanken geflüchtet zu haben, zu der Cassian keinen Zugang fand.

So vertrieb sich Cassian die endlos langen Stunden mit der Pflege der Todgeweihten, die mit ihm einsperrt waren, und verzichtete darauf, mit Viktor mehr zu sprechen als unbedingt nötig.

Zweimal noch hatte Nadhbragh sie beide nacheinander zur Unterredung befohlen, doch Cassian beharrte auf seinem festen Standpunkt, dass es einem schäbigen Ork nicht anstünde, den Menschen, die er mit soviel Grausamkeit behandelte, Vorwürfe zu machen. Wie Viktor darüber dachte, konnte er nicht herausfinden, und es war ihm inzwischen eigentlich auch gleichgültig.

Nach der zweiten Besprechung hatte Cassian in der folgenden Nacht einen aufwühlenden Traum. Er sah sich zu den Sklavenpferchen gehen und die hölzernen Gatter öffnen. Nadhbragh war an seiner Seite und beschimpfte ihn wüst, dass er die Sklaven wohl für Schwarze Magie missbrauchen würde, und bestand darauf, dass Cassian die Pferche geschlossen ließ. Cassian lachte ihn aus und setzte sich selbst als Anführer an den Zug der Befreiten. Gemeinsam verließen sie als geordnete Marschkolonne das Große Lager und gingen in Steppe hinaus. An seiner Seite ging ein Mann, dessen Gesicht er nicht erkennen konnte, den er aber, weil er sehr fett und geradezu unförmig war, für Viktor hielt.

Die Orks schossen ihnen Pfeile nach, die ihnen allen jedoch nichts anhaben konnten. Er fühlte in seinem Traum keinen Schmerz, obwohl er von den rotgefiederten Schäften geradezu gespickt war. Immer weiter führte er seine Schutzbefohlenen in die endlose Steppe hinaus, den Wind, den er im Traum sehr wohl spürte, immer im Rücken.

Cassian erwachte unsäglich müde, so als wäre er tatsächlich die ganze Nacht lang durch die Steppe marschiert, im Morgengrauen. Im Lager schien alles ruhig zu sein, soweit Cassian das durch die Zeltplanen vernehmen konnte, doch bemächtigte sich seiner eine Unruhe, deren Ursache er nicht ausmachen konnte. Er stand auf und ging zu dem Loch in der Ecke des Zeltbodens, das den Gefangenen nun schon seit zwei Wochen als Abort diente, um sich zu erleichtern. Als er dort hockte, war ihm mit einem Mal, als vernähme er im Lager die hastigen Bewegungen vieler Schritte, und kurz darauf, als er die Hose hochzog, hörte er ganz klar und eindeutig Hörner schallen, die nicht so klangen, als wären es die heiligen Kriegshörner der Orks. Nun erhob sich draußen auch noch Kampfeslärm.

Sofort war Cassian hellwach und rannte durch das Zelt von einem zum anderen, um alle seine Mitgefangenen zu wecken. Das Waffengeklirr draußen nahm inzwischen an Lautstärke immer mehr zu. Viktor sprang sofort auf, als Cassian ihn schüttelte, lauschte kurz dem Getöse und verkündete darauf das, was alle Menschen im Zelt insgeheim gehofft hatten: "Sie kommen und befreien uns!"

Auf den Gesichtern der erschöpften und schmutzigen Gefangenen zeichnete sich ein Hoffnungsschimmer ab. Die lange Zeit, die sie eingesperrt gewesen waren, hatte nicht vermocht, ihren Kampfgeist zu brechen, und sie wollten auch ihren Teil zur eigenen Befreiung beitragen. Einige sprangen auf und wollten sich mit bloßen Händen sofort in den Kampf stürzen.

"Wir können doch nicht nur darauf warten, dass wir befreit werden!" rief einer von ihnen.

"In den Kampf! Auf zur Schlacht!" ertönte es von allen Seiten.

Cassian war ganz ihrer Meinung, dass es einem Krieger nicht geziemte, still sitzen zu bleiben, während andere kämpften.

Viktor war anderer Meinung und sprach seine Bedenken aus: "Wir haben keine Waffen, Cassian. Außer uns beiden ist keiner mehr fähig zu kämpfen, und draußen sind bewaffnete Orks, von denen wir nicht wissen, wie viele Köpfe sie zählen."

"Na und?" brauste Cassian auf. "Willst du hier in diesem Dreckloch warten, bis draußen andere unsere Arbeit getan haben? Möchtest du abwarten, ob die verfluchten Schwarzpelze nicht doch plötzlich Lust bekommen, uns den Unsrigen als Geiseln vorzuführen? Oder bis sie reinkommen, um uns abzuschlachten? Ich will das nicht! Ich werde rausgehen und kämpfen!"

"Womit denn?" fragte Viktor, und ein spöttischer Zug trat in seine Mundwinkel.

Cassian empfand zunehmend Abscheu vor diesem fetten, schwitzenden Feigling. Er wollte gerade zu einer heftigen Erwiderung ansetzen, als sich von hinten im Zelt eine feste Stimme zu Wort meldete: "Unsere Bewacher haben die Waffen, die wir brauchen. Ich werde hinausgehen und sie ablenken, damit ihr von hinten über sie herfallen könnt."

Diese Worte kamen von Algrid, einer Söldnerin aus Viktors Gruppe. Sie zählte nun schon fast vierzig Jahre und war bei der Kompanie, seit sie von Oberst Harrang gegründet worden war. In der Schlacht am Transport hatte sie ihren rechten Unterarm bis zum Ellbogen eingebüßt und litt nun schwer an dem Fieber, das von der schwärenden Wunde ausging. Keiner ihrer Mitgefangenen hatte ihr zugetraut, überhaupt so lange zu überleben.

Cassian wollte ihr Angebot nur ungern annehmen und fragte noch einmal nach: "Bist du dir ganz sicher, dass du das für uns tun willst? Es wäre dein sicherer Tod."

"Ja, Herr Leutnant. Ich bin mir ganz sicher. Ich habe schon genug gesehen. Vielleicht werdet auch Ihr einmal so alt wie ich, dann werdet Ihr mich verstehen. Mir ist es allemal lieber, draußen im Kampf zu sterben, wo ich euch allen noch etwas nützen kann, als hier mein Leben im Dreck eines Gefängnisses zu beschließen."

"Nun gut", entschied Cassian, "dann will ich dir deinen Willen lassen. Dein Name wird in der Chronik unserer Kompanie nie in Vergessenheit geraten. Ich schwöre dir, dafür zu sorgen, dass dein Opfer nicht umsonst war."

Hoffnungsvolle Blicke richteten sich auf die tapfere Frau. Nach der Reihe gingen nun alle Gefangenen zu Algrid und dankten ihr mit eigenen Worten für ihren Mut.

"Wir werden dich nie vergessen", sagten sie. "Was du für uns tun willst, wird immer in unserer Erinnerung bleiben."

Dann bereiteten sie sich darauf vor, jeden Vorteil sogleich zu nutzen, und stellten sich beim Zelteingang auf. Cassian hielt Algrid die Plane auf, und sie stürzte hinaus in den Lärm des Kampfes, so schnell sie ihre fiebergeschwächten Beine trugen.

Geschwind war sie zwischen den Wachen hindurch und wollte auf den großen Platz des Lagers zurennen. Die Orks wussten nicht so recht, wie ihnen geschah, und beinahe hätte Algrid ihnen entkommen können, hätte nicht einer von ihnen die Erstarrung, die durch den unerhört törichten Fluchtversuch verursacht worden war, überwunden und sich auf sie gestürzt. Er bekam sie an den Beinen zu fassen und riss sie zu Boden. Sofort waren auch die drei anderen bei ihr und fielen über die mutige Kriegerin her.

Was hinter ihren Rücken vorging, ahnten die Orks nicht. Einer von ihnen hatte seinen Speer am Zelt lehnen lassen, den Cassian beim Hinauslaufen sogleich ergriff. Den Speer eingelegt, stürzte er sich auf den, der ihm am nächsten stand, und durchbohrte ihn mit dem Schwung seines Laufes. Dem sterbenden Ork entfiel der Säbel, der sofort von einem anderen Gefangenen gepackt wurde und wieder einen Ork das Leben kostete. Jetzt standen sieben Menschen gegen zwei Orks, und der Kampf war eher ein Gemetzel als ein ehrenvolles Streiten.

Obwohl die Menschen geschwächt waren von der Gefangenschaft, dem schlechten Essen und den Wunden, hatten sich doch die Überraschung auf ihrer Seite. Zudem waren sie beseelt von gewaltigem Zorn auf jene, die sie so unwürdig hatten schmachten lassen. Keiner von ihnen glaubte, dass die Frist seines Lebens noch lange währen würde, doch keiner war bereit, nicht sein Glück ein letztes Mal im Kampfe zu wagen, während um sie herum die Schlacht um das Lager tobte.

Cassian kniete neben der Leiche Algrids, die so heldenhaft für die Freiheit der anderen ihr Leben gelassen hatte, und empfahl sie in kurzem Gebet den Göttern an. Dann blickte er auf und versuchte die Lage zu überschauen. Als erstes fiel ihm auf, dass viel weniger Orks im Lager waren, als er ursprünglich angenommen hatte. Der Zeitpunkt für den Angriff war gut gewählt und musste die Schwarzpelze völlig überrascht haben. Er sah einige tote Orks, die ihre Waffen noch in der Scheide trugen und nicht einmal Zeit gehabt hatten, sich im Kampf zu stellen. An manchen Stellen des Lagers war Feuer gelegt worden, was die Verteidiger noch mehr verwirrte. Einige von ihnen liefen durcheinander, wohl in dem Versuch, die Feuer zu löschen, andere schienen mehr um die eigenen Habseligkeiten besorgt und flüchteten, die Arme schwer beladen von Beute, die sie in vielen Raubzügen zusammen getragen hatten.

Die Menschen waren durch den rückwärtigen Teil der Palisade gebrochen, der dem Fluss abgewandt war.

Auch draußen, vor dem eigentlichen Lager, musste ein gewaltiger Kampf vor sich gehen, denn Cassian sah jenseits der hölzernen Wehrmauer Feuer auflodern und hörte auch von dort die Schreie der Getroffenen. Etwa auf halbem Weg zwischen den Sklavenpferchen und Nadhbraghs Turm klaffte in der Palisade eine Lücke, die etwa drei Schritt breit war. Dort waren die Stämme angebrannt und zerbrochen, und ein schwerer Rammbock lag verlassen daneben.

Der eigentliche Kampf spielte sich auf dem großen Hauptplatz des Lagers ab, wo Cassian im Getümmel die Banner und Feldzeichen seiner und zweier weiterer Kompanien erkennen konnte. Wargo schien dort zu sein, ganz entgegen seiner Vorliebe mitten im dichtesten Kampfgeschehen, und auch Vallbrand und Malina standen dort in wildem Kampf.

Cassian machte sich, getrieben von dem Willen, das Seine beizutragen, schleunigst auf den Weg zum Hauptplatz. Er wollte dort eingreifen, wo er meinte, gebraucht zu werden. Auf dem Weg dorthin kam er an den Sklavenpferchen vorbei, und plötzlich verlangsamte sich sein Schritt, denn er wurde wieder an seinen Traum von der vergangenen Nacht erinnert. Eine Stimme ertönte in seinem Kopf und raunte ihm zu: "Erfülle deine eigene Weissagung. Du hast gesehen, was zu tun ist."

Cassian blieb in maßlosem Erstaunen stehen. Jetzt erkannte er die Stimme, die schon zum zweiten Mal im Lager der Orks zu ihm sprach. Es war die Stimme Shahadris, seiner Geliebten, die ihn anleitete. Eilends machte er sich daran, die dicken Seile, mit denen die Gatter des Pferches verschlossen waren, zu durchschneiden. Die Sklaven eilten heran, um zu sehen, was er da machte. Als sie begriffen, was er tat, feuerten sie ihn mit lauten Rufen an. Sie rüttelten an den Gittern und schrieen immer wieder: "Lass uns raus! Lass uns raus!"

Einige begannen die hölzernen Zäune zu erklettern, andere zogen und schoben an den Toren, weil sie meinten, Cassian würde dadurch schneller mit seinem Vorhaben fertig.

Jubel brauste auf, als sich die Tore öffneten. Wie eine Flutwelle brandeten die Befreiten hinaus, und Cassian musste zur Seite springen, damit sie ihn nicht niedertrampelten. Jeder Sklave, der einer Waffe habhaft werden konnte, ergriff sie und stürzte sich mit ihr in den Kampf.

Die Schlacht, die im Lager getobt hatte, war schon vor der Befreiung der Sklaven einseitig und ohne jede Ordnung verlaufen. Jetzt aber waren die Menschen ganz deutlich in der Überzahl, verstärkt durch eine Truppe von ausgemergelten und zerlumpten Gestalten, die, heulend wie die Wölfe, mit allem, was man als Waffe benutzen konnte, auf ihre Peiniger eindroschen. Die Orks wurden von einer wutentflammten Menge, der nichts standhalten konnte, durch ihr eigenes Lager getrieben. Cassian war mit bei den ersten, die über die Verblüfften hinwegrollten. Er teilte mächtige Hiebe aus, von denen jeder sein Ziel traf, und bahnte sich einen blutigen Weg durch die Reihen seiner Feinde. Selten nur gelang es einigen von ihnen, sich ihrer ehemaligen Sklaven zu erwehren. Schnell kamen dann die Krieger der Söldnerkompanien zu Hilfe, und die Schwarzpelze wurden wieder hinweggespült von der brüllenden Flut der Befreiten.

Mitten im wüsten Getümmel des Kampfes verspürte Cassian, als er gerade mit zwei Orks die Klingen kreuzte, einen Schlag in den Rücken, gefolgt von einem stechenden Schmerz. Er taumelte und fiel vornüber, was seine beiden Gegner sofort dazu nutzten, vorzugehen. Als sie Cassian gerade niedermachen wollten, war plötzlich ein heulendes Kreischen zu vernehmen, als wäre ein hungriger Wolf zwischen sie gefahren. Cassian sah auf und bekam aus dem Augenwinkel mit, wie einer der beiden im Aufblitzen von Metall schreiend an sein Gesicht griff und einige vergebliche Augenblicke lang versuchte, sein Auge, dass ihm aus der Höhle rann, in der hohlen Hand aufzufangen. Der andere Ork starrte unterdessen ungläubig auf ein langes, schlankes Schwert, das von seiner Besitzerin mit einem Jauchzen der umnachteten Freude in der Wunde gedreht wurde. Cassian erkannte Truanna, die hier als seine Retterin auftrat. Er hielt sie wie alle anderen für eine gefährliche Wahnsinnige, der man besser aus dem Weg ging, und seine Meinung wurde durch den Anblick ihrer Art zu kämpfen nicht verändert. So wie sie den Ork mit beinahe wollüstiger Grausamkeit zu Tode gebracht hatte, war es kein Wunder, dass sie von allen gemieden wurde.

Dennoch dankte Cassian ihr für die Rettung, wenn er auch ein ungutes Gefühl hatte, und ließ sich auch von ihr aufhelfen. Sie grinste ihn an, den Blick weit in die Ferne gerichtet, und erwiderte lapidar: "Jetzt hab ich etwas gut bei Euch. Denkt daran, wenn es soweit ist."

Mit diesen Worten verschwand sie tiefer ins Gedränge des Schlachtens und leckte im Gehen das Blut des Orks von ihrer Klinge. Cassian wurde schnell von einigen Kriegern aufgehoben und zu den Offizieren gebracht, wo man ein notdürftiges Lazarett eingerichtet hatte. Von dort aus hatte er einen guten Überblick über das Geschehen im Lager.

Wargo begann schon seine Truppe aus der Schlacht zu nehmen und schickte sich an, Beute zu machen. Cassians eigene Abteilung, die einstweilen von Malina geführt worden war, stand noch an manchen Stellen im Kampf. Malina hatte ihn schon erblickt und ritt eilends zu ihm. Er eilte ihr entgegen, so schnell es seine schmerzende Wunde zuließ.

Die beiden begrüßten einander mit herzlicher Umarmung, während um sie herum die Schlacht zu Ende ging. Cassian fragte als erstes: "Wie habt ihr es geschafft, das Lager endlich zu finden?"

"Hassim hat es gefunden. Er war mit seinen Kundschaftern bald nach dem Kampf bei den Wagen zur Stelle und begann die Verfolgung. Diesmal konnten die Schwarzpelze ihn nicht in die Irre führen, und er hat bald herausgefunden, wo das Große Lager liegt. Der Oberst hat dann bei General von Steinsee vorgesprochen, und wir sind mit drei Kompanien aufgebrochen, um das Übel an der Wurzel auszurotten."

"Und wo ist Hassim jetzt?"

"Er ist irgendwo auf der Palisade. Dort regt sich noch Widerstand. Aber Ihr werdet ihn schon früh genug sehen. Kommt jetzt, Ihr braucht erst mal eine Rüstung, eine ordentliche Waffe und ein Pferd."

Cassian erwiderte: "Ich denke, das hat wirklich noch ein wenig Zeit. Ich bin völlig erschöpft, und mit meiner Wunde bin ich im Kampf ohnedies nicht viel nütze. Bringe mich lieber zum Feldscher."

Malina stütze ihren Leutnant auf dem Weg zurück zum Lazarett, wo er sogleich in Empfang genommen wurde.

Als der Feldscher mit seiner Behandlung fertig war, zeigte er Cassian den Pfeil, der in seinem Fleisch gesteckt hatte. Es befanden sich rote Federn an dem Pfeil, wie es in Cassians Traum gewesen war. Cassian ließ sich auf dem kargen Feldbett zurücksinken und dämmerte, erschöpft von der Schlacht und seiner Verwundung, in die Tiefen des Schlafes hinab.

Von den Orks wurde kaum eine Handvoll gefangengenommen, alle anderen waren tot, lagen im Sterben oder waren geflohen. Es war ein großer Sieg für General von Steinsee und seine Armee. Einzig der Umstand, dass Nadhbragh der Seher weder unter den

Toten noch unter den Gefangenen war, trübte für die Offiziere die Freude über den Ausgang des Kampfes. Zudem machten sie sich ein wenig Sorgen, weil die Geschütze, die in der Schlacht vor Argrazuchs Tod von den Orks benutzt wurden, nicht zu finden waren.

Dennoch waren alle zuversichtlich, als die Kompanien wieder in ihre Lager aufbrachen, denn die Gefahr, die von den Auserwählten Argrazuchs ausgegangen war, schien ein für allemal gebannt.

12. Kapitel

Erschöpft und glücklich sank Cassian auf die weichen Kissen seines Lagers nieder. Er streichelte den Körper seiner Geliebten, die ihm an diesem Abend solche Wonnen bereitet hatte. Sie schmiegte sich eng an ihn, und er genoss die Wärme und den Duft des vollkommenen Wesens, das seine Lagerstatt teilte. Shahadri bedeckte sein Gesicht mit Liebkosungen und Küssen, die ihn alles Leid und Elend des Krieges vergessen ließen. "Wie sieht es mit der Heilung deiner Wunde aus?" fragte sie ihn mit sanfter Stimme.

"Es wird von Tag zu Tag besser, Geliebte. Weder die Schmerzen des Krieges noch die Kälte der Nacht können mir etwas anhaben, jetzt, wo ich hier bei dir bin", gab er zur Antwort.

Dennoch ging ihm der Tag der Befreiung nicht aus dem Sinn. Er war sich ganz sicher, Shahadris Stimme vernommen zu haben, als er die Sklaven befreite. Nur von ihr konnte er Aufklärung darüber erhalten, was sich dort Seltsames zugetragen hatte. "Ich habe etwas auf dem Herzen, Geliebte", begann er. "Ich möchte dich um deine Meinung fragen und hören, was du zu der Sache sagst."

Dann erzählte er ihr von den zwei Malen, als er geglaubt hatte, ihre Stimme zu vernehmen, und von seiner Überraschung. Ihre Miene wurde während seiner Erzählung immer nachdenklicher, sie schlug die dunklen Augen nieder, und Cassian meinte, einen Schimmer von Sorge in ihnen zu sehen. Sie schwieg eine Zeitlang und schien ihre Worte sorgfältig abzuwägen, bevor sie ihm Antwort gab. "Ich glaube, es war tatsächlich meine Stimme, die du hörtest. Ich hatte, während du bei den Orks warst, einige besondere Träume, in denen ich sah, wie es dir erging. Ich habe in diesen

Träumen versucht, mit dir zu sprechen. Nun scheint es mir, als gäbe es tatsächlich so etwas wie eine seelische Verbindung zwischen uns. Ich glaube, keiner von uns beiden kann in Gefahr geraten, ohne dass der andere davon erfährt. Es beruhigt mich sehr, dass es so ist."

"Auch ich bin froh, dass es wirklich deine Stimme war. Jetzt brauche ich nicht zu fürchten, dass mein Geist getrübt ist. Ob es wohl noch anderswo zwei Menschen gibt, die eine so starke Verbindung haben wie wir beide?"

"Ich glaube nicht, Geliebter", erwiderte Shahadri und zog Cassian näher zu sich. "Ich glaube nicht."

Im prächtigen Zelt von Leutnant Wargo fand unterdessen eine Versammlung statt. Am Arbeitstisch des Leutnants saßen seine Korporale Viktor und Khorrim . Sie labten sich an Wargos köstlichem Rotwein. Viktor hatte darum gebeten, dass alle Anführer der Zweiten Abteilung zusammenkommen sollten. Daher hatte Wargo entgegen seiner sonstigen Gewohnheit sogar den unangenehmen Khorrim in sein Zelt gebeten. Ihm war wie allen anderen der bullige kleine Mann verhasst, und er wollte ihn nicht in seiner Nähe haben. Aber weil Viktor darauf bestanden hatte, auch ihn mit einzubeziehen, hatte er nachgegeben.

Khorrim schien sich in des Leutnants Zelt sehr wohlzufühlen. Er ließ seinen gierigen Blick über die gediegene Einrichtung schweifen, so dass Wargo das Gefühl bekam, er wäre hier auf Beute aus. Er nahm sich vor, nach der Besprechung seine Habe sehr genau zu überprüfen, ob nichts fehlte.

Als der Diener, der das Essen gebracht hatte, fort war, sprach Wargo seinen Ratgeber Viktor an: "Was ist denn so wichtig, dass wir uns mitten in der Nacht, wenn alle anderen schlafen, beraten müssen? Du weißt, wie wenig ich es schätze, wenn ich zuwenig Schlaf bekomme. Ich hatte einen anstrengenden Tag, und ich möchte dir raten, dich gefälligst kurz zu fassen."

"Wie Ihr wollt, Herr Leutnant", antwortete Viktor. "Was ich zu sagen habe, lässt sich recht kurz halten, aber dennoch ist es wichtig, dass wir darüber sprechen."

Dann erzählte er von den beiden Unterhaltungen, die er mit Nadhbragh in seinem Turm geführt hatte, und schilderte ihnen seine eigenen Gedanken zu der Sache. "Ich habe lange darüber nachgedacht und bin zu der Überzeugung gekommen, dass der Ork recht hat", beendete er seine Erzählung.

Khorrim lachte laut auf. Auch Wargo konnte sich ein Schmunzeln nicht verkneifen. Belustigt sprach er: "Du glaubst also tatsächlich, dass es bei unserer Kompanie jemanden gibt, der Schwarze Magie zu wirken imstande ist? Wären wir dann nicht schon längst unbesiegbar, reich und unsterblich? Meinst du nicht, die Priester hätten das außerdem längst bemerken müssen?"

"Die Priester, Herr Leutnant, sind höchst selten bei uns im Lager, wie Ihr wisst", erwiderte Viktor ungerührt. Und Ihr wisst auch, dass sie dann meist zu großen Festen kommen und sich in einem entsprechenden Zustand befinden." Dazu machte Viktor eine unverkennbare Geste, die einen tüchtigen Schluck darstellte. Dann fuhr er fort: "Nein. Ich meine nicht, dass die Priester so etwas erkennen können. Wer immer es sein mag, es muss ein Mensch sein, der sehr geschickt vorgeht. Ich habe zwar eine Vermutung, wer es sein könnte, doch kann ich meinen Verdacht nicht beweisen."

"Eben!" rief Khorrim dazwischen, den dieses Thema nicht eben zu begeistern schien. "Du hast keine Beweise, nur eine Vermutung. Wenn du nicht einmal weißt, wer hier was macht, was sollen wir dann hier? Mir ist das egal. Ich gehe jetzt." Nach einem schrägen Blick auf Wargo fügte er hinzu: "Mit Ihrer Erlaubnis, Herr Leutnant."

"Verweigert!" erwiderte Wargo kühl und heftete den Blick seiner unangenehm hellen Augen auf den Korporal. "Wer sagt mir, dass du es nicht bist, der hier Schwarze Magie betreibt?" fragte er Khorrim. "Wer sagt mir, dass du dich nicht heimlich aus dem Staub machen willst, während wir hier weiterreden, damit du unentdeckt bleibst? Du bleibst besser hier."

"Aber Herr Leutnant!" rief Khorrim voll Entsetzen. "Das kann unmöglich Euer Ernst sein. Ich und Schwarze Magie? Dass ich nicht lache! Viktor, sag ihm, dass das nicht sein kann!"

Viktor sah ihn lange und nachdenklich an. Er fühlte das Bedürfnis, Khorrim Kanthart ans Messer zu liefern. Er war immer bei den ersten gewesen, die schlecht über ihn gesprochen hatten. Er hatte dem ganzen Lager Viktors Neigung zu jungen Männern kundgetan, von der er durch einen Spion Kunde erhalten hatte. Khorrim hatte es eigentlich verdient, in Ungnade zu fallen. Es wäre ein leichtes, ihn jetzt bei Wargo so nachhaltig anzuschwärzen, dass sein Ruf sich nie mehr davon erholen würde.

Dennoch wollte Viktor ihn unbescholten lassen, weil Wargo und seine Abteilung Khorrim noch brauchen würden. Zudem konnte er sich keinen vorstellen, der mit Khorrims Leuten, die durch seine Behandlung so verroht waren, noch sinnvoll würde umgehen können. Aber nicht zuletzt traute er Khorrim nicht zu, Schwarze Magie zu betreiben, denn er hielt ihn nicht für schlau genug. Deshalb sagte Viktor nach einer langen Pause: "Khorrim hat recht, Herr Leutnant. Er mag zwar ein Schuft und Lump sein, aber Schwarze Magie betreibt er sicher nicht. Dazu fehlt ihm, so glaube ich, das nötige geistige Rüstzeug."

Khorrim atmete hörbar auf und wollte nun doch das Zelt verlassen, als ihn die Stimme seines Leutnants zurückhielt.

"Ich habe dir nicht erlaubt zu gehen", sagte Wargo und genoss es, wie unangenehm das für Khorrim war. "Wir sind nun schon einmal hier, und ich habe keine Lust, dir alles, was wir heute besprechen wollen, morgen noch mal zu erzählen. Also setz dich, sauf noch mehr von meinem Wein, und hör zu."

Widerwillig setzte sich Khorrim auf seinen Platz und ergriff seinen Becher. Ihm war wirklich wenig daran gelegen, der Unterhaltung beizuwohnen, denn Magie war das einzige, wovor er wirklich Angst hatte. Er konnte mit der geheimen Kunst nichts anfangen, denn er glaubte nicht, dass der Mensch sich einer solchen Macht bedienen konnte, ohne davon gefressen zu werden. Er fürchtete zwar auch andere Dinge, etwa den Zorn Vallbrand Eisenfausts oder dass ihm eines Tages jemand das Gemächt abschneiden würde, doch nur der Gedanke an schädliche Magie war imstande, ihm nachhaltig den Schlaf zu rauben.

Viktor setzte nun den beiden anderen seinen Verdacht auseinander. Er war sich darüber im klaren, dass alles, was er vorbringen konnte, vage und sehr fragwürdige Anschuldigungen waren, die vor keinem Gericht der Welt ausgereicht hätten, um einen Beweis zu führen. Dennoch musste er endlich mit seinen Gedanken heraus. "Wenn wir den Schuldigen herausfinden wollen, müssen wir an diejenigen denken, die von uns am meisten Glück gehabt haben in letzter Zeit", begann er. "Einer von denen muss dann etwas mit Schwarzer Magie zu tun haben. Stimmt ihr damit überein?"

Wargo und Khorrim brummten Zustimmung. Es war eine einfache Vorstellung für sie, dass man das Glück im Leben mit schändlichen Mitteln zwingen musste. Sie taten selbst nichts anderes.

Viktor fuhr fort: "Glück im Kampf hat die ganze Kompanie immer gehabt, das ist unbestreitbar. Das würde zunächst darauf deuten, dass es der Oberst selbst ist. Dafür spricht auch, dass es uns finanziell noch nie so gut gegangen ist wie jetzt und der Oberst kurz davor steht, geadelt zu werden."

Viktor machte eine kleine Kunstpause, um sich an den erschrockenen Gesichtern seiner beiden Zuhörer zu erfreuen. Er fand es höchst bemerkenswert, dass Männer als Offiziere dienen durften, die sich so wenig Gedanken um ihre Umgebung machten.

Khorrim mochte ein gewaltiger Kämpfer sein, doch von allem, was abseits des Schlachtfelds stattfand, hatte er keine Ahnung. Wargo war zwar in der Politik und vor allem in der Kunst des Handels sehr geschickt, doch er dachte nur an sein Fortkommen nach der Kriegszeit und sah dafür nur in Orden, Ehren und Beute eine Grundlage. Deshalb erschreckte ihn der Gedanke, Oremo Harrang könnte ein Schwarzmagier sein, so sehr, da er bei der Planung seines gesellschaftlichen Aufstiegs voll auf die Unterstützung des Oberst gesetzt hatte. Viktor beschloss mit heimlicher Freude, ihn zu erlösen.

"Bei näherem Hinsehen wird aber klar, dass der Oberst nicht der Übeltäter sein kann", sagte er. "Er müsste längst in einer viel höheren Stellung sein, sonst hätte ihm das alles nichts gebracht. Beute hat er ohnehin schon mehr, als er je wird verbrauchen können."

Wargo nickte bei diesen Ausführungen mehrmals heftig, voll von Erleichterung. Viktor ließ ihn aber nicht zur Ruhe kommen und führte gleich den nächsten Schlag: "Aber wir sollten unseren Blick weiter nach unten lenken. Die nächsten beiden in der Befehlskette sind Cassian und Ihr, Herr Leutnant."

"Was fällt dir ein!" schrie Wargo erbost, die Hand schon am Schwertgriff. "Du wagst es, hier unter meinem Dach solche Anschuldigungen vorzubringen? Ich höre wohl nicht richtig! Du bist wohl nicht mehr ganz richtig im Kopf!"

"Gemach, gemach, Herr Leutnant." Viktor war nahe daran, laut zu lachen, und verbiss sich das zu einem Schmunzeln, von dem er hoffte, Wargo würde es nicht bemerken. Dann fuhr er fort: "Ich wollte Euch keineswegs beschuldigen. Unsere Abteilung hat ja auch nicht besonders viel Glück gehabt, wenn wir ehrlich sind. Ihr selbst habt, wenn Ihr die freche Bemerkung erlaubt, des öfteren schon gegen Cassian das Nachsehen gehabt, auch abseits des Schlachtfeldes."

"Erinnere mich nicht daran!" schnaubte Wargo.

"Aber genau hier kommen wir der Lösung näher", sprach Viktor ungerührt weiter. "Cassian und seine ganze Abteilung haben in letzter Zeit mehr als genug Gunst vom Schicksal erfahren. Der Oberst hat sie immer wieder mit den ehrenvollsten und einträglichsten Aufgaben betraut. Sie kehren immer mit mehr Beute heim als wir. Sie schlagen sich in der Schlacht besser als wir. In ihren Reihen müssen wir den Schwarzmagier suchen. Soviel Glück kann nicht auf natürlichem Wege zustande kommen."

"Malina!" grollte Khorrim aus dem Hintergrund. "Malina muss die Schuldige sein! Hat sie nicht Argrazuch besiegt, von dem alle Welt wusste, dass er unbesiegbar war? Verhält sie sich nicht seltsam? Ist sie nicht jede Nacht dort draußen auf Wache, allein und ohne Beobachtung? Das sind doch die besten Anzeichen dafür, dass mit ihr etwas nicht stimmt. Sie muss einfach die Schwarzmagierin sein, das ist ganz eindeutig!"

"Beruhige dich, Khorrim!" unterbrach Wargo mit einem bösen Lächeln. "Wir alle hier wissen doch, warum du Malina nicht magst. Es war ja auch wirklich eine hässliche Wunde, und du konntest fast drei Wochen lang nicht reiten."

"Genau, Khorrim", fiel Viktor ein, der es unsäglich genoss, Khorrim ein paar peinliche Augenblicke zu bereiten. "Sie hat sicher deine Ehre verletzt, aber du solltest nicht vorschnell urteilen, nur weil sie deine Reize nicht zu schätzen gewusst hat. Sie ist genauso wenig in der Lage, Magie zu wirken, wie du oder Vallbrand Eisenfaust oder Cassian. Ihr habt alle nicht den nötigen Verstand dazu."

Khorrim grollte, aber ihm fiel nichts Passendes ein, was er darauf erwidern konnte.

Viktor führte seine Ausführungen fort: "Ich habe versucht, im Geiste die letzten Jahre wieder aufleben zu lassen, um herauszufinden, wann das seltsame Glück der Ersten begonnen hat. Ich glaube, ich kann sagen, wann das war. Alles hat begonnen, sich so zu entwickeln, seit Cassian diese kleine Schlampe aus dem Hurenhaus in Baliho geholt hat. Seit sie bei ihm ist, hat er nur noch Glück und mit ihm seine ganze Truppe."

Nach diesen Worten stand Viktor auf, um seinen letzten Sätzen mehr Geltung zu verleihen. "Es deutet alles darauf hin, dass Shahadri die Schuldige ist", sagte er und betonte jedes Wort dabei nachhaltig. "Sie betreibt die Schwarze Magie, die der Seher der Orks gespürt hat. Mit ihr hat Cassian sein Glück gefunden, so dass er sich nicht einmal mehr nach anderen umsieht. Sie hat Malina verzaubert, so dass sie den Kriegsherrn Argrazuch besiegt hat. Sie wird uns alle ins Verderben führen, wenn wir sie gewähren lassen. Daher schlage ich vor, dass wir sie noch heute nacht töten."

"Was?" fuhr Wargo auf. "Das kann nicht dein Ernst sein! Du willst die Geliebte eines Leutnants töten? Wie kommst du auf die Idee, dass man uns das durchgehen ließe?"

Khorrim fiel in seine Tirade ein: "Ja, genau! Jedermann weiß um den Hass, der zwischen uns und Cassians Leuten herrscht. Wie sollte der Oberst glauben, dass es etwas anderes als Hass ist, das uns dabei leitet?"

"Ich weiß, ich weiß", versuchte Viktor mit beschwörend gehobenen Händen die Gemüter zu beruhigen. "Mir ist wohl klar, dass meine Argumentation auf sehr dünnen Beinen steht. Aber ist es denn nicht so, dass wir alle nach einer Möglichkeit suchen, wie wir wieder gleichwertig werden können? Wäre es nicht schön, endlich der Glückssträhne der Ersten ein Ende zu setzen, und muss uns dazu nicht jedes Mittel recht sein?"

Wargo war noch immer nicht einverstanden. "Ein schnöder Mord ist etwas, was man uns sehr lange sehr übel nehmen würde", gab er zu bedenken. "Wenn das bekannt würde, wäre mein Ruf ruiniert. Ich möchte nicht mit einem solchen Fleck auf meiner Weste leben."

"Das müsstet Ihr nicht, Herr Leùtnant", entgegnete Viktor. "Ich denke, dass Khorrim wohl einige Leute in seiner Truppe hat, die bereit wären, einen solchen Mord zu begehen, und denen es möglich wäre, unerkannt zu entkommen. Allzu teuer sollte die Sache auch nicht werden, denn sie sind schließlich ein Haufen von ziemlich üblem Gesindel. Ist es nicht so?"

Khorrim brummte etwas Unverständliches aus seiner Ecke, das man wohl als Zustimmung hätte deuten können.

"Und wenn es gelingt, unsere Beteiligung auf diese Weise zu verschleiern, dass der Mord schnell und unaufgeklärt vonstatten geht, haben wir zwei Fliegen mit einer Klappe geschlagen", endete Viktor mit seinen Ausführungen.

Wargo verstand, was er meinte, und sein Gesicht hellte sich in anerkennender Freude auf. "Du meinst, wenn du mit deiner Vermutung, Shahadri könnte eine Hexe sein, richtig liegst, könnten wir zu gegebener Zeit den Mord aufklären. Damit könnten wir deutlich machen, was wir für die Rettung des Heils der Kompanie alles auf uns genommen haben", sagte er freudestrahlend.

Viktor prustete in erleichtertem Lachen los, und

auch Khorrim wusste einen perfiden Plan zu schätzen und lachte mit.

Wargo gestattete sich nur ein kleines Schmunzeln, als er sprach: "Dann sei es so. Ein schöner Plan, den wir da erdacht haben, meine Lieben. Khorrim, übernimm du bitte die ehrenvolle Aufgabe, einen Mörder für die gute Sache zu finden."

"Ich bin schon auf dem Weg, Herr Leutnant", antwortete Khorrim und verließ leichtfüßig Wargos Zelt. Er war froh, dass sich die Gelegenheit ergab, mit Stahl gegen Magie vorzugehen, und er freute sich auch darauf, dass sein Leutnant in seiner Schuld stehen würde.

Allen dreien war nicht so sehr daran gelegen, der ganzen Kompanie einen Dienst erweisen zu können, indem sie die Schwarze Magie an ihrer Wurzel ausrotteten. Sie sahen darin nur eine Möglichkeit, die eigene Machtstellung auszubauen und sich zu rächen für die Zurücksetzungen, die sie und ihre Leute gegenüber der Ersten Abteilung so oft hatten erfahren müssen.

Jetzt brauchten sie nur noch jemanden, den man für diese Sache opfern konnte und der seinen Kopf hinhalten würde, wenn der Mord aufgeklärt werden sollte. Khorrim war willens, jemanden zu besorgen, der dafür zu missbrauchen war.

Er machte sich auf den Weg durch das Lager, um ein ganz bestimmtes Zelt in den Reihen der Unterkünfte seiner Leute aufzusuchen. Dieses Zelt war recht klein und ein wenig schmutzig, es stand etwas abseits von den anderen. Die Zeltstangen waren schief in den Boden gerammt, und die Plane schlotterte im Wind, denn sie war schlecht befestigt. Im Inneren des Zeltes herrschte ein aufdringlicher, aromatischer Duft nach vielerlei Kräutern und Harzen vor, der einen benommen machen konnte.

Die Bewohnerin des Zeltes hatte es nicht für nötig

befunden, ihre Heimstatt zu erleuchten, und so konnte Khorrim die Einrichtung nur schemenhaft im diffusen Licht, das von draußen hereinkam, erkennen. Auf dem Boden lagen etliche Kissen verstreut, ein Bett war nicht zu sehen, und auch nach einer Truhe hielt Khorrim vergeblich Ausschau. Mitten auf dem Berg von Kissen aber lag die Frau, nach der Khorrim gesucht hatte. Sie lag da und schien zu schlafen oder im Rausch dahinzudämmern. Khorrim stieß sie unsanft an, um sie aufzuwecken.

"Truanna? Bist du wach?" fragte er.

Sie rührte sich nicht, gab ihm aber Antwort. Ihre Stimme zeigte keine Anzeichen von Müdigkeit, als sie sagte: "Ich bin schon wach, seit du, ohne mich zu fragen, in mein Zelt gekommen bist. Das ist schon seltsam. Was gibt es, das so dringend ist?"

Khorrim antwortete: "Ich möchte, dass du etwas für mich tust."

"Was kann ich dabei verdienen?" fragte sie.

Khorrim ärgerte sich über diese Frage. Er war es gewohnt, dass seine Leute einen Befehl ausführten, ohne nach einer Gegenleistung zu fragen. Er hatte sie alle dazu gebracht, ihm gehorsam zu sein, auch wenn sie ihn dafür hassten.

In ungeduldigem Ton sprach er weiter: "Ich glaube, du hast von mir schon einiges an Gnade erfahren. Wem, glaubst du, hast du es zu verdanken, dass du hier unter uns noch geduldet bist? Du könntest wirklich etwas zuvorkommender zu mir sein."

Truanna setzte sich auf. Ihre Augen schienen in der Dunkelheit zu schimmern, und Khorrim konnte ihr schiefes, spöttisches Grinsen trotz der völligen Finsternis im Zelt förmlich sehen, als sie antwortete: "Ich hätte nicht gedacht, dass du keine Schönere finden könntest als mich. Ist deine Liebenswürdigkeit und deine Wirkung bei den Frauen so sehr geschwunden? Oder hast du jetzt endlich alle andern durch, so dass nur mehr ich übrigbleibe?"

Die Bilder, die Khorrim bei dieser Andeutung durch den Kopf schossen, gefielen ihm wenig, und der Gedanke, mit einem solchen Wesen das Lager zu teilen, erschreckte ihn beinahe.

Mühsam beherrscht gab er zur Antwort: "Du bist ekelhaft. Sprich nicht solchen Unsinn, du hässliches Spitzohr. Es geht mir um eine wirklich ernste Sache, und ich suche jemanden, dem ich vertrauen kann."

Jetzt lachte Truanna schallend. Es war ein unangenehmer Laut, den sie aus den Tiefen ihrer Kehle hervorhustete, dass Khorrim ein kalter Schauer über den Rücken lief.

Mit einem drohenden Unterton in der Stimme sprach sie eine Warnung für ihren Korporal aus: "Überlege dir gut, ob ich wirklich diejenige bin, der man vertrauen kann. Mancher hat diesen Fehler schon mit dem Leben bezahlt."

Khorrim aber ließ sich von ihrem Gerede nicht beeindrucken und erzählte ihr, worum es ging: "Ich möchte, dass du jemanden für mich umbringst."

"Was?" fragte sie amüsiert. "Du kannst deine Streitigkeiten nicht mehr selbst regeln? Ich dachte, du wärst der wildeste Kämpfer hier im Lager."

"Hör erst mal zu", antwortete Khorrim in unterdrücktem Zorn. "Es geht nicht um einen Streit. Es ist etwas viel Wichtigeres. Ich möchte nicht, dass du an meiner statt kämpfst. Ich will, dass du jemanden für mich ermordest. Heimlich, heimtückisch und wenn möglich noch heute nacht."

"Das klingt schon interessanter", meinte Truanna, und ein wölfisches Grinsen stand in ihrem hässlichen Gesicht. "Wer ist denn der Glückliche?"

"Shahadri, Cassians Geliebte", antwortete Khorrim.

Truanna brauste auf: "Bist du von Sinnen? Du willst,

dass ich Cassians Geliebte umbringe? Wie stellst du dir das vor?"

Khorrim versuchte sie zu beruhigen: "Gemach, gemach. Sie ist schließlich nur eine Hure und wird sich nicht groß zu wehren wissen."

"Es geht mir nicht um sie, das weißt du genau", sagte Truanna. "Es geht darum, dass ich keine Lust habe, gegen Cassian zu kämpfen. Du kennst seinen Ruf als Schwertkämpfer."

Khorrim erwiderte: "Wer sagt denn, dass du überhaupt gegen ihn kämpfen musst? Wenn du schnell bist, ist alles vorbei, ohne dass er etwas davon merkt."

"Das mag sein. Aber sag mir wenigstens, warum ich das tun soll. Hat sie dich abgewiesen wie einst Malina?" Bei diesen Worten konnte Truanna sich kaum ein lautes Lachen verbeißen. Sie wusste, wie sehr Khorrim unter der Wunde gelitten hatte, die Malina ihm beigebracht hatte, als er versucht hatte, sie zu vergewaltigen. In ihrer Heiterkeit sah sie Khorrims Faust nicht aus der Dunkelheit auf sich zusausen und wurde völlig unvorbereitet getroffen, so dass ihr die Sinne schwanden.

Truanna erwachte, als Khorrim ihr einen Eimer kalten Wassers ins Gesicht goss, und sie spuckte und prustete in heißem Zorn. Trotzdem beherrschte sie sich so weit, um nicht gleich über ihren Korporal herzufallen.

Khorrim sah sie in eiskalter, gefährlicher Ruhe an und sagte: "Wenn du willst, dass ich dich am Leben lasse, dann halte dich mit solchen Bemerkungen zurück. Einen weiteren solchen Scherz vertrage ich heute nicht."

Sie strich ihr nasses Haar aus dem Gesicht und meinte ein wenig kleinlaut: "Es war nur ein kleiner Spaß. Ich werde nicht mehr davon sprechen."

"Ich werde dir sagen, warum ich Shahadri tot sehen will", sprach Khorrim. "Sie ist eine Schwarzmagierin und verantwortlich dafür, dass Cassian und die Seinen all den Ruhm ernten, der eigentlich uns zusteht. Was sagst du also zu meinem Anliegen?"

Truanna lehnte sich zurück und sagte: "Lass mich nachdenken."

Sie verharrte lange in Schweigen, mit geschlossenen Augen. Auf diese Weise wollte sie sich an Khorrim, für den unerwarteten Schlag rächen, den er ihr versetzt hatte. In ihrem Inneren war sie längst soweit, den Auftrag anzunehmen, doch sie wollte den Korporal noch ein wenig warten lassen. Schließlich sagte sie zu und begann, mit Khorrim über ihre Belohnung zu verhandeln.

Am Ende der Unterredung waren beide zufrieden. Khorrim glaubte, nicht zu viel hergeben zu müssen, und Truanna meinte, eine leichte Aufgabe vor sich zu haben. Sie trennten sich in gespielt herzlichem Einvernehmen, und Khorrim machte sich auf den Weg zurück zu Wargos Zelt. Truanna aber bereitete sich auf ihre Art vor.

Eine Stunde später verließ sie, ganz in eng anliegendem, dunklen Stoff gekleidet, das Zelt. Ihr Schwert trug sie, in der Scheide verborgen, in der Hand statt an der Seite, denn sie rechnete damit, möglicherweise fliehen zu müssen. Dann wollte sie sich schnell von allem Gewicht befreien können und nicht durch eine nutzlose Schwertscheide, die an ihrem Gürtel baumelte, behindert werden. Ihr Gewand hatte zudem eine Kapuze, mit der sie sich zu verhüllen gedachte, allerdings erst, wenn das notwendig würde. Bis zu Cassians Zelt hoffte sie ohne Schwierigkeiten zu kommen, dann wollte sie sich unkenntlich machen. Auf dem Weg dorthin würden die Wachen im Lager höchstens misstrauisch werden, wenn sie sie nicht erkannten.

Truanna war ein wenig unruhig, beinahe erregt. Das geschah immer, wenn sie sich anschickte, das Leben eines anderen Wesens zu beenden. Sie genoss es, ihre Beute bei den Todesqualen zu beobachten, manchmal war es ihr dabei vergönnt, diese Qualen gleichsam zu spüren, statt nur zu sehen und zu hören. Dies waren die wenigen Momente in ihrem Leben, wo sie ganz mit sich im reinen war.

Deshalb liebte sie den Krieg mehr als alles andere. Im Krieg war es ihr möglich, sich ohne Angst vor Strafe und Verfolgung ganz dem Rausch des Tötens hinzugeben. Der Gedanke, dass sie unter den Augen ihrer Kameraden Dinge tun konnte, die sie normalerweise um Kopf und Kragen gebracht hätten, rief eine angenehm bittere Freude in ihr hervor.

Ihrer abseitigen Lust wegen war sie von ihrem Volk verstoßen worden und hatte sich den Rauschkräutern ergeben, um diese Schmach zu vergessen. Das war ihr gründlich gelungen. Sie empfand keine Schmach mehr beim Gedanken, dass sie eine Ausgestoßene war. Sie hatte eine neue Gemeinschaft gefunden, in der sie sich heimisch fühlen konnte, auch wenn sie dort kaum in besserem Ansehen stand. Wenigstens wurde sie hier unter den Söldnern geduldet und hatte es sogar zuwege gebracht, sich den einen oder anderen Menschen zu verpflichten, indem sie sein Leben gerettet hatte.

Einmal hatte sie sogar in der Hitze der Schlacht Oberst Harrang selbst vor dem sicheren Tode bewahrt. Er war inmitten einer Horde von Feinden zu Fall gekommen, und diese hätten ihn sicher in Stücke gehackt, wenn Truanna nicht zur Stelle gewesen wäre und zwei von ihnen von hinten niedergemacht hätte. Der Oberst hatte sich dankbar erhoben und sich ihr zugewandt, um sich nach ihrem Namen erkundigen, als er mit einem Mal gewahrt hatte, wie sie das Blut der Gefallenen, nach alter Angewohnheit, von ihrer Klinge geleckt hatte. Es war ihm deutlich anzusehen gewesen, dass er sie für wahnsinnig hielt, und eilends hatte er das Weite gesucht.

Truanna hatte für ihn nur spöttische Verachtung übrig.

Am heutigen Tage aber war sie ganz mit sich und der Welt zufrieden. Shahadri war ein ganz besonderes Opfer, dessen Tod sie mit doppelter Befriedigung erfüllen würde. Zum einen war ihr die schöne Tulamidin von Anfang an unsympathisch gewesen, seit sie im Lager angekommen und hiergeblieben war. Truanna wusste nicht, woran das lag, aber in dieser Hinsicht dachte sie nicht anders als viele andere in ihrer Truppe. Fast alle führten Cassians Glück und Erfolg irgendwie auf Shahadris Wirken zurück, und Khorrim hatte ihr heute nacht auch erklärt, wie das zuging. Truanna grinste still in sich hinein, als sie daran dachte, dass wieder eine ihrer Bluttaten ungesühnt bleiben würde, weil sie damit angeblich ein gutes Werk tat. Ob Shahadri wirklich eine Schwarzmagierin war oder nicht, war Truanna völlig gleichgültig. Die zweite Quelle ihres besonderen Wohlgefallens an dem nächtlichen Auftrag lag für sie darin, dass sie Cassian vor kurzem das Leben gerettet hatte, nur um ihm dieses Leben jetzt zu vergällen. Eine solche Doppelsinnigkeit war genau nach ihrem verdrehten Geschmack.

Mühsam nur konnte Truanna die Erregung bezähmen, die in ihr aufstieg, als sie durch das Lager ging. Sie wollte sich auf keinen Fall auffällig verhalten, auch wenn sie am liebsten mit den Wachen einen kleinen Plausch gehalten hätte, weil sie so aufgekratzt war. Doch sie war sich dessen bewusst, dass ein so freundliches Verhalten von ihrer Seite sicher seltsam anmuten musste. So zwang sie sich, mit ihrer üblichen Verschlossenheit über den Hauptplatz zu schlendern. Sie erwiderte den Gruß der Wachen nicht, weil sie das nie tat, und gebärdete sich auch sonst ganz als die düstere und unnahbare Elfe, als die sie alle kannten.

Bald hatte sie den Platz überquert und befand sich jetzt im südlichen Teil des Lagers, wo die Zelte der

Ersten Abteilung standen. Hier musste sie vorsichtig zu Werke gehen. Es war nicht üblich, dass die Leute aus einer Abteilung jene aus der anderen besuchten. Zu tief war die Abneigung, die zwischen den beiden Truppen unter ihren so unterschiedlichen Anführern entstanden war. Die persönlichen Begegnungen der Mannschaften blieben im Alltag des Lagers auf ein nötiges Mindestmaß beschränkt. Selbst die Offiziere trafen einander nur zu den Besprechungen in Oberst Harrangs Zelt.

Glücklicherweise aber war der Weg durch die Zeltreihen der Ersten Abteilung als Abkürzung zu den Ställen zu gebrauchen, die weiter im Süden lagen. So hatte Truanna eine Ausrede, falls es nötig würde, ihre Anwesenheit in diesem Teil des Lagers zu rechtfertigen. Aber eigentlich plante sie nicht, sich bei ihrem nächtlichen Spaziergang sehen zu lassen, und hielt sich deshalb im Schatten, wo immer das möglich war. Sie wusste, dass die Augen der Menschen nicht sonderlich scharf sahen, wenn die Sonne gesunken war, und dies wollte sie zu ihrem Vorteil nutzen, auch wenn sie langsamer vorankam. So huschte sie von einem Schatten zum nächsten, ging bald hinter einem Zelt, bald hinter einem Wasserfass in Deckung und wartete, bis die Luft rein war.

Nach einer halben Stunde, in der sie sich immer wieder durch schnelles Zurückweichen oder Hinducken vor den Blicken der Söldner in Sicherheit hatte bringen müssen, war sie an der Rückseite von Cassians Zelt angelangt. Dieses Spiel war sehr aufregend für sie gewesen, und sie hatte einen Umweg gemacht, um noch mehr Söldner zu narren.

Nun aber besann sie sich wieder ihres Auftrags. Sie lauschte angestrengt, ein Ohr an der Zeltplane, ob drinnen alles schliefe. Gleichzeitig vergewisserte sie sich, dass sich die Geräusche in ihrer Nähe nicht änderten, dass man sie nicht entdeckt hatte. Als sie überzeugt war, gefahrlos handeln zu können, zog sie einen Dolch aus ihrem Gewand und begann leise und vorsichtig die Schnüre an Cassians Zelt zu durchschneiden, um sich einen zweiten Eingang zu schaffen.

Als sie damit fertig war, steckte sie den Dolch weg und hob die Plane ein klein wenig an, um einen ersten Blick ins Zelt zu werfen. Dies war der gefährlichste Teil ihres Auftrages, denn wenn sie jetzt von Wachen bemerkt würde, könnte sie sich wohl nichts einfallen lassen, was ihr seltsames Treiben überzeugend würde erklären können. In der Dunkelheit des Zeltes konnte sie schwach die Umrisse einer Truhe, eines Tisches und einiger Stühle ausmachen. Auf dem Bett, das nahe bei ihrem Beobachtungsposten stand, schliefen zwei Menschen friedlich. Der kurze Blick hatte Truanna genügt, um sicherzugehen, dass sie ohne Gefahr ins Zelt schlüpfen konnte.

Sie rollte sich lautlos unter der Plane durch, holte ihr Schwert nach und ließ die Plane schnell wieder fallen. Dann blieb sie ein paar Herzschläge lang bewegungslos auf dem Rücken liegen, selbst das Atmen versagte sie sich. Alles schien ruhig zu sein, keiner der beiden war aufgewacht, und auch draußen kamen keine schnellen Schritte ans Zelt heran.

Langsam, Fingerbreite um Fingerbreite, kroch sie auf das Bett zu. Hier erst, im Zelt ihres Opfers, wollte sie entscheiden, auf welche Weise sie den Mord begehen würde. Es gab so viele angenehme und reizvolle Möglichkeiten. Zuerst spielte sie mit dem Gedanken, Cassians Schwert an sich zu nehmen und Shahadri damit zu durchbohren. Diese Idee verwarf sie aber schon, als sie unter dem Tisch angelangt war, denn ein solches Vorgehen hätte mehr Zeit beansprucht und sie damit in Gefahr gebracht.

Als Truanna das Bett erreicht hatte, war sie mit sich ins reine gekommen. Sie wollte sich neben das Bett stellen, an Shahadris Seite, und ihr einfach die Kehle durchschneiden. Langsam und ohne ein Geräusch erhob sie sich vom Boden, bis sie aufrecht neben dem Bett stand. Dann lehnte sie ihr Schwert griffbereit dagegen und sah auf die Schlafenden hinab.

Cassian schnarchte leise, auf dem Rücken liegend. Die Decke war ihm im Schlaf bis zu den Hüften heruntergerutscht. Shahadri lag zu seiner Rechten. Ihr Busen hob und senkte sich im gleichmäßig ruhigen Takt ihrer Atemzüge. Truanna zitterte vor Freude, als sie sich vorstellte, den kalten Stahl durch das weiche, warme Fleisch der Kehle zu ziehen und ihr Blut spritzen zu sehen. Sie fand es fast schade, dass die Finsternis ihr ein genaues Beobachten der Todesqual und des Schreckens unmöglich machen würde. Sie würde also aus den Geräuschen und dem Geruch den Hauptteil ihrer Lust ziehen müssen.

Sie packte Shahadri an ihrem langen dunklen Haar und setzte den Dolch an. Als sie gerade zustechen wollte, schlug ihr Opfer plötzlich schreckerfüllt die Augen auf. Blitzschnell drehte Shahadri sich zur Seite und wollte von der Waffe wegrollen. Truanna war überrascht von der plötzlichen Bewegung. Sie handelte nicht schnell genug, so dass Shahadris Hals mit einem Mal nicht mehr unter dem Dolch war. Shahadri prallte gegen Cassian, der aus dem Bett fiel, bevor er noch wach werden konnte. Sie selbst rollte weiter in die Richtung und wäre auch fast aus dem Bett gefallen, als sie mit einem schmerzhaften Ruck gebremst wurde. Sie hing nun mit ihrem ganzen Gewicht an ihren Haaren, die Truanna immer noch fest gepackt hatte. Sie stöhnte vor Schmerz.

Truanna stach zu und bohrte ihrem Opfer den Dolch in die Schulter. Shahadri schrie gellend auf, und Cassian, der zuerst noch etwas benommen gewesen war, war sofort hellwach. Er tastete, auf dem Boden liegend, nach seinem Schwert, das er an den Bettpfosten gehängt hatte, und bekam die Scheide zu fassen. Er zog daran, und die Waffe fiel ihm entgegen. Dann drehte er das Schwert, das noch immer in der Scheide steckte, um und zog im Aufstehen blank. In der Dunkelheit des Zeltes konnte er kaum etwas sehen. Er erkannte gerade noch, dass Shahadri schreiend halb im Bett lag und dass hinter ihr ein Schatten aus der Finsternis ragte. Dort blitzte jetzt Metall auf.

Truanna hatte ihr Schwert gezogen und Shahadris Haar losgelassen, wenig erfreut über die Wendung der Dinge. Sie wollte Cassian eigentlich nicht töten, aber das könnte vielleicht nötig werden, wenn sie Shahadris Tod richtig auskosten wollte. Ein wenig unschlüssig ging sie um das Bett herum, um in eine gute Kampfposition zu kommen.

Cassian nahm ihr die Entscheidung, was sie tun sollte, ab. Als er sah, dass der Mörder um das Bett schlich, sprang er sofort hinzu und führte einen Stich in die Dunkelheit. Truanna musste zurückspringen, um nicht getroffen zu werden. Die Zeit, die ihr zur Erfüllung ihres Auftrages noch blieb, wurde knapp, denn bald mussten draußen die Wachen den Lärm bemerken, und dann sähe die Lage düster für sie aus. Also musste sie sich beeilen, mit Cassian fertig zu werden. Bei Tag hätte sie sich das nicht zugetraut, denn seine Kampfkraft war zu Recht weit gerühmt, aber hier, in der Finsternis, war er im Nachteil.

Sie merkte, dass Cassian sie nicht richtig sehen konnte und seine Angriffe kaum in ihre Nähe kamen. Er schien sie zurücktreiben und aufhalten zu wollen, bis die Wachen einträfen. Sie wich einem wilden Schwung seiner Waffe aus und nutzte die Gelegenheit, ihm einen Hieb auf den Schwertarm zu verpassen. Halb traf ihr Schwert die Parierstange, und halb drang das Metall in warmes Fleisch ein.

Entsetzt ließ Cassian die Waffe fallen. Truanna war überrascht, wie leicht es gewesen war, ihn zu besiegen. Er hielt sich die verletzte Hand und verbiss sich einen Schmerzensschrei. Von seiner Seite drohte keine Gefahr mehr, und so wandte sich Truanna jetzt ihrem eigentlichen Opfer zu. Shahadri kroch auf den Ausgang des Zeltes zu, behindert durch den Dolch, der noch immer in ihrer Schulter steckte. Mit zwei schnellen Schritten war Truanna über ihr und packte wieder ihr Haar. Sie zog ihren Kopf brutal in die Höhe, denn sie wollte, dass Shahadri ihre Mörderin erkannte.

Auge in Auge mit der Frau, die sie für eine Schwarzmagierin hielt, griff sie nach dem Dolch und zog ihn heraus. Ein letztes Mal sog sie den Duft dieser wunderschönen Frau in die Nase. Dann zischte sie triumphierend: "Sieh genau her. Das ist das letzte, was du in deinem Leben siehst, mein Schatz."

Shahadri riss in blankem Entsetzen die Augen auf. Ihr Mund formte ein lautloses Wort, das Truanna für eine Beschwörung hielt. Sie wollte das Ergebnis des Spruches nicht abwarten und trieb ihrem Opfer die Klinge des Dolches durch das linke Auge in den Schädel. Shahadri verstummte, ihr Leib wand sich in schwachen Zuckungen. Truanna drehte mit großer Anstrengung die scharfe Klinge im Schädel der Sterbenden. Blut floss aus Shahadris Mund. Über ihre Schulter sah die Mörderin, dass Cassian sich wieder erhob, und beschloss, es wäre an der Zeit, seine Gastfreundschaft nicht mehr länger zu beanspruchen. Sie öffnete die Lippen und gab Shahadri einen Abschiedskuss, bei dem sie so viel vom Blut ihres Opfers in ihren Mund laufen ließ, wie es ihr in dem kurzen Augenblick möglich war. Dann zog sie den Dolch aus dem Kopf und stürzte zu der Stelle im Zelt, wo sie die Schnüre durchschnitten hatte.

Cassian war ihr dabei im Weg, aber er konnte sie noch immer nicht gut sehen und sprang daneben, als sie an ihm vorbeistürmte. Truanna konnte sich nicht zurückhalten, drehte sich um und spuckte ihm etwas von Shahadris Blut ins Gesicht, bevor sie sich unter der Plane durchrollte.

Erfüllt von einem Hochgefühl, dass die Grenze zum Irrsinn schon längst überschritten hatte, rannte sie durch das Lager. Hinter sich hörte sie Rufe des Entsetzens und Schritte, die wild durcheinander liefen. Nichts konnte sie weniger kümmern, denn sie war wieder eins mit sich selbst. Sie hatte das glückliche Gefühl des Tötens gespürt, sie trug das Blut ihres Opfers im Munde mit sich, und keiner konnte ihr jetzt etwas anhaben.

Sie dachte daran, Khorrim ein wenig von dem Blut mitzubringen. Vielleicht würde er es als einziger zu schätzen wissen, denn sie hatte an ihm die gleiche Lust erkannt, die sie selbst beseelte, wenn auch in viel schwächerer Form.

Plötzlich wurden ihre Gedanken, die in der Geschwindigkeit ihres fliegenden Schritts dahinjagten, unterbrochen, denn sie hörte, dass sie verfolgt wurde. Sie vernahm den Klang der Schritte und erkannte mit den scharfen Sinnen, die ihr der rasende Wahn verlieh, dass es Cassian sein musste, der hinter ihr her war.

Sie beschleunigte ihren Lauf, um ihm zu entkommen, denn hier, in der einigermaßen guten Beleuchtung des Lagers, wollte sie sich ihm nicht zum Kampf stellen. Er war zwar im Zelt überraschend leicht zu besiegen gewesen, doch jetzt war er sicher beflügelt vom Durst nach Rache, und sie war befriedigt und satt, ohne große Lust zu Töten.

Außerdem war es etwas anderes, einen Offizier umzubringen als eine einfache Lagerhure. Als solche wurde Shahadri immer noch angesehen, auch wenn jeder wusste, dass sie Cassians Geliebte gewesen war und ihr Wort bei ihm viel gegolten hatte. Truanna wollte nicht den Zorn des Oberst auf sich herabbeschwören, indem sie seinen besten Unterfeldherrn tötete. Also lief sie, als gelte es ihr Leben, im Wissen darum, dass sie es nicht mehr weit zu den Zelten ihrer eigenen Abteilung hatte.

Rasend vor Wut und Schmerz jagte Cassian hinter ihr her. Sie hatte ihm den Menschen genommen, dem seine ganze Liebe und Hingabe galt. Sie, die ihm das Leben gerettet hatte, war zurückgekommen, um alle Freude daraus auf hinterhältige Weise zu verbannen. Immer noch war er benommen von der Leichtigkeit, mit der sie ihn besiegt hatte. Mit seinem alten Schwert hatte er sich nie so hilflos und unsicher gefühlt in einem Kampf. Er sehnte sich zurück nach Todesklaue, obwohl in einem hinteren Winkel seines Geistes langsam die unangenehme Erinnerung an den Kampf bei den Wagen Platz griff. Doch nicht dieses Schwert war sein Feind, sondern Truanna.

Er wollte den Tod dieses grässlichen Wesens mit jeder Faser seines Körpers und mit seiner ganzen Seele. Nur mit Truannas Blut auf seinem Schwert würde er sich der Trauer um seine Geliebte widmen können, ohne von Hass dabei gehindert zu sein.

Bald hatten sich Cassian einige Leute aus seiner Abteilung angeschlossen, obwohl nur wenige von ihnen begriffen hatten, worum es ging. Sie erreichten gemeinsam den Rand des Lagerplatzes von Wargos Abteilung, nur um Truanna dort zwischen den Zelten verschwinden zu sehen.

Hier musste der kleine Trupp unter Cassians Führung anhalten, denn Khorrim Kanthart stellte sich ihnen mit zwanzig seiner Leute in den Weg.

Cassian brüllte ihn an: "Lass mich sofort durch, Korporal! Ich jage eine Mörderin, und du wirst mich nicht daran hindern, wenn dir dein Leben lieb ist!"

Khorrim, der sich betont lässig auf seinen Hammer stützte, lächelte ihn an und erwiderte gelassen: "Wenn

Ihr einen Mord melden wollt, dann geht zum Oberst, mich geht das nichts an. Aber wenn Ihr daran denkt, den Lagerfrieden zu stören, sieht das anders aus. Solltet Ihr vorhaben, hier mit Waffengewalt in unseren Teil des Lagers einzudringen, dann rate ich Euch, das noch einmal gut zu überlegen. Ihr habt nur fünf Mann bei Euch, und wir sind zwanzig. Wie wird es wohl ausgehen, wenn wir uns verteidigen müssen?"

Cassian brüllte in ohnmächtigem Zorn. Es waren keine Worte, die er dem kleinen, bulligen Mann entgegenwarf, sondern nur der Ausdruck seiner Wut, der tief aus der Seele hervorgrollte. Er wollte sich sofort auf Khorrim stürzen.

Die fünf Krieger, die bei ihm waren, konnten ihn nur mit viel Mühe festhalten. Sie entwanden ihm die Waffe und schleiften ihn zurück zu ihren Zelten, weil sie im Gegensatz zu Cassian einsahen, dass sie mit Gewalt hier nicht weiterkommen konnten.

13. Kapitel

Cassian, der brüllend um sich schlug und trat, wurde von seinen Leuten mit Gewalt zu Vallbrands Zelt getragen. Sie fingen dabei einige schwere Hiebe ab, die seinen Feinden bestimmt gewesen wären, und sicher wäre der eine oder andere ernstlich verletzt worden, hätten sie ihm nicht rechtzeitig das Schwert entwunden. Bei Vallbrands Zelt angelangt, fanden sie die starken Arme der Thorwaler zu ihrer Unterstützung, und mit vereinten Kräften hatten sie den Tobenden gut im Griff.

Vallbrand trat vor sein Zelt, nachdem er sich über die Vorfälle hatte unterrichten lassen. Er war bleich und schien selbst kaum weniger Zorn zu empfinden als Cassian, doch er wirkte beherrscht.

Er ging zu Cassian hin und sprach leise und eindringlich auf ihn ein. Dann befahl er seinen Leuten, den Leutnant loszulassen, und führte ihn in sein Zelt. Cassian folgte ihm wie ein schwerkranker Mann, der sich kaum auf den Beinen halten konnte.

Im Zelt schenkte Vallbrand seinem Freund zuerst einen tüchtigen Schluck Schnaps ein und ließ ihn austrinken, bevor er weiter mit ihm redete. Er wollte weitere Worte zu seiner Beruhigung sprechen, doch Cassian, der seine Benommenheit abgeschüttelt hatte, unterbrach ihn: "Lass sofort alle Leute aufwecken! Ich werde Khorrim Kanthart zeigen, dass wir uns nicht von ihm aufhalten lassen. Wenn es sein muss, kämpfen wir gegen die ganze Zweite Abteilung, aber ich werde mich nicht an meiner Rache hindern lassen. Niemand wird mich aufhalten, bis ich mich gerächt habe!"

"Cassian!" erwiderte Vallbrand bestürzt. "Beruhige dich erst, und trink noch einen Schluck, bevor du uns alle ins Verderben führst! Du bist so außer dir, dass du gar nicht merkst, wovon du hier sprichst."

Cassian grollte: "Ich werde mich nicht beruhigen, bevor meine Rache vollendet ist! Ich will keinen Kampf im Lager, aber wenn es nicht anders geht, dann sei es eben so!"

Vallbrand zwang ihn in den Stuhl zurück und sagte: "Aber Cassian! Bedenke, was das für uns bedeutet. Wir wären ehrlos, und man würde uns zu Recht verfolgen. Sieh die Sache doch aus der Sicht von Oberst Harrang. Er müsste sich mit der Garde auf die Seite der Zweiten schlagen, wenn wir einen Kampf beginnen. Wir wären hoffnungslos unterlegen."

Cassian lief zornesrot an und schrie: "Willst du sagen, ich soll den feigen Mord an Shahadri ungesühnt lassen? Willst du, den ich für meinen Freund gehalten habe, mir das im Ernst vorschlagen? Du bist wohl nicht ganz bei Trost! Ich werde mein Rache haben, und wenn ich dich und die deinen mit Gewalt dazu zwingen muss, mir zu folgen, dann werde ich auch davor nicht zurückschrecken!"

Vallbrand ließ das alles mit steinerner Ruhe über sich ergehen. Als Cassian die Luft ausging, begann er wieder beschwörend auf ihn einzureden: "Sieh doch ein, dass wir so nicht weiterkommen. Du kannst nicht einfach das Recht in deine Hände nehmen. Das wäre unser aller sicherer Untergang."

Unterdessen fand im prächtigen Zelt des Leutnant Wargo eine Besprechung zu derselben Frage statt. Wargo lief unruhig auf seinen kostbaren Teppichen auf und ab. Viktor saß still auf einem Stuhl in der Ecke und sah ihm dabei zu. Khorrim war draußen bei seinen Leuten und beobachtete, was bei der Ersten Abteilung vorging. Truanna aber, die den Mordplan in die Tat umgesetzt hatte, saß im Zelt ihres Leutnants, nachdem sie Bericht erstattet hatte, und wartete ab, was sich ereignen würde.

Viktor ergriff als erster das Wort: "Ich glaube nicht,

dass es Cassian wirklich wagen wird, mit Gewalt gegen uns vorzugehen. Aber ich denke, man sollte trotzdem den Oberst verständigen, damit er im Ernstfall gleich auf der richtigen Seite steht. Wer weiß schon, was dem Heißsporn alles einfällt in seiner Wut."

Wargo blieb stehen und warf einen Blick voll anklagender Abscheu auf die Elfe. Dann meinte er: "Und was passiert, wenn man sie hier bei uns findet? Wie sollen wir dann unsere Mitwisserschaft verschleiern?"

"Man muss sie ja nicht finden, Herr Leutnant", entgegnete Viktor. "Wenn der Oberst die Sache untersucht, werden wir genug Zeit haben, sie verschwinden zu lassen. Ich denke, Ihr solltet sie in ihr Zelt zurückschicken und sie unter Bewachung stellen. Das macht auch gleich beim Oberst einen guten Eindruck, und wir haben die Möglichkeit, uns etwas für sie zu überlegen."

Wargo nickte und antwortete: "Du hast recht. Das ist wenigstens ein Anfang."

Dann rief er nach seinem Diener und gab ihm den Befehl, alles in die Wege zu leiten. Truanna hatte bisher die Unterredung über ihr eigenes Schicksal scheinbar völlig teilnahmslos mit angehört. Jetzt stand sie mit spöttischem Grinsen auf, verbeugte sich und ging hinaus.

Der Leutnant wandte sich nun an seinen Ratgeber. "So, jetzt, wo wir allein sind, kannst du mir erklären, wie du sie verschwinden lassen willst. Ich hoffe, du hast dir dafür schon etwas Sinnvolles überlegt."

"Ich dachte daran, dass sie fliehen könnte", erklärte Viktor. "Man weiß ja, dass sie besser und schärfer sieht in der Dunkelheit, weil sie eine Elfe ist. Es wäre also keine Schande, wenn sie den Wachen entkäme."

"Nein", erwiderte der Leutnant. "Dein Vorschlag gefällt mir nicht. Sie könnte gefangen werden, und man könnte sie zum Reden bringen. Ich glaube, das Beste wird sein, wir beseitigen sie selbst und schieben den Mord dann der Ersten Abteilung in die Schuhe."

"Dann hätten wir aber einen neuen Mitwisser", gab Viktor zu bedenken. "Den müssten wir dann auch beseitigen."

Wargo antwortete: "Nicht wenn ich es selbst tue. Diese Frau war mir ohnehin nie ganz geheuer. Du wirst inzwischen den Oberst verständigen lassen."

Mit diesen Worten gürtete Wargo sein schlankes Schwert um und verließ das Zelt. Viktor blieb zurück, nachdenklich, weil er seinen Leutnant anscheinend doch in seiner zielstrebigen Hinterlist unterschätzt hatte.

Oberst Harrang war in seinem friedlichen, wohlverdienten Schlaf gestört worden und deswegen nicht wenig ergrimmt. Er hatte immer schon insgeheim gefürchtet, dass es bei den ständigen Reibereien zwischen den beiden Abteilungen zu einem gefährlichen Ausbruch der schwelenden Feindschaft kommen musste. Nun sah er sich in seinen Befürchtungen bestätigt und musste gewahr sein, dass ihm vielleicht sogar die Gewalt über das ganze Lager entgleiten konnte.

Um dies zu verhindern, gedachte er, zunächst mit der Garde auf dem Hauptplatz aufzumarschieren und die beiden Truppen auf diese Weise wenigstens voneinander getrennt zu halten. Dann wollte er Cassian tüchtig ins Gebet nehmen, damit er sich nicht erdreistete, das Recht in die eigenen Hände zu nehmen. Schließlich galt es noch, die Mordtat selbst aufzuklären, wofür er am nächsten Tag zu Gericht würde sitzen müssen.

Wargo hatte ihm mitteilen lassen, dass er die Beschuldigte schon in Gewahrsam genommen hatte. Er wolle aber nicht zulassen, dass Cassian seinen Teil des Lagers betrat. Hier verlangte Wargo nur, was sein gutes Recht war und was außerdem dem Frieden des Lagers nur dienlich sein konnte. Der Oberst wollte ihm diesen Wunsch erfüllen, wenn es sein musste, auch mit Gewalt.

Nun aber galt es, zuerst wieder Ruhe ins Lager zu bringen und die beiden Abteilungen davon abzuhalten, gegeneinander mit Gewalt vorzugehen.

Während er sich seine Pläne zurechtlegte, hatte Oberst Harrang sich gerüstet und bewaffnet und war jetzt bereit, auf den Lagerplatz hinauszutreten. Dort stellte er sich an der Spitze seiner Garde auf und überblickte die Lage.

Cassian hatte es zuwege gebracht, dass ein Großteil seiner Leute ihm gefolgt war und jetzt bewaffnet auf dem Hauptplatz stand, bereit, ihrem Leutnant den Weg in den anderen Teil des Lagers mit Waffengewalt zu bahnen. Sie alle wirkten zum Äußersten entschlossen.

Ihnen gegenüber standen Wargos Leute, an Zahl etwa gleich stark, unter der Führung Khorrim Kantharts. Wargo selbst war nicht zu sehen, daher beschloss der Oberst, ihn holen zu lassen, denn er wollte, dass beide Anführer bei ihren Leuten waren, wenn er den Streit schlichtete.

Wargo war unterdessen zu Truannas Zelt gegangen und hatte dort die Wachen fortgeschickt, um keine Zeugen bei seiner geplanten Mordtat zu haben. Er schickte sich gerade an, ihre Behausung zu betreten, als er von hinten angerufen wurde. Ärgerlich drehte er sich um und sah sich einem Berittenen gegenüber, der die Farben von Oberst Harrangs Garde trug.

Der Mann sprach ihn an. "Herr Leutnant, der Herr Oberst wünscht Eure Anwesenheit auf dem Hauptplatz. Bitte folgt mir sogleich."

Zorn stieg in Wargo auf, doch er konnte nichts tun, als sich der Anordnung des Oberst zu fügen. Schnell befahl er einige Leute heran und befahl ihnen: "Bewacht sie gut, damit sie ja nicht der Gerechtigkeit entfliehen kann."

Dann folgte Wargo dem Reiter und ließ seine Wachen, die ihm verwundert nachsahen, zurück.

Auf dem Hauptplatz angelangt, sah Wargo, dass die Lage für seine Leute viel besser aussah, als er befürchtet hatte. Der Stallmeister hatte, wahrscheinlich auf Befehl des Oberst, beiden Abteilungen die Herausgabe von Pferden verweigert. Das führte dazu, dass die einzigen Berittenen auf dem Platz die Männer und Frauen der Garde waren. Unter diesen Umständen musste selbst der Hitzkopf Cassian einsehen, dass es sinnlos war, einen Kampf zu eröffnen.

Gelassen und mit einer betont freundlichen Miene nahm Wargo seinen Platz bei seinen wartenden Truppen ein, um der Ansprache des Oberst zu lauschen.

Der Oberst hatte sich vom Pferd herab zuerst an die einfachen Söldner gewandt, die auf dem Platz standen, und ihnen erklärt, dass er einen Kampf im Lager als Meuterei betrachten und sich mit der Garde auf die Seite der Angegriffenen stellen würde. Nun wandte er sich, als er sah, dass beide anwesend waren, an die Anführer: "Ich habe mich unterrichten lassen, was der Grund für die Unruhe im Lager ist. Cassian, hört mir gut zu! Ich werde unter keinen Umständen dulden, dass Ihr mit Euren Leuten gewaltsam in Wargos Teil des Lagers eindringt."

Cassian, der immer noch seine Wut kaum zügeln konnte, setzte zu einer Erwiderung an, doch der Oberst schnitt ihm das Wort ab. "Schweigt!" brüllte er seinen Leutnant an. "Ihr dürft erst sprechen, wenn ich es Euch erlaube!" Etwas sanfter fuhr er fort: "Ich weiß, dass Ihr großen Schmerz und gerechten Zorn empfindet. Aber ich kann nicht dulden, dass Euretwegen eine Meuterei anfängt. Ich selbst werde, wie es meine Pflicht als Befehlshaber ist, die Tat klären. Morgen zu Mittag werden wir hier auf dem Hauptplatz zu Gericht sitzen. Dann mögt Ihr Eure Anschuldigungen in ordentlicher

Weise vorbringen, wie es sich für einen Offizier geziemt. Ich werde als gerechter Richter über den Fall entscheiden. Fügt Ihr Euch dieser Entscheidung, Cassian?"

"Ja", knirschte Cassian zwischen zusammengebissenen Zähnen hervor. Er hatte keine andere Wahl mehr, denn er musste fürchten, dass seine Leute ihm den Gehorsam verweigerten, wenn er ihnen unter den Augen des Oberst den Angriff auf Wargos Truppen befahl. Sie hätten dann gegen eine deutliche Übermacht zu kämpfen, die zudem teilweise beritten war. Außerdem müssten sie sich offen gegen das geltende Recht stellen. Das wollte Cassian ihnen nicht zumuten, und so befahl er den Abzug.

Oberst Harrang verlangte nun, dass man Truanna seinen eigenen Leuten zur Bewachung übergab, und Wargo stimmte zu. Das beraubte ihn zwar seines Zugriffs auf die Mörderin, doch wagte er es nicht, sich öffentlich einem Wunsch des Oberst zu widersetzen. Er ließ sie heranbringen und befahl seine Leute zurück in ihre Zelte.

In beiden Teilen des Lagers wurden speziell verstärkte Wachen aufgestellt. Zwischen ihnen stand die Garde auf einem gefährlichen und unangenehmen Posten. Diese Nacht würde allen Angehörigen der Kompanie wenig Ruhe bringen.

Der Oberst hatte sich inzwischen in sein Zelt begeben und seine schwere Rüstung abgelegt. Er war zufrieden mit dem Ergebnis seines Eingreifens und sehnte sich danach, noch ein wenig Schlaf zu bekommen, bevor er sich mit dem Fall genauer befassen musste. Es war noch nicht Mitternacht, und er wollte nicht vor Morgengrauen aufstehen, so dass er sich auf genügend erholsamen Schlaf freuen konnte.

Diese Mordsache gab ihm dennoch Rätsel auf. Er konnte sich nicht vorstellen, weshalb jemand Shahadri umbringen wollte, denn sie war allgemein als liebenswürdig und zuvorkommend bekannt. Niemals hatte sie jemandem im Lager ein Leid getan, selbst unfreundliche Worte hatte man von ihr nie zu hören bekommen. Oberst Harrang konnte sich diese Bluttat höchstens mit Truannas gefährlichem Wahnsinn erklären. Er selbst hatte ja bereits gesehen, dass diese Elfe zu allem fähig war und man sich vor ihr nicht genug in acht nehmen konnte.

Er bedauerte Cassian, denn er konnte sich in die Lage versetzen, in der er sich jetzt befand. Der Leutnant war ein sehr unruhiger und heißblütiger Mensch, der Unrecht schon nicht ertragen konnte, wenn es jemand anderen traf. Wie sehr musste er erst durch diese Sache aufgewühlt sein! Der Oberst dachte, dass einem Mann kaum ein schlimmeres Schicksal widerfahren konnte, als Cassian es in dieser Nacht erlebt hatte. Er wollte sein möglichstes dazu tun, dass ihm Gerechtigkeit zukäme und der feige Anschlag gesühnt würde.

Mit diesen Gedanken zog er sich aus und ging zu Bett. Draußen vor seinem Zelt hatte sich die nächtliche Aufregung einigermaßen gelegt, und das einzige Geräusch, das der Oberst hörte, war das ewige Rauschen des unerbittlichen Windes. Der Wind schwoll in einer sanften Melodie an und ab, so dass der Oberst bald in einen leichten Schlummer fiel.

Er dämmerte gerade langsam in die tieferen Gefilde des Schlafes hinab, als ein verborgener Teil seiner Selbst ihm eine stumme Warnung zukommen ließ. Etwas war an seinem Schlaf nicht in Ordnung. Er hatte sich zwar zunächst an der Ruhe seines Zeltes gefreut, doch jetzt fiel ihm erst auf, dass diese Ruhe nicht natürlich war.

Nie zuvor hatte er außer dem Rauschen des ewigen Windes kein anderes Geräusch vernommen. Immer war das Einschlafen im Lager von den vielen verschiedenen Lauten der Nacht begleitet gewesen. Nun aber hörte er nicht das geringste davon. Weder das leise Singen der Wachen, die sich selbst damit am Schlafen zu hindern suchten, noch die gelegentlich wiehernden Pferde, noch die Laute der Wollust, die oft aus manchem Zelt erschollen, wenn die Lagerhuren bei einem Krieger zu Gast waren, konnte er vernehmen. Selbst das Geräusch des Windes, das er eben noch gehört hatte, erklang nun nicht mehr. Gespenstische, tote Stille herrschte im Zelt des Oberst.

Er wollte aufspringen. Die Stille, die er beinahe körperlich zu spüren glaubte, versetzte ihn in Angst. Diese Angst nagte an seiner Seele, wie er es noch nie zuvor erlebt hatte. Plötzlich war er nur noch von einem Gedanken beseelt: Er musste aus dem Zelt entkommen. Der Oberst war ein tapferer Mann, ein großer Krieger, der viele blutige Schlachten siegreich durchstanden hatte, doch jetzt fühlte er sich, als wäre er klein, zerbrechlich und verloren in einer stummen, toten Welt.

Seine Angst wurde zu nacktem Entsetzen, als er sich bewusst wurde, dass er noch gar nicht aufgestanden war. Er spürte deutlich, dass er noch auf seinem Bett lag - dabei hatte er im Geiste sein Zelt schon verlassen gehabt und war in die Nacht hinausgerannt.

Plötzlich wurde ihm speiübel und schwindlig, als er eine weitere Unnatürlichkeit bemerkte: Er konnte mit einem Mal überhaupt nichts mehr sehen. Der Oberst hatte die Angewohnheit, immer bei Licht zu schlafen, denn es war des öfteren nötig, sich mitten in der Nacht unvorbereitet zu erheben, wenn seine Pflichten als Befehlshaber dies verlangten. Er wollte dann keine wertvolle Zeit damit vergeuden, erst eine Lampe anzuzünden, um seine Kleidung, Rüstung und Waffen anlegen zu können. Das war zumindest der Grund, den der Oberst sich selbst einzureden versuchte, warum er bei Licht schlief. Den wahren Grund hatte er sich niemals eingestanden. Er hatte entsetzliche Angst vor der Dunkelheit, die ihn im Moment des Einschlafens umgab. Dies wurde ihm jetzt, als er sich in einer völligen, unirdischen Dunkelheit befand und sich nicht bewegen konnte, schmerzlich bewusst. Er begann am ganzen Körper zu zittern, als müsse er bittere Kälte erleiden. Doch der Angstschweiß, den Oberst Harrang zuerst auf der Stirn gefühlt hatte, rann ihm nun in wahren Bächen über das Gesicht.

Er lag da in der Finsternis, unfähig etwas zu hören, unfähig sich zu bewegen, unfähig, auch nur einen Laut von sich zu geben. Er fühlte, wie ein Schrei des Entsetzens ihm die Kehle hochstieg, doch er konnte ihn nicht durch seine Lippen pressen, so sehr ihn das jetzt erlöst hätte.

Die einzigen Sinne, die ihm geblieben waren, waren das Riechen und das Fühlen. Er roch den aufdringlichen Gestank seiner eigenen tierischen Furcht und empfand tiefe Scham darüber. Er fühlte das Zittern seines alten Körpers, dessen Herr er nicht mehr war. Und er spürte noch etwas anderes.

Ein Ding, dessen Form er sich nicht vorstellen konnte, kroch an seinem Bein hoch. Er strampelte und trat wild um sich, doch nur in seinen Gedanken. In Wirklichkeit blieb er stocksteif und bewegungslos auf dem Rücken liegen, nur imstande zu fühlen, wie das ekelhaft kalte und glitschige Ding an ihm emporkroch.

Jetzt gesellte sich ein zweites Ding dazu und kroch das andere Bein hoch. Es fühlte sich an wie eine Schlange oder ein Fisch oder eine Mischung aus beidem. Bestialischer Gestank waberte von den beiden tastenden Wesen an Oberst Harrangs Nase heran. Er hatte nun eine neue Stufe auf der Leiter hinunter in den namenlosen Abgrund der Furcht erreicht und war ganz still und verzweifelt. Kein Ausweg aus seinem Schicksal schien sich abzuzeichnen, nirgends schien ihm das Licht der Befreiung aus seiner einsamen Qual.

Auch von seinen Armen ergriffen jetzt zwei weitere dieser grausigen Schlangenwesen Besitz, und er spürte, dass sein graues Haar von unten her in einer obszön schleimigen Zärtlichkeit durchstrichen wurde. Dann ringelte sich eine Schlange um seinen Hals, in dem der Puls wie rasend pochte.

Wie ein einziges Wesen packten die Schlangen um seine Gliedmaßen und um seinen Hals plötzlich mit der Gewalt eines Schraubstockes zu. Ein schmerzhafter Ruck ging durch den Körper des Oberst, als er von der unmenschlichen Kraft seiner Peiniger hochgehoben und gestreckt wurde.

Er brüllte seinen viehischen Schmerz in die Welt hinaus, doch er wusste noch währenddessen, dass niemand ihn würde hören können. Die Wesen, in dessen Gewalt er war, wollten seinen Tod. Nun wusste der Oberst das erste Mal in seinem Leben, was es hieß, das eigene Ende zu fürchten. Er schrie, kreischte und weinte seine Angst hinaus, doch es blieb stumm und dunkel um ihn.

Der scheußlich ziehende Schmerz in seinem Leib steigerte sich von Herzschlag zu Herzschlag und war noch lange nicht am Höhepunkt seiner unirdischen Stärke angelangt. Welle um Welle der Pein spülte über den Geist des Oberst und riss ihn endlich hinweg in einen Strudel von wahnsinnigem Entsetzen.

Dennoch war ihm die Gnade der Ohnmacht nicht gegönnt. Er musste alles, was mit ihm geschah, weiter spüren, ohne dass sein Inneres in tröstliches Vergessen abglitt. Seine alte Haut, wahrscheinlich blau gequetscht vom eisernen Zugriff der Schlangen, troff von stinkendem Schleim. Die Augen traten ihm aus den Höhlen vom Würgegriff um seinen Hals, und sein Mund stand weit offen, die Zunge schmerzhaft geschwollen.

Nun kamen weitere Schlangen hinzu, die sich gewaltsam in alle Öffnungen seines Leibes drängten. Sie wühlten sich in das warme Innere seines Körpers und zerrten und rieben sich am weichen Fleisch seiner Innereien.

Endlich widerfuhr dem Oberst die Gnade des Wahnsinns und nahm ihm ab, den Schmerz zu spüren, als er von innen her durchbohrt wurde. Er hatte nämlich, ob durch eine Laune des Schicksals oder mit dem Willen seines Peinigers, plötzlich sein Augenlicht wiedergefunden, nur um zu sehen, wer ihn da peinigte. Der Anblick des Wesens, in dessen Greifarmen und Fühlern er hing, raubte Oremo Harrang den Verstand, und er starb, ohne sich des ganzen Ausmaßes seiner unirdischen Qualen bewusst zu werden.

Als Leutnant Alrik Blankeneck, der Stellvertreter des Oberst, wenig später in das Zelt trat, um ihn darum zu bitten, weitere Gardesoldaten zur Bewachung der Ställe abzustellen, fand er die scheußlich zugerichteten Überreste des Anführers der Kompanie im Innenraum verteilt. Selbst für einen kriegserprobten Mann wie Alrik war der Anblick so grauenerregend, dass ihm die Galle hochkam. Er biss sich auf die Lippen, um nicht in reinem Entsetzen laut aufzuschreien, und stand einfach nur da, fassungslos und unfähig, den Blick von der ekelhaften Szenerie zu wenden. Es dauerte einige Minuten, bevor er sich wieder so weit in der Gewalt hatte, dass es ihm möglich war, die Korporale der Garde zu einer Besprechung versammeln zu lassen.

14. Kapitel

In einem anderen Zelt, in den Reihen der Ersten Abteilung, ging unterdessen ein Gespräch vonstatten, das sich mit derselben Sache beschäftigte. Ein mächtiger Mann trat vor seine wenigen Zuhörer, um ihnen die Gründe eines Entschlusses darzulegen. Er sagte: "Ich habe mich für heute nacht zum Handeln entschlossen, weil die Gelegenheit in mehrfachem Sinne günstig für uns ist. Heute wird sich unser Schicksal endlich entscheiden. Lasst mich erklären, wie ich unsere Lage sehe."

Seine Zuhörer murmelten Zustimmung. Sie brannten darauf zu hören, wie ihr Anführer sie aus der schweren Bedrängnis dieser Nacht zum Sieg führen wollte.

Vallbrand fuhr fort: "Ich habe mich an Ihn selbst gewandt, damit Er uns in unserer Not beistehen möge. Die Ermordung Shahadris war ein schwerer Schlag für unsere Sache, denn wir müssen fürchten, dadurch unsere Herrschaft über Cassian zu verlieren. Außerdem ist es denkbar, dass in einer Verhandlung gegen die Mörderin vielleicht der Schatten eines Verdachtes auf uns fallen könnte. Es ist also nicht in unserem Interesse, dass es überhaupt morgen zur Abhaltung des Gerichts kommt. Daher habe ich Ihn selbst gebeten, die Verhandlung unmöglich zu machen. Wahrscheinlich werden gerade die sterblichen Überreste des Oberst Harrang gefunden."

Seine Zuhörer stöhnten erstaunt auf. Sie hatten beide nicht damit gerechnet, dass es so früh zu einer so einschneidenden Entscheidung würde kommen müssen. Malina wollte etwas einwerfen, doch Vallbrand schnitt ihr mit einer Geste das Wort ab. "Bitte, lass mich erst zum Ende kommen", sagte er. "Dann können wir gern über meinen Plan sprechen, den ich euch unterbreiten will. Vielleicht fällt euch beiden etwas ein, das ich übersehen habe. Aber ich bitte euch zunächst, mich bis zum Ende anzuhören."

Er machte eine kleine Pause und trank einen Schluck Wein, damit sich die beiden anderen beruhigen konnten, bevor er fortfuhr. "Der Verlust Shahadris ist eigentlich nicht wirklich schlimm für uns. Einerseits scheint Cassian bei den Orks irgendwie Verdacht geschöpft zu haben, denn er hat sich - wenig vorsichtig, wie ich bemerken möchte - ein wenig in der Abteilung umgehört, ob wir irgendwelche heimlichen Magier in unseren Reihen haben. Die meisten unserer Leute sind zum Glück zuverlässig, so dass ich bald davon erfahren habe. Leider hat es dann nicht geklappt, ihn rechtzeitig zu beseitigen, während der Kampf im Orklager noch unübersichtlich war, aber das wisst ihr ja selbst gut genug."

Hassim nickte düster und dachte an den guten Pfeil, den er im Großen Lager auf Cassian verschwendet hatte. Dieser Fehlschlag ärgerte ihn mehr als alle andere Unbill der letzten Wochen. Vallbrand sprach nach einem weiteren Schluck Weines weiter. "Außerdem hat sich Shahadri selbst in letzter Zeit mehr als nur etwas unwillig verhalten. Sie war, wie ihr wisst, ganz schön störrisch geworden. Ich hatte ohnehin insgeheim die Befürchtung, sie würde Cassian bald aufklären, so dass wir sie dann hätten beseitigen müssen. Diese Arbeit ist uns jetzt glücklicherweise vom Feind abgenommen worden. Das Einzige, was nun noch zu tun übrigbleibt, ist, endlich die Herrschaft in der ganzen Kompanie zu übernehmen. Auch deshalb habe ich unseren Helfer gebeten, sich um den Oberst zu kümmern, denn wenn Oremo Harrang nun tot ist, woran ich nicht den leisesten Zweifel habe, wird alle Ordnung in der Kompanie verloren gehen. Dann können wir endlich die Entscheidung suchen, ohne Angst zu haben, dass der Oberst in seiner gewinnenden Art unseren Leuten im letzten Augenblick ins Gewissen redet. Natürlich müssen wir uns dann auch schnell um Cassian kümmern, damit wir wirklich freie Hand haben, aber das kann nicht so schwer sein. In einem offenen Kampf gegen die Zweite Abteilung werden wir anschließend mit Sicherheit siegen, und dann ist die Kompanie unser."

Vallbrand hatte das Ende seiner Rede erreicht und setzte sich auf seinen großen Stuhl, um den beiden anderen Gelegenheit zu einer Erwiderung zu geben. Er war froh, dass die Zeit der Entscheidung nun endlich gekommen war, denn er hatte es satt, immer die Maske des einfachen, gutmütigen Thorwalers zu tragen und Cassian eine Zuneigung vorzuspielen, die er lange nicht mehr empfand. Früher war es wohl einmal so gewesen, dass sich Cassian und er in wahrer Freundschaft zugetan waren, doch galt dies von Vallbrands Seite nicht mehr. Zu viele seiner Erlebnisse standen zwischen den beiden Männern, zu viele Dinge hatte er gesehen, die Cassian sich nicht einmal hätte vorstellen können.

Außerdem gab es genügend Leute in der Zweiten Abteilung, die den Tod verdient hatten, den er ihnen bald zukommen lassen wollte. Khorrim Kanthart war der erste von ihnen, doch auch Leutnant Wargo von Baliho war Vallbrand seit langem ein giftiger Stachel im Fleisch.

Malina stellte ihren Becher beiseite, stand auf und sprach zu ihren Mitverschwörern: "Ich bin auch einverstanden damit, dass wir möglichst bald über die Zweite herfallen. Wir müssen aber, um ihnen überlegen zu sein, zuerst die Garde aus dem Verkehr ziehen, denn ich fürchte, sie würden sich auch unter dem Kommando Leutnant Blankenecks auf die Seite der Angegriffenen stellen. Um sie auszuschalten, brauchen wir aber dringend zuerst Pferde. Ich kann mich mit ein paar zuverlässigen Leuten gleich auf den Weg zu den Ställen machen, wenn ihr wollt."

Vallbrand meinte: "Das ist eine gute Idee. Mach dich gleich daran, uns Pferde zu beschaffen."

Hassim brummte seine Zustimmung leise in seinen Bart.

Malina ging aus dem Zelt, um die Vorbereitungen für die letzte Abrechnung zu treffen. Auf dem Weg vom Zelt war ihr kurz so, als hätte sie aus dem Augenwinkel eine schattenhafte Gestalt in der Dunkelheit verschwinden sehen. Als sie sich aber danach umdrehte, war nichts mehr zu sehen und Malina schob den Irrtum auf ihren angespannten Geist. Es war auch eigentlich kein Wunder, dass sie im Angesicht der bevorstehenden Entscheidung etwas unruhig wurde.

Tatsächlich wäre es aber klüger gewesen, genauer Nachschau zu halten, denn Malinas angespannte Sinne hatten ihr keinen Streich gespielt. In Wirklichkeit war ihre ganze Unterhaltung belauscht worden. Svenna Idmundsdottir, eine Kämpferin aus Vallbrands Truppe, hatte heimlich alles mit angehört.

Sie war eine der ganz wenigen unter Vallbrands Leuten, die nichts von der Verschwörung wussten, und sie hätte sicher, wären die Verschwörer an sie herangetreten, sofort den Oberst unterrichtet, denn sie war eine aufrechte und untadelige Frau. Nun aber stand sie mit ihrem Gewissen in heftigem Widerstreit, denn einerseits wusste sie, dass sie den schändlichen Verrat der drei Offiziere unbedingt öffentlich machen musste, andererseits war sie in heftiger, unerwiderter Liebe zu Vallbrand Eisenfaust entflammt. Oft schon hatte sie im Kampf das Schlimmste von ihm abgewendet, und immer hatte sie darauf gehofft, dass der stattliche Korporal sie endlich bemerken würde, doch vergeblich.

Er hatte sie nie schlecht behandelt, aber damit war er ihr gegenüber auch nie anders aufgetreten als gegenüber allen anderen in der Truppe. Ihre Liebe aber war durch sein Verhalten nicht geringer worden, und sie hatte sich selbst oft bittere Vorwürfe gemacht, dass sie derart einem unerreichbaren Hirngespinst nachjagte, statt sich vielleicht anderen Männern zu widmen. An Gelegenheit dafür hatte es ihr nicht gemangelt, denn sie war eine schöne Frau und hatte in der Truppe mehr als nur einen heimlichen Verehrer. Dennoch hatte sie nur Augen für Vallbrand gehabt, in dem sie zu ihrem Schmerz jetzt einen schändlichen Verräter sehen musste. Sie spürte, dass sie noch ein letztes Mal mit ihm selbst darüber sprechen musste, um die Sache auch für sich selbst zu einem endgültigen Abschluss zu bringen. Deshalb drehte sie um und ging in das Zelt des Korporals, um ihn zur Rede zu stellen.

Vallbrand und Hassim staunten nicht schlecht, als Svenna plötzlich mit zorniger Miene im Zelteingang stand und sie barsch anfuhr: "Was habt ihr drei Schändliches vor? Warum wollt ihr den Frieden und die Einheit der Kompanie zerstören? Und wer ist der Helfer, von dem du gesprochen hast, Vallbrand?"

Sogleich war den beiden Verschwörern klar, dass sie belauscht worden waren. Vallbrand versuchte Svenna zunächst abzulenken. Er setzte sein freundlichstes Gesicht auf und sprach zu ihr: "Setzt dich doch zu uns, liebe Svenna. Beruhige dich, und lass uns dir ein paar Dinge erklären. Nimm einen Schluck Wein, und hör uns genau zu."

Er schenkte ihr einen Becher voll ein und reichte ihn ihr. Svenna ergriff den Becher tatsächlich und nahm auf dem angebotenen Stuhl Platz. Sie war in ihrem Entschluss, Vallbrand nach diesem Gespräch für immer aus ihren Gedanken zu verbannen, ein wenig unsicher geworden. Es war das erste Mal, dass sie das Gefühl hatte, von ihm überhaupt wahrgenommen zu werden. Sie fühlte sich zum ersten Mal von ihm freundlich behandelt. Vallbrand lächelte gewinnend, und seine Augen blitzten munter, als er weitersprach. "Ich habe wohl bemerkt, dass du unsere kleine Unterhaltung belauscht hast. Aber ich bin dir deswegen keineswegs böse."

Hassim war während dieser Worte langsam aufgestanden und zum Ausgang gegangen. Svenna ließ wachsam ihren Blick auf ihn geheftet, denn sie wollte den finsteren Gesellen, dem sie nicht vertraute, nicht in ihrem ungeschützten Rücken haben.

Sie musste sich etwas in dem Stuhl umdrehen, ganz auf Hassim konzentriert, und hörte Vallbrand gerade noch sagen: "Du wirst nämlich keine Gelegenheit haben, jemandem davon zu erzählen", als ihr Kopf in einem schmerzhaft blendenden Lichtblitz zu zerplatzen schien. Sie fiel nach vorne aus dem Stuhl und war schon bewusstlos, bevor sie auf dem harten Lagerboden aufschlug. Vallbrand ließ den nutzlosen Henkel des schweren Kruges, den er auf ihrem Kopf zertrümmert hatte, fallen und warf einen Seitenblick auf Hassim, der sofort das Zelt verließ und wenig später zurückkehrte.

Er hatte die Umgebung des Zeltes abgesucht und meldete jetzt, dass die Luft rein war. Vallbrand zog einen reichgeschmückten Dolch aus dem Gürtel und betrachtete versonnen das glitzernde Funkeln des Metalls im Kerzenschein.

Es war schade, dass er die junge Kriegerin umbringen musste, denn sie hatte ihm gut gefallen. Er hatte sogar mit dem Gedanken gespielt, sie zu seiner Geliebten zu machen, bevor er sie als Opfergabe darbrachte, doch jetzt war es zu spät dafür.

Vallbrand stieß den Dolch zweimal in Svennas Nacken und lauschte dann, ob von ihr noch Atemzüge zu hören wären. Als er überzeugt war, dass sie tot war, wischte er das Blut in ihr Gewand und sprach zu Hassim: "Such ein paar vertrauenswürdige Leute und sag ihnen, sie sollen die Leiche beseitigen. Ich werde inzwischen etwas Wichtiges vorbereiten. Sieh also zu, dass du rechtzeitig wieder da bist."

"Ich werde mich beeilen", erwiderte Hassim und verschwand eilends aus dem Zelt.

Unterdessen hatte Malina einen Trupp Kämpfer zusammengestellt, mit denen sie sich auf den Weg machte, um die nötigen Pferde für den Kampf gegen die Garde zu beschaffen. Sie hatte früher in der Nacht schon einmal mit Woltan, dem alten Stallmeister, gestritten, doch der hatte sich standhaft geweigert, ihr irgendwelche Pferde zu geben. Selbst Malinas eigene Tiere hatte er auf ausdrücklichen Befehl des Oberst nicht herausgegeben. Nun aber war die Lage anders, denn sie hatte jetzt etliche entschlossene Bewaffnete dabei, um ihrer Forderung Nachdruck zu verleihen, und sie wusste etwas, was dem alten Woltan unbekannt war. Die Kunde vom Tod des Oberst wollte sie für den Notfall, dass sie mit dem Stallmeister länger verhandeln müsste, als Druckmittel zurückbehalten. Eigentlich war ihr aber gar nicht an Verhandlung gelegen, denn sie war sich sicher, mit ihren Bewaffneten den Wachen und Stallknechten gegenüber in der Überzahl zu sein, und wollte es auf einen Kampf anlegen. Zu lange schon hatte ihr schönes neues Schwert kein Blut mehr gekostet.

Also zog Malina mit achtzehn ihrer besten Leute und sieben Kundschaftern aus Hassims Truppe zu den Ställen. Als sie nahe daran war, teilte sie ihre Leute in zwei Gruppen auf.

"Ihr fünf", sprach sie zu der kleineren der beiden Gruppen, "schleicht zuerst um die Ställe herum. Wenn die Lage für einen Kampf günstig ist, geht ihr hinter den Ställen in Deckung und schickt mir einen Boten. Dort wartet ihr, bis wir anderen von vorn kommen. Werft außerdem einen Blick auf den Hinterausgang und seht zu, dass von dort keine Überraschungen kommen."

Die Leute nickten und machten sich schnell und lautlos auf den Weg.

Als Stallungen dienten der Kompanie, seitdem sie das Lager auf Dauer bezogen hatten, zwei niedrige Holzgebäude, die im Süden des Lagers aufgebaut worden waren. In der Nähe dieser Gebäude hatte das Lager noch einen zweiten Ausgang, durch den man direkt auf die Weiden gelangen konnte.

Malina wartete ungeduldig darauf, dass ihr Meldung gemacht wurde. Im Lager war noch immer alles ruhig, doch die Gefahr, doch noch entdeckt und an dem Überfall gehindert zu werden, wuchs von Minute zu Minute. Immer wieder sah sie sich um, ging auf und ab und lauschte angestrengt in die Dunkelheit. Nichts rührte sich.

Schließlich hielt sie das Warten nicht mehr aus und wollte sich schon, auf den Weg zu den Ställen machen, ohne die Meldung abzuwarten, als endlich der erwartete Bote von der Vorausabteilung eintraf. Er flüsterte: "Bei den Stallgebäuden ist alles ruhig."

"Und der Hinterausgang?" fragte Malina.

"Der ist unbewacht", erwiderte der Bote. "Auch die Wachen vor den Ställen wirken nicht sehr aufmerksam. Die sind wohl schon müde."

Malina lächelte und sagte: "Dann wollen wir sie mal aufwecken gehen."

Die Lage erschien ihr günstig für einen Angriff, und sie gab leise ihre letzten Befehle: "Ihr wisst, worum es geht. Wir wollen möglichst schnell und möglichst leise an die Pferde kommen. Spart nicht mit Gewalt, wenn es zum Kampf kommt. Ihr braucht niemanden zu schonen."

Dann machten sich die Verräter geschwind und lautlos ans Werk. Sie huschten schnell zwischen den Schatten der hintersten Zelte auf die Ställe zu. Bald hatten sie die ersten Wachen erreicht und fielen überraschend über sie her.

Die Wachen waren völlig verunsichert und überrascht davon, dass die Menschen, die sie als Kriegskameraden kannten, nicht nur auf ihren Zuruf hin nicht stehenblieben, sondern auch noch die Waffen gegen sie erhoben. Mit schnellen Hieben waren die beiden Kämpfer, die am Tor standen, erschlagen, und Malina drang an der Spitze ihrer Leute in den größeren Stall ein. Der ganze Vorgang hatte nur wenige Augenblicke gedauert.

Im Inneren des Gebäudes saß, auf einer Holzkiste ahnungslos dösend, der Stallmeister Woltan. Blitzschnell, noch bevor er erwachte, war Malina bei ihm und spießte ihn auf ihr Schwert. Woltan gab noch ein leises Röcheln von sich, das vom Blut in seinem Mund erstickt wurde. Von hinten drangen gleichzeitig die Kundschafter in das Gebäude ein und töteten die anderen drei Wachen, die im Stall waren. Der ganze Kampf um die Ställe hatte nicht mehr als eine Minute gedauert und kaum Lärm verursacht. Malina war sehr zufrieden damit, wie die Sache ausgegangen war.

Unterdessen waren die Kämpfer, die den anderen Stall aufgesucht hatten, mit beunruhigenden Neuigkeiten zurückgekehrt. "Der andere Stall war unbewacht, und Pferde waren auch keine mehr darin", sagte einer von ihnen.

Malina war außer sich vor Zorn. Die Leute der Zweiten Abteilung mussten ihnen mit dem gleichen Vorhaben zuvorgekommen sein, die Tiere heimlich zum hinteren Lagertor hinausgeführt und das Tor nachher wieder geschlossen haben. So hatte ihr Handeln, so schnell und geschickt es auch gewesen war, der Ersten Abteilung nicht den Vorteil verschafft hatte, den sie erhoffte. Sie fluchte lautstark und trat in ihrer wütenden Enttäuschung gegen die hölzernen Wände. Ihre Leute wichen voller Angst zurück. Keiner von ihnen hatte bisher einen derartigen Ausbruch bei ihr erlebt, und niemand wusste, wie sie zu beruhigen wäre.

Malina aber fand von selbst bald ihre Fassung wieder und überlegte mit kühlem Kopf, was jetzt zu unternehmen wäre. Schnell kam sie zur Überzeugung, dass nur rasches Handeln eine Unterlegenheit noch verhindern konnte.

"Sammelt euch", befahl sie. "Sitzt auf. Jeder nimmt ein paar Pferde am Zügel und verteilt sie unter unseren und Hassims Leuten."

Es dauerte nicht lange, da war die Truppe versammelt und kampfbereit. Malina hatte Vallbrand sofort durch einen Boten verständigen lassen, dass sie nun gleich gegen die Garde vorgehen wollte, und er war einverstanden gewesen. Nun wollte sie nicht länger säumen und führte ihre eigenen Reiter, so schnell die engen Wege im Lager das zuließen, auf den erleuchteten Hauptplatz.

Auf dem Hauptplatz des Lagers hatte Alrik Blankeneck inzwischen die Leute seiner Garde darüber aufgeklärt, dass der Oberst einem heimtückischen Anschlag mit Schwarzer Magie erlegen war. Sie hatten den Tod ihres verehrten Anführers mit tiefer Bestürzung und Trauer aufgenommen und Alrik ihrer Treue versichert.

Dennoch sah Alrik voraus, dass die Truppe nie wieder mit dem gleichen Schwung und der gleichen Tatkraft in die Schlacht ziehen würde wie unter Oremo Harrang. Dies erfüllte ihn mit nicht geringer Sorge, denn er hatte wohl bemerkt, dass die Stimmung im Lager in den letzten Stunden gefährlich auf eine mögliche Meuterei zusteuerte. Er hatte Angst, mit der mutlosen Truppe weiter zwischen den Fronten der verfeindeten Abteilungen auszuharren, doch er wusste nichts Besseres zu tun. Er hatte Boten an General von Steinsee mit der Bitte um Verstärkung geschickt, machte sich aber keine großen Hoffnungen, dass die Kämpfer des Generals früher als binnen morgen hier sein könnten.

So war ihm nichts anderes übriggeblieben, als die Angehörigen der Garde samt und sonders aufwecken und auf dem Hauptplatz antreten zu lassen. Er betete zu den Göttern, dass ihnen heute nacht ein Angriff erspart bliebe. Ohne die Befehlsgewalt des Oberst war niemand mehr da, der die beiden Abteilungen daran hindern konnte, übereinander herzufallen. Dann aber würde die Garde allein zwischen ihnen stehen und ginge ihrem sicheren Untergang entgegen.

Mit Schrecken musste der Leutnant plötzlich erkennen, dass seine Gebete nicht erhört worden waren. Zwischen den Zelten der Ersten Abteilung brachen Scharen von Reitern hervor, die von der Korporalin Malina Yagorn auf ihrem Rappen angeführt wurden. Sie wirkte wie ein gotteslästerlich böses Zerrbild der Heldinnen, von deren Rondra gefälligen Taten die alten Sagen kündeten. Eine fast greifbare Aura wilder Mordlust umspielte sie, als sie, den Ihrigen voran, in die Reihen der Garde einbrach.

Wie eine scharfe Speerspitze brach Malina in ihrem wilden Ansturm den Berittenen, die ihr folgten, eine blutige Bahn. Ihr Schwert zuckte auf und nieder und pfiff ein kreischendes Todeslied, als es durch Rüstung, Fleisch und Knochen schnitt. Das Blut der ehemaligen Kampfgefährten besudelte Gesichter und Gewänder der Reiter.

Leutnant Blankeneck versuchte vergeblich, seine Leute zu sammeln und zu einem Gegenangriff zu führen. Zu viele waren schon im ersten wilden Anprall verwundet oder getötet worden, und immer mehr Feinde quollen aus dem Lager der Ersten Abteilung hervor. Mit dem Mut der Verzweiflung stürzte Alrik sich selbst mit nur vier Reitern als Begleitung gegen Malina und die Spitze ihrer Horde. Alle anderen, die noch reiten konnten, ergriffen die Flucht, teils in Richtung der Zweiten Abteilung, teils versuchten sie, durch das Haupttor aus dem Lager zu entkommen.

Der Leutnant war an Malina herangekommen und versuchte sie in einen Zweikampf zu zwingen. Er hatte nicht viel Hoffnung, sie besiegen zu können, denn sie hatte schon vor dem Kampf gegen Argrazuch unbestritten als beste Schwertkämpferin der Kompanie gegolten. Dennoch wollte der Leutnant sein Leben wagen, um ihrem Rasen Einhalt zu gebieten. Er schwang sein Schwert in einem weiten Bogen, um sie am Kopf zu treffen, doch sie ließ ihr Pferd mit leichter Hand einfach aus dem Weg tänzeln und schlug blitzschnell zurück. Dann ritt sie einfach weiter am Leutnant vorbei, als hätte sie ihn kaum bemerkt.

Er wendete sein Pferd, um ihr nachzusetzen, doch in der Kurve verlor er plötzlich den Halt im Sattel und stürzte zu Boden. Als er aufschlug, spürte er, wie brennender Schmerz unterhalb seiner Hüfte aufwallte. In ungläubigem Entsetzen sah er, dass sein linkes Bein noch im Steigbügel hing und von dem reiterlosen Pferd nachgeschleift wurde. Er blickte an seinem Körper hinab und sah den blutspritzenden Stumpf, wo vor wenigen Herzschlägen noch sein Bein gewesen war. Ein harter Schlag gegen den Kopf raubte ihm das Bewusstsein, als ein Huf ihn traf und seinen Schädel zermalmte.

Malina war unterdessen mit den vordersten ihrer Leute über den ganzen Platz gejagt und am Rande des Lagerplatzes der Zweiten Abteilung angelangt. Dort waren sie plötzlich gezwungen, ihre Pferde zu zügeln, denn vor den Zeltgassen erhoben sich, wie aus dem Boden gewachsen, Hindernisse aus Holz. Man hatte dort alle Wagen, derer man habhaft werden konnte, als Barrikaden vorgeschoben und mit Brettern, Kisten, Fässern und Zeltstangen zu einer Mauer verkeilt, die für keinen Reiter zu überwinden war.

Hier brach von einem Ende der Barrikade bis zum anderen der wilde Ansturm der Ersten Abteilung im Hagel der Pfeile zusammen, die über die hölzernen

Mauern kamen. Malina musste ihre Leute schleunigst zurücknehmen und zwischen den eigenen Zelten in Sicherheit bringen. Sehr zu ihrem Ärger war es ihr nicht möglich gewesen, den Schwung des ersten Angriffs auf die Garde weiter ins Lager des eigentlichen Feindes zu tragen. Obendrein kam ein weiteres Ärgernis auf sie zu, dem sie sich widmen musste, ob sie wollte oder nicht. Cassian hatte bemerkt, was im Lager vorging, und rannte erbost auf den Hauptplatz hinaus, um Malina zur Rede zu stellen. Obwohl sie wenig Lust hatte, sich mit ihm zu beschäftigen, sah sie ein, dass eine Abrechnung mit ihrem Leutnant jetzt unvermeidbar war. Sie ritt ihm entgegen.

Die beiden trafen am Anfang der Zeltreihen aufeinander, und Malina stieg vom Pferd, bemüht, eine freundliche Miene zu machen.

Cassian herrschte sie an: "Bist du völlig wahnsinnig geworden? Wer hat dir befohlen, den Kampf zu eröffnen? Wie kannst du es wagen, meine Truppen ins Gefecht zu führen, ohne mich um Erlaubnis zu fragen, noch dazu gegen den ausdrücklichen Befehl des Oberst?"

Sie lächelte ihn an, so gewinnend sie eben konnte. Innerlich kochte sie vor Zorn, weil sie den Kampf nur halb gewonnen hatte und weil Cassian, der Emporkömmling, es wagte, sich ihr entgegenzustellen.

Trotzdem blieb sie freundlich, sogar liebenswürdig, als sie ihm antwortete: "Cassian, ich bitte Euch! Ereifert Euch doch nicht so. Ich hätte Euch ja gern verständigt, aber es blieb einfach keine Zeit. Die Verräter von der Garde und die feigen Mörder von der Zweiten wollten über uns herfallen."

Während sie diese Worte sprach, ging sie nahe zu ihm hin, bis die Nasenspitzen der beiden einander fast berührten. Cassian wollte es sich nicht erlauben, im Angesicht so vieler seiner Leute vor ihr zurückzuweichen.

Freundschaftlich, fast liebevoll legte Malina nun einen Arm um ihn, als sie weitersprach: "Ihr wisst ja leider noch lange nicht alles, was Ihr wissen müsstet. Der arme Oberst lebt nicht mehr, und wir haben keinen Befehlshaber mehr für die Kompanie."

Sie fasste ihn zärtlich unterm Kinn, innerlich sträubte sie sich vor Widerwillen. Sie hatte noch nie so stark das Gefühl gehabt, Cassian sei nichts als ein nutzloser, aufgeblasener, unbeherrschter Schwächling war. Dennoch konnte sie es nicht wagen, hier vor der ganzen Abteilung gegen ihn die Waffe zu erheben.

Zumindest nicht, solange er sie nicht angriff. Diese Vorstellung leuchtete ihr auf einmal klar im Geiste auf. Endlich wusste sie, wie sie mit der jetzigen Lage fertig werden konnte. Sie würde ihn einfach zum Kampf provozieren. Also strich sie ihm sanft über sein dunkles Haar, wie einem störrischem Knaben, dem sie die Welt erklären musste, und spürte zufrieden, wie er seinen Körper voll Widerwillen verspannte. Dann sagte sie: "Nachdem Ihr nicht richtig achtgegeben habt auf das, was im Lager vorgeht, mussten wir doch an Eurer statt handeln. Hätten wir zusehen sollen, wie Wargo den Befehl über uns alle übernimmt?" fragte sie, mehr zu den Umstehenden als zu Cassian gewandt. Sie sah ihn wieder ihn an. "Wenn Ihr zu schwach seid, um selbst für Eure Angelegenheiten zu sorgen, müssen wir das eben für Euch tun. Glaubt Ihr, Wargo hätte zugelassen, dass Ihr Eure gerechte Rache bekommt für den Mord an Shahadri?"

Sie freute sich, als sie merkte, wie in Cassian der Zorn hochkochte. Gleichzeitig hörte sie an den gemurmelten Worten der Umstehenden, dass sie in der Abteilung Zustimmung bekam für ihre Rede. Die wenigen, die nicht eingeweiht waren, schienen bereit, ihren Worten zu folgen. Alles hing davon ab, ob sie es schaffte, Cassian noch ein wenig schwächer dastehen zu lassen, so dass sie sich den Leuten als einzige mögliche Führerin empfahl. Es kam ihr entgegen, dass Cassian von ihrem Angriff auf seine Befehlsstellung in der Truppe zu überrascht war, um Worte der Erwiderung zu finden. So beeilte sie sich, schnell weiterzusprechen, bevor ihm doch noch etwas einfiel.

"Bemerkt Ihr nicht", rief sie, jetzt nur mehr zu den Zusehern gewandt, "dass Ihr über die ganze Abteilung Schimpf und Schande bringt, wenn Ihr Euch so schwach verhaltet? Glaubt Ihr, dass aufrechte Männer und Frauen Euch noch folgen wollen, wenn Ihr es nicht einmal zuwege bringt, Rache für Eure Schmach zu nehmen? Selbst das muss ich für Euch übernehmen."

Cassian fand noch immer keine Worte. Seine Kehle war wie zugeschnürt von dem fassungslosen Zorn, in den ihn ihre Wort versetzten.

Malina aber wollte ihn jetzt endgültig lächerlich machen. Sie wusste ein sicheres Mittel, um die rauhen Gesellen zum Lachen zu bringen. Wenn die Leute aber erst über Cassian lachten, würde es ein leichtes sein, mit ihm fertig zu werden, ohne dass ihm jemand eine Träne nachweinte. Sie führte ihre Hand sanft an Cassians Schenkel und ließ sie aufwärts gleiten, so dass alle es genau sehen konnten. Dann packte sie ihn schnell zwischen den Beinen und rief so laut, dass es alle hören konnten: "Oder liegt Euer Unwille, für Eure Rache zu kämpfen, daran, dass Ihr mit Shahadri ohnehin nicht mehr viel anfangen konntet? Es scheint mir, dass nicht nur Euer Waffenarm schwach geworden ist!"

Brüllendes Gelächter aus den Reihen der Umstehenden war ihr Lohn. Sie ließ Cassian schnell los und trat ein paar Schritte zurück, denn sie wusste, dass er sie jetzt angreifen würde.

Befriedigt erkannte sie, dass sie ihn richtig eingeschätzt hatte. Sie hatte ihn gedemütigt und lächerlich gemacht, sie hatte vor seinen Leuten nicht nur seine

Fähigkeit zur Führung, sondern auch seine Manneskraft angezweifelt. Er konnte jetzt nicht mehr anders - er musste die Waffe ziehen.

Mit einem wilden Schrei drang Cassian auf Malina ein, die völlig gelassen dastand. Er führte einen hohen Hieb gegen ihren Kopf, den sie leichthin abwehrte. Wieder führte er einen Angriff, ebenso erfolglos.

Malina blieb absichtlich in der Verteidigung, denn sie wollte, dass alle den Eindruck bekamen, sie hätte nicht vorgehabt, ihn zu töten. So beschränkte sie sich darauf, Cassians ungenaue, vom Zorn geleitete Schläge einfach zu parieren. Dieses Vorgehen war aber nicht ungefährlich, und sie bemerkte zu spät, dass er sie auf den Hauptplatz zurückdrängte. Dort waren die Spuren des Kampfes noch lange nicht beseitigt, und sie geriet in Gefahr, vielleicht über einen Toten zu stolpern oder in einer Blutlache auszurutschen, denn sie wurde rückwärts vor Cassian hergetrieben.

Gerade, als ihr der Fehler bewusst wurde, stolperte sie tatsächlich über die Beine eines toten Pferdes und wäre fast hingefallen. Cassian traf sie mit einem Hieb am linken Arm, und ein feines Rinnsal von Blut quoll hervor. Nur einen Augenblick lang hatte Malina, aufgestachelt vom Schmerz, sich nicht in der Gewalt und führte einen kräftigen Hieb in Cassians Richtung. Sie fühlte, wie die unheilige Kraft des Schwertes ihren Angriff beseelte und noch stärker machte, als er ohnehin war. Cassian schaffte es zwar, sein Schwert irgendwie dazwischenzuhalten, doch der mörderischen Kraft des Angriffs war er trotzdem nicht gewachsen.

Kreischend fuhr die Klinge Malinas an seiner Waffe entlang. Sie hatte fast überhaupt nichts selbst gemacht bei dieser Attacke, es war, als führte ihr Körper, jahrelang geübt im Gefecht und endlich mit einer Waffe ausgerüstet, die seiner Fähigkeiten würdig war, ein Eigenleben. In hohem Bogen flog Cassians Schwert davon.

Sie hatte ihn in einem Herzschlag entwaffnet und zu Boden gebracht mit der Wucht ihres Angriffs.

Nun war Malinas Lage bei weitem nicht mehr so gut wie zu Beginn des Kampfes. Ihre Unbeherrschtheit hatte sie um den wichtigen Vorteil gebracht, dass alle glaubten, sie handle, um sich zu schützen. Nun war Cassian nämlich unbewaffnet, und sie würde als Mörderin dastehen, wenn sie ihn tötete.

Unsicher blinzelte Cassian zu ihr hoch. Er hatte mit einem Mal erkannt, wie die Kräfte tatsächlich verteilt waren zwischen Malina und ihm. Das galt nicht nur für den Zweikampf, wo er sie immer als ebenbürtig betrachtet hatte, sondern auch für die Führung der Truppe. Plötzlich wurde ihm klar, dass die Frau, auf die er sich immer blind verlassen und der er immer den Rücken gestärkt hatte, wenn sie unangenehm aufgefallen war, in Wahrheit seine Todfeindin war. Er verstand jetzt, dass sie ihn absichtlich gereizt hatte, damit er den Kampf gegen sie eröffnete. Endlich begriff er, dass sie von Anfang an geplant hatte, ihn in dieser Nacht zu töten, und nur einen Weg gesucht hatte, den Mord zu verschleiern. Denn es war Mord, wenn Malina gegen einen anderen Menschen hier im Lager antrat, egal wer es war. Es war nicht anders, als wenn man einem Kind ein Schwert in die Hand gab, um dann zu behaupten, man hätte einen ehrenvollen Kampf geführt.

Cassian blickte schnell zu seinen Leuten, nur um zu erkennen, dass von ihnen keine Hilfe zu erwarten war. Er starrte in Gesichter, von denen er geglaubt hatte, er kenne sie. Sie waren alle auf Malinas Seite. Er konnte schon die ersten Rufe nach seinem Blut hören und sah, dass Malina wieder das Schwert hob, um ihn zu erschlagen. Jetzt hatte er nur noch eine Möglichkeit, um zu überleben, und er nutzte sie.

Blitzschnell rollte Cassian sich zur Seite, sprang federnd auf die Beine und rannte los. Malina war von dieser Bewegung völlig überrascht, denn ein solches Verhalten widersprach allem, was sie von Cassian seit jeher gewohnt war. Nie zuvor hatte man ihn aus einem Kampf fliehen sehen, und daher hatte sie auch jetzt nicht damit gerechnet, dass ihm sein Leben plötzlich mehr galt als seine Ehre.

Dieser Moment der Verwunderung gab Cassian wenige wertvolle Augenblicke, die er zu ungebremster Flucht nutzte. Er lief wie ein Hase über den Hauptplatz des Lagers in Richtung der Zelte der Zweiten Abteilung. Hinter sich hörte er kaum den brüllenden Spott und das höhnische Gelächter der Männer und Frauen, die er bis vor kurzem für seine Freunde gehalten hatte. Sie hatten gemeinsam gekämpft, gelacht und getrauert. Sie hatten sich das geteilt, was ihre Waffenarme ihnen erstritten hatten. Sie waren gemeinsam durch die tiefsten Abgründe der Niederlage gegangen und hatten gemeinsam die Höhen des Sieges erklommen.

Nun musste er vor den Menschen fliehen, die seinem Leben einen Sinn gegeben hatten, weil sie ihm folgten und das Vertrauen, dass er ihnen gern geschenkt hatte, erwiderten. Sie alle waren jetzt seine erbitterten Feinde, und er wusste noch immer nicht, warum sie sich im Laufe einer Nacht so geändert hatten.

Im Laufen fiel ihm ein, wie der Seher Nadhbragh im Orklager auf ihn eingeredet hatte, in dem vergeblichen Versuch, ihn von seinem Verdacht zu überzeugen. Jetzt wurde ihm schmerzlich bewusst, dass Nadhbragh recht gehabt hatte, und er wusste auf einmal, wo die Schwarze Magie getrieben worden war. Denn es konnte nichts anderes als Schwarze Magie dahinterstecken, wenn Menschen sich von heute auf morgen so grundlegend änderten.

Bittere Tränen der Enttäuschung liefen ihm heiß die Wangen hinunter, als er vor Malinas Schwert floh, und er schämte sich dessen nicht. Er hatte nur noch ein Ziel in seinem Leben. Er wollte alle bestrafen, die sein Vertrauen derart missbraucht hatten.

Dafür würde er sich in die Hände seiner früheren Feinde begeben müssen.

Wargo und Khorrim hatten verwundert an der Barrikade gestanden und das Geschehen auf dem Hauptplatz beobachtet. Die Worte, die dort gesprochen worden waren, hatten sie zwar wegen der Entfernung nicht alle verstanden, doch sie glaubten auch so zu wissen, was dort vor sich ging.

Der Leutnant bedauerte insgeheim, dass Viktor noch nicht zurück war. Er hatte ihn mit einem prallen Goldbeutel auf einem weiten Umweg die Palisade entlang zu den Ställen geschickt, um Pferde für sich und seine Leute zu bekommen. Viktor hatte ihn durch einen Laufburschen unterrichtet, dass der Stallmeister sich geweigert hatte, alle Pferde herauszugeben, dass er aber wenigstens die Pferde der Zweiten Abteilung abholen lassen konnte. Die Leute unter Viktors Führung hatten dann die Pferde durch das zweite Tor in ein sicheres Versteck draußen in der Steppe geführt.

Wargo hatte inzwischen die Vorbereitungen zur Sicherung des Lagers überwacht, und sie waren keinen Moment zu früh damit fertig geworden. Beinahe hätten sie es nicht geschafft, die letzten Lücken in ihrem hastig errichteten Verteidigungswall zu schließen, doch die Garde hatte etwas länger standgehalten, als Wargo befürchtet hatte, und Malina war zu ungestüm vorangestürmt, um die Schwächen in den Anlagen zu erkennen. Jetzt, nach der Abwehr der ersten Angriffe, waren diese Schwächen beseitigt, und es gab keine Möglichkeit mehr, die Reiterei innerhalb des Lagers gegen Wargos Leute einzusetzen.

Wenn es aber zum Kampf zu Fuß käme, wäre die Zweite Abteilung, verstärkt durch die Angehörigen der

Garde, die Malinas Wüten entkommen waren, leicht in der Überzahl.

Nun aber hatte sich die Lage bei der Ersten Abteilung mit einem Mal völlig verändert. Alles war außer Rand und Band, und die Verhältnisse bei Wargos Feinden schienen sich in eine Richtung zu entwickeln, die weder er noch Viktor jemals vorhergesehen hatten. Wargo wollte sich unbedingt mit seinem Ratgeber besprechen, nie zuvor hatte er den fetten Kerl so vermisst. Khorrim war ihm wahrhaftig als Ratgeber keine große Hilfe, denn er verstand sich auf wenig mehr als das pure Dreinschlagen.

Zu allem Überfluss hatte Cassian jetzt auch noch beschlossen, die Flucht zu ergreifen, und er floh ausgerechnet in Richtung der Zweiten Abteilung. Nichts hätte Wargo jetzt weniger gebrauchen können, denn er fürchtete, seine Leute würden kein Verständnis haben, wenn er Cassian nicht einließe. Sie mochten den Leutnant zwar nicht besonders, doch waren sie weit entfernt davon, den gleichen unversöhnlichen Hass gegen ihn zu hegen, wie Wargo das tat. In Cassian sahen sie nur einen Offizier, der eine Truppe von stolzen und arroganten Leuten anführte, denen ihre wahre Abneigung galt. Sie würden in ihm nur einen Mann sehen, dessen Truppe gemeutert hatte und der mit Schimpf und Schande davongejagt worden war. Vielleicht hätten einige von ihnen sogar Mitleid mit ihm in seiner schändlichen Lage.

Wargo befand sich nun doppelt in Schwierigkeiten. Es war klar, dass er Cassian wahrscheinlich aufnehmen musste, doch damit waren seine Probleme noch lange nicht beseitigt. Er würde es sich kaum leisten können, Cassian als einfachen Gast im Lager zu behandeln, denn er war immer noch ein Offizier und hatte das Recht, bei den Entscheidungen, die Wargo würde treffen müssen, ein Wort mitzureden. Schlimmer noch, Cassian bekleidete denselben Rang wie Wargo, so dass er ihm nicht einmal den Mund verbieten konnte, wenn jemand anderer dabei war.

Die Lage war wirklich höchst ärgerlich für Wargo, und er hoffte, dass sich die Bogenschützen der Ersten Abteilung vielleicht doch endlich besinnen und Cassian erschießen würden, bevor er die Barrikade erreichte.

Doch sie taten ihm den Gefallen nicht, und Cassian erreichte die Barrikade lebend. Schweren Herzens musste Wargo befehlen, dass man ihm hinaufhalf, und die Bogenschützen mussten wertvolle Pfeile verschwenden, um die Kämpfer unter Malinas Führung, die hinter ihm her waren, zu vertreiben.

Wargo stieg von seinem hohen Aussichtspunkt herab, setzte, so gut er es vermochte, ein freundliches Gesicht auf und begrüßte seinen alten Feind. "Es scheint, als wäret Ihr doch nicht so beliebt, wie alle glauben", meinte er spöttisch zu Cassian.

Zu Wargos Überraschung war Cassian recht gefasst, so als hätte er endlich eine Entscheidung getroffen, die ihm lange schon im Magen gelegen hatte. "Ja", antwortete er leichthin "So scheint es. Man kann sich eben auf nichts verlassen."

Wargo sagte: "Ihr müsst müde sein von der anstrengenden Flucht. Lasst mich Euch eine kleine Stärkung anbieten."

"Gut", erwiderte Cassian "Gehen wir in Euer Zelt."

Wargo hätte zu gern noch Gelegenheit gehabt, ein wenig weiter in Cassians Wunden zu bohren, doch der hatte einfach nicht auf die Stichelei reagiert und ihm damit den Wind aus den Segeln genommen. Der neue Cassian, der ihm hier gegenübertrat, schien viel schwieriger zu behandeln zu sein als der alte. Wargo erkannte, dass er jetzt vorsichtiger vorgehen musste.

Im Zelt bot er Cassian zuerst einen Stuhl an und schenkte ihm ein Glas von seinem besten Wein ein, bevor er ihn aufforderte, alles zu berichten, was sich zugetragen hatte.

Cassian erzählte ausführlich von allem, was vorgefallen war, und Wargo enthielt sich fast gänzlich spöttischer Anmerkungen. Zu sehr beschäftigte ihn die unterschwellige Angst, es könnte ihm bei seiner Truppe ebenso ergehen, und er sann verzweifelt auf Mittel, einen solchen Fall besser durchzustehen, als es Cassian in dieser Nacht ergangen war.

Mittlerweile hatte draußen die Erste Abteilung einen ersten Sturm auf die hölzernen Barrikaden versucht. Sie hatten alles zusammengetragen, was ihnen irgendwie Deckung bieten konnte, doch viel war ihnen nicht geblieben, denn Wargo hatte sich schon seit der letzten Ansprache des Oberst auf eine mögliche Belagerung eingerichtet. So war es kein Wunder, dass sie außer ihren Zelten und denen der Garde nichts mehr vorfanden, was dazu dienen konnte, sich vor den Pfeilen zu schützen. Die Sturmwände, die sie mit diesem unzureichenden Material bauen konnten, waren denn auch von erbärmlicher Qualität und boten kaum irgendwelchen Schutz.

Dennoch trieb die wütende Malina ihre Leute unerbittlich über den Hauptplatz, auf die festen Stellungen der Zweiten Abteilung zu. Doch selbst sie konnte mit all ihrem Mut und ihrer Kampfkraft die Wälle nicht überwinden, und so musste sie sich schließlich geschlagen geben. Malina zog sich mit ihren Leuten zurück, um neue Pläne zu schmieden.

Unterdessen war Viktor endlich zu den Zelten der Zweiten Abteilung heimgekehrt. Er hatte das Lager durch einen geheimen Eingang betreten, den Wargo vor langer Zeit, ohne jemanden zu unterrichten, heimlich hatte anlegen lassen. Er war seit jeher ein sehr umsichtiger Mann gewesen, und nun machte sich das bezahlt.

Nach seiner Ankunft war Viktor gleich in das Zelt seines Leutnants gegangen und staunte nicht schlecht, als er dort Cassian vorfand. Die beiden Leutnants erzählten ihm kurz, was sich zugetragen hatte, und Viktor nahm sich erst einen tüchtigen Schluck Wein, um die Neuigkeiten zu verdauen. Dann besprachen die drei Offiziere sich, was jetzt zu tun sei.

Viktor sprach als erster. "Ich rate dazu, das Lager möglichst schnell zu verlassen. Lasst uns unser Heil in der Flucht suchen. Wir wissen, dass man bei General von Steinsee um Verstärkung gebeten hat. Denen wollen wir auf schnellstem Wege entgegenziehen."

Wargo wandte ein: "Die Erste Abteilung ist aber mit viel mehr Reitern unterwegs. Wir können nicht damit rechnen, ihnen zu entkommen. Ich glaube eher, wir sollten ihr Lager mit Brandpfeilen anzünden. Wenn dann in ihren Reihen Verwirrung herrscht, können wir einen Ausfall wagen."

Cassian, der den beiden still zugehört hatte, meldete sich zu Wort. "Ich bin dafür, die offene Schlacht außerhalb des Lagers zu suchen. Wir sind ihnen gegenüber in der Überzahl. Außerdem hoffe ich, dass Malina und die anderen sich über die Befehlsgebung nicht einig sind."

Mit einem Mal wurde ihre Unterhaltung von einem lauten Räuspern unterbrochen. Alle drei wandten die Köpfe und sahen zum Eingang. Dort stand im flackernden Licht der Öllampen Truanna, die ihren Bewachern entkommen war. Auf ihrem hässlichen, von Narben verwüsteten Gesicht zeigte sich nicht die kleinste Regung der Furcht, als sie Cassians ansichtig wurde. Es schien ihr völlig gleichgültig zu sein, dass sie ihm hier gegenüberstand, in einer Lage, wo ihr ein Entkommen fast unmöglich sein musste.

Viktor blieb die Luft weg vor Staunen, Wargo erbleichte und warf schnell einen Seitenblick auf Cassian. Der hatte nur ein wenig länger gebraucht, bis ihm klar wurde, wer da am Eingang des Zeltes stand. Dann aber war er nicht mehr zu halten. Er sprang aus seinem Stuhl auf und stürzte, ohne sich nach einer Waffe umzusehen, sofort auf die Mörderin seiner Geliebten los. Blitzschnell hatte er sie am Arm gepackt. Er warf sich mit seinem ganzen Gewicht auf sie, drückte sie zu Boden und packte sie mit seiner rechten Hand an der Gurgel.

Währenddessen blieb Viktor starr vor Schreck auf seinem Stuhl sitzen. Wargo hingegen erhob sich, sobald er die erste Überraschung überwunden hatte, und zog so leise er konnte sein Schwert. Er war noch im Zwiespalt, ob er damit auf Cassian oder auf Truanna losgehen wollte, doch sah er in jedem Fall eine günstige Gelegenheit, einen unbequemen Gast loszuwerden und die Bluttat dem Überlebenden in die Schuhe zu schieben. Seine Lage erschien ihm jetzt wesentlich besser, als er noch an der Barrikade geglaubt hatte.

Cassian drückte mit aller Macht seiner Hände zu, um Truanna ihren Kehlkopf zu zerquetschen. Sie hatte schon größte Mühe zu atmen, und ihr Gesicht war knallrot angelaufen. Mit letzter Kraft konnte sie ein paar undeutliche Worte röcheln. Sie sah verzweifelt in Cassians zornblitzende Augen und stieß mühsam hervor: "Wenn Ihr mich... tötet... werdet Ihr nie erfahren..."

Cassian sah sie verwundert an und lockerte seinen Griff ein wenig, jederzeit bereit, den Druck wieder zu verstärken. Er fragte sie: "Was werde ich nicht erfahren?"

Truanna hustete und krächzte ihre Antwort, jetzt mit langsam stärker werdender Stimme: "Wer mich angestiftet hat."

Cassian stutzte. So sehr er sich auch wünschte, die

Mörderin seiner Geliebten tot zu sehen, wollte er doch mehr wissen. Die Frage, ob sie dabei in jemandes Auftrag gehandelt hatte und wer dieser Auftraggeber gewesen war, wollte er noch ergründen, bevor er sie tötete. Sollte sie aber versuchen, ihn nur hinzuhalten, würde er das wohl merken. Er entschied, sie zunächst weitersprechen zu lassen.

Hinter ihm war Wargo plötzlich leichenblass geworden. Er hatte gehört, was die Elfe gesagt hatte, und erwartete, sie würde ihn jetzt belasten. Seine Blicke irrten verzweifelt umher, auf der Suche nach einer Möglichkeit, an Cassian vorbei zu gelangen, um ihr das Schwert in den Leib zu stoßen.

Viktor bemerkte das. Er stand schnell auf, trat zu Wargo und hielt ihn am Arm zurück. Hastig flüsterte er dem Leutnant zu: "Wenn Ihr das tut, weiß er sofort alles. Lasst sie zuerst reden, und behaltet lieber Cassian im Auge. Vielleicht ist ihr das eigene Leben doch etwas wert, und sie weiß, was sie zu sagen hat."

Wargo entschloss sich, seinem Rat Folge zu leisten, und stellte sich ruhig hinter Cassian, bereit, sofort zuzuschlagen, sollte das nötig sein.

Truanna hustete und würgte, bis ihre Kehle wieder einigermaßen klar war, bevor sie, Cassian zugewandt, fortfuhr. "Bevor ich es Euch sage, müsst Ihr mir schwören, mich am Leben zu lassen."

Cassians Mundwinkel verkrampften sich. Zuerst schien es, als würde er laut aufschreien wollen, doch statt dessen entrang sich ein verbittertes Lachen seiner Kehle. Er sah ihr drohend in die trüben Augen und antwortete mit leiser, gefährlich ruhiger Stimme: "Du bist wohl kaum in der Lage, von mir irgend etwas zu verlangen. Ob ich dich leben lasse oder nicht, werde ich erst entscheiden, wenn du mir alles gesagt hast. Aber wenn du schweigst, dann werde ich deinem elenden Leben jetzt sofort ein Ende setzen."

Truanna sah flehentlich zu Viktor und Wargo auf. Als sie merkte, dass von deren Seite keine Hilfe zu erwarten war, schätzte sie kurz ihre Möglichkeiten ab, zu ihrem Schwert zu gelangen. Es war ihr im Handgemenge entfallen und lag nun draußen, außerhalb des Zeltes und unerreichbar für sie. Sie sah ein, dass es sinnlos war, und entschloss sich zu sprechen. "Es war der Mann, dem du am meisten vertraut hast", begann sie. "Vallbrand Eisenfaust hat mir gesagt, ich sollte sie töten."

Cassian war wie vor den Kopf geschlagen. Ihm schwindelte, und die Welt wurde schwarz vor seinen Augen. Ausgerechnet Vallbrand, sein ältester und treuester Kampfgefährte, mit dem er so vieles gemeinsam durchgemacht hatte, sollte ein Verräter sein. Seine Welt, in den Grundfesten erschüttert durch die Ereignisse dieser Nacht, brach donnernd über ihm zusammen. Er zog nicht einmal die Möglichkeit in Erwägung, dass die Elfe gelogen haben könnte, um ihre Haut zu retten. Es war zu viel Schreckliches in dieser Nacht geschehen, als dass er sich irgend jemandes Gefühlen noch sicher war. Schwer genug war es ihm schon gefallen zu begreifen, dass Malina seine Feindin war, nach allem, was er für sie getan hatte. Doch diese vermeintliche Enthüllung über Vallbrand war zuviel für ihn. Er stürzte blindlings aus dem Zelt, ohne auf Truanna noch im mindesten zu achten. Er floh vor dem Schmerz, den ihre Worte ihm ins Herz gebrannt hatten, in die Nacht hinaus.

Drinnen trat Wargo mit spöttischem Lächeln auf die Elfe zu. Er bot ihr, mit einer gespielt galanten Verbeugung, eine Hand als Hilfe beim Aufstehen an. Wargo tat alles, damit sie nicht merkte, wie knapp sie seiner Klinge entgangen war, und verhielt sich deshalb höflich, geradezu liebenswürdig ihr gegenüber. "Möchtest du nicht ein wenig Wein, werte Freundin?" fragte er mit der schmeichlerischen Stimme, die er sonst nur gegenüber Höhergestellten benutzte. "Du hast eine Meisterleistung vollbracht, Truanna!" lobte er sie. "Cassian auch noch gegen Vallbrand aufzubringen. Brillant!"

Wargo war sich jetzt sicher, dass er mit Cassian keine Schwierigkeiten mehr haben würde. Er war jetzt ganz allein, und der einzige, an den er sich noch wenden konnte, war sein alter Feind Wargo.

Truanna nahm die Hand ihres Leutnants und ließ sich aufhelfen. Sie strich das Haar aus dem Gesicht, klopfte den Staub von ihren Kleidern und setzte sich auf den angebotenen Stuhl. Sie wirkte erleichtert, aber sie war sich bewusst, dass Wargo und Viktor sie lieber tot als lebendig gehen sehen hätte, denn sie wusste, dass sie als Mitwisserin gefährlich sein konnte. Deshalb hatte sie sich auch entschieden, jemanden zu beschuldigen, der sich nicht zur Wehr setzen konnte. So konnte sie ihre wahren Auftraggeber beruhigen und ihre Loyalität beweisen.

Sie erzählte Viktor und Wargo haarklein, wie sie aus dem Gewahrsam der Garde entflohen war und welche Wege sie benutzt hatte, um ins Lager der Zweiten Abteilung zu gelangen. Damit hoffte Truanna, den beiden ein weiteres Mal ihre Nützlichkeit zu zeigen. Vielleicht konnten Wargo und sein Ratgeber dieses Wissen in irgendwelchen weiteren Plänen gebrauchen. Sie fühlte sich jetzt matt und ausgelaugt. Es zog sie mit Macht heim in ihr Zelt, wo sie im Rausch der Kräuter ihre Sorgen und Ängste vergessen konnte. Also stand sie nach einem Glas Wein auf, wünschte den beiden ein gute Nacht und ging aus dem Zelt.

Wargo und Viktor blieben allein zurück und berieten weiter darüber, wie sie diese schreckliche Nacht überstehen sollten. An die kommenden Tage verschwendeten sie noch keine Gedanken. Was sie in den folgenden Stunden zu tun sei, um ihren Kopf aus der Schlinge zu ziehen, gab ihnen Rätsel genug auf.

15. Kapitel

Die neuen Anführer der Ersten Abteilung hatten sich unterdessen zu einer weiteren Beratung in Vallbrands Zelt zurückgezogen. Sie sahen keine Möglichkeit, die hastig zusammengestellten Verteidigungsanlagen der Zweiten Abteilung zu überwinden und mussten nun, da ihnen auch das Moment der Überraschung fehlte, einen neuen Plan ersinnen. Vallbrand, Malina und Hassim redeten sich heiser, schmiedeten Pläne und verwarfen sie wieder, um endlich in dumpfem Schweigen vor sich hin zu brüten. Malina lümmelte sich auf Vallbrands bestem Stuhl, nippte ab und zu an ihrem Wein und spielte gedankenverloren mit dem Knauf ihres Schwertes. Hassim hatte sich der Länge nach auf dem Teppich hingestreckt, hielt die Augen geschlossen und schien zu dösen. Vallbrand aber lief unruhig im Zelt auf und ab und murmelte vor sich hin, zu leise, als dass es die anderen hätten verstehen können.

Nach einer Zeitspanne, die ihm wie eine Ewigkeit des ruhelosen Herumlaufens erschien, kam Vallbrand mit einem Vorschlag heraus, der die beiden anderen mit Grauen erfüllte. "Ich glaube, wir müssen Ihn selbst noch einmal herbeirufen", begann er. "Ohne Seine Hilfe werden wir nicht imstande sein, uns unserer Feinde endlich zu entledigen."

Malina erschauerte bei dem Gedanken, wieder vor dieses unsägliche Wesen treten zu müssen, dem sie soviel verdankten. Sie hatte Angst, panische Angst, bei dieser Vorstellung. Sie fürchtete, dass sich die Zeit des Nehmens ihrem Ende zuneigte und das Wesen jetzt verlangen würde, dass Ihm etwas gegeben werde. Sie wollte nicht wissen, was der Preis war, den sie für die Hilfe der Kreatur zahlen mussten. Sie befürchtete, er würde höher sein, als sie alle sich vorgestellt hatten an jenem Tag, da sie zum ersten Mal Seine Hilfe gesucht hatten.

Hassim war ebenso wenig wohl bei dem Gedanken, jetzt vor der Schlacht noch eine Beschwörung abhalten zu müssen, denn auch er war dem Wesen, dass ihnen allen das Leben leicht und bequem gemacht hatte, schon einmal begegnet und hatte keine Lust, diese Erfahrung zu wiederholen. Er dachte fieberhaft darüber nach, ob ihm nicht doch ein Einwand gegen Vallbrands Plan in den Sinn käme. Plötzlich kam ihm der, wie er meinte, rettende Einfall. Er setzte eine Miene vorsichtiger Besorgnis auf und sprach: "Ich bin grundsätzlich deiner Meinung, dass wir Seiner Hilfe bedürfen. Doch bedenke, dass wir ohne Shahadri niemanden haben, der die richtige Form der Herbeirufung kennt. Nur sie war in der Lage, mit Ihm in Verbindung zu treten und Ihn zu uns zu bringen."

Er lehnte sich innerlich zufrieden und erleichtert in seinem Stuhl zurück, überzeugt, dass er Vallbrands schrecklichen Plan zu Fall gebracht hatte. Zu seinem Erstaunen reagierte Vallbrand auf seinen Einwurf nicht wie jemand, dem in einer wichtigen Sache zu seinem Missfallen die Augen geöffnet worden waren. Statt dessen überzog ein breites Grinsen das bärtige Gesicht des Thorwalers, als er antwortete: "Ich habe, mein lieber Hassim, schon bevor diese unglückselige Person von uns gegangen ist, meine Vorkehrungen getroffen. Ich selbst bin, ebenso wie sie es gewesen ist, in der Lage, Ihn herbeizuholen. Ich habe sie schon vor Jahren gezwungen, das Geheimnis preiszugeben, auch wenn sie es nicht gern tat. Damals wusste ich schon, dass wir sie vielleicht eines Tages nicht mehr dazu nötigen könnten. Du weißt selbst, wie störrisch und voller Angst sie immer gewesen ist, wenn es an diese Sache ging. Jetzt, wo wir sie los sind, wird alles viel einfacher, glaube mir. Wir brauchen die Schlampe nicht mehr. Ich werde die

Beschwörung durchführen, und ich werde es besser machen, als sie es je gemacht hat."

Mit Vallbrand war in dieser Nacht eine Veränderung vorgegangen, die Hassim und Malina beinahe körperlich spüren konnten. Er hatte, endlich und für immer, die Maske des gutmütigen, besorgten Thorwalers abgelegt. Nun trug er sein wahres Ich auch nach außen sichtbar. Seine Herrschsucht, sein Streben nach Macht brach jetzt durch, und die beiden Mitverschwörer, die bis jetzt gedacht hatten, sie wären ihm gleichgestellt, erkannten, dass sie sich geirrt hatten. Ihnen wurde mit einem Mal klar, dass sie jetzt eindeutig einen Anführer hatten. Sie hatten sich ohne zu klagen in Vallbrands Vorschläge gefügt und nicht gemerkt, wie daraus Anordnungen eines Höhergestellten geworden waren.

Malina ergriff das Wort und meinte: "Du hast recht, Vallbrand. Lass uns zu dem geheimen Ort gehen. Und lass uns hoffen, dass es das letzte Mal sein möge, dass wir die Götter auf diese Weise lästern müssen."

Die drei packten einige Fackeln und andere, weniger unschuldige Dinge, die Vallbrand aus seiner großen Truhe holte, zusammen und machten sich auf den Weg in die Finsternis.

Vallbrand schritt zwischen den Zeltreihen voran und führte sie auf dem bekannten Weg an. Sie gingen zu dem Brunnen, der seit Jahren der Ersten Abteilung als Quelle für ihr Trinkwasser diente. Dort waren vor Jahren die Sprossen einer stählernen Leiter in die Wände getrieben worden, die kein Uneingeweihter sehen konnte, so gut waren sie verborgen.

Tief hinunter in den modrigen Schlund, an dessen Mauern ein ungesund fahles Moos wucherte, führte sie ihr Weg in die Eingeweide der Erde unter dem Lager. Nach etwa zwölf Schritt stetigen Abstiegs in die feuchtkalte Dunkelheit hielt Vallbrand an und gab die Fackel weiter an Malina, die hinter ihm kletterte. Sie leuchtete einen kleinen Vorsprung in der Mauer aus, der kaum breiter als eine kräftige Hand war. Vallbrand fuhr mit den Fingern sanft tastend an der Wand entlang, bis er ein leises Klicken vernahm. Die Wand, gegen die er jetzt vorsichtig drückte, gab ein wenig nach, und mit zufriedenem Lächeln schob er, bis ein Durchgang sich auftat, der etwa einen Schritt hoch und breit war.

Abgestandene, ein wenig scharf riechende Luft schlug ihm entgegen, als er die Fackel zurücknahm und sich vorsichtig als erster durch das enge Loch zwängte. Seine beiden Mitverschwörer folgten ihm in knappem Abstand. Hassim hatte zwei seiner besten Leute oben am Eingang des Brunnenschachtes als Wächter zurückgelassen, damit sich keine ungebetenen Gäste nach hier unten verirren konnten. Bei dem, was die drei vorhatten, konnten sie wahrlich keine neugierigen Zuschauer brauchen.

Vallbrand kroch voraus durch einen schmalen, niedrigen Gang, der vom Brunnenschacht aus geradewegs nach Norden, mitten unter den Wohnzelten hindurchführte. Die roh behauenen Wände des Schlauches, der sich hier durch den Felsen zog, schieden eine Art Ausdünstung aus, als würden sie schwitzen. Vallbrand war von den Dreien, die hier unter der Erde vorankrochen, den scharfen Geruch am ehesten gewöhnt, der diesen Gang füllte. Malina hingegen, die eine sehr feinen Nase hatte, drehte sich schier der Magen um bei dem ekelhaften Gestank. Viel hätte nicht gefehlt, und sie hätte sich übergeben müssen, doch mit eisernem Willen zwang sie sich, weiter durch die Dunkelheit zu robben. Sie wusste, dass der Weg zum Glück nicht mehr lang war.

Hassim dachte während des Kriechens an ihr Ziel, und der Gedanke erfüllte ihn mit der Heiterkeit eines Menschen, der etwas Verbotenes tat, ohne erwischt zu werden. Hätten all die Priester und Würdenträger, die im Laufe der Jahre zu verschiedenen Anlässen auf dem Hauptplatz des Lagers gewesen waren, geahnt, was sich nur ein Dutzend Schritt unter ihnen befand, wären sie wohl in helle Aufregung verfallen. Innerlich kicherte Hassim, als er sich in lebhaften Bildern ausmalte, wie die feinen Herrschaften ängstlich vom Platz gestoben wären, hätten sie gesehen oder auch nur gehört, was hier unten war.

Bald hatten die drei Verschwörer den fluchwürdigen unterirdischen Ort erreicht, der ihr Ziel war. Der enge Gang weitete sich hier zu einem großen, kugelrunden Raum, dessen Durchmesser gut vier Schritt betrug. Vallbrand rutschte den beiden anderen voran an den merkwürdig glatten Wänden des Raumes entlang in die Tiefe. Malina und Hassim folgten ihm, und so standen alle drei nun in der untersten Vertiefung des Raumes und sahen sich um. Obwohl sie alle schon mehr als einmal hier gewesen waren, beeindruckte sie das, was sie sahen, immer noch. Es war eine ungesunde Faszination, die von diesem Ort des Bösen ausging. Man konnte das Schreckliche, was sich hier zusammenbraute, förmlich spüren.

Genau in der Mitte des Raumes hing von der Decke herab eine riesige Öllampe. Vallbrand hielt seine Fackel an den Docht, der fast so dick wie sein Zeigefinger war, prasselnd fing er Feuer, und die Lampe beschien den Raum. Ein seltsam blaues Leuchten ging von ihr aus, das sich sonst bei keiner anderen Lampe fand. In ihr befand sich kein gewöhnliches Lampenöl, wie man es auf dem Markt kaufte.

Shahadri hatte, unter dem düsteren Zwang des Wesens, das sie heute Nacht herbeirufen wollten, die Flüssigkeit hergestellt. Die Magie, die sie dafür hatte verwenden müssen, war allein schon genug, um schwächere Geister um den Verstand zu bringen. Keiner der anderen wusste, woraus der seltsame Brennstoff bestand. Doch hatte sich auch keiner von ihnen je darum gekümmert, die Wahrheit zu erfahren. Der Brennstoff war da und die Lampe brannte. Es war nicht einfach gewesen, eine Lampe zu besorgen, die groß genug war, um soviel Flüssigkeit aufzunehmen, doch sie hatten dafür sorgen müssen, dass wirklich alles auf einmal Platz hatte, sonst wäre die besondere Wirkung verflogen.

Das Schicksal hatte es für die Verschwörer günstig gefügt, dass in Wargos Beute ein Stück aufgetaucht war, das ihren Anforderungen entsprach. Hassim hatte sehr hart dafür verhandeln und einen viel zu hohen Preis bezahlen müssen, als der Leutnant gemerkt hatte, wie wichtig ihm das Stück war. Er hatte Wargo vorgegaukelt, es handle sich um ein Kunstwerk aus seiner Heimat, um sein besonderes Interesse an der Lampe zu erklären. Später, als Wargo die Lampe in Hassims Zelt ansehen wollte, hatte er behauptet, sie einem Verwandten zum Geschenk gemacht zu haben, um zu erklären, dass sie verschwunden war.

Im hellen Licht dieser Lampe verflüchtigten sich alle Schatten, die in diesem Raum geworfen wurden. Es war als stünde man hier, tief unter der Erde, mitten im gleißenden Licht eines sommerlichen Mittags. Der magische Brennstoff verströmte einen betörenden Duft, der jeden der drei Verschwörer an etwas anderes erinnerte. Für Vallbrand war es der heimatliche Salzgeruch des Meeres, für Hassim roch es wie im heißen Wind der Wüste. Malina aber roch brennendes Fleisch und kochendes Blut in dem Raum unter der Erde.

An die Wände waren ringsum etliche menschliche Knochen und Schädel genagelt. Die ältesten hingen schon seit fast vier Jahren dort. Es waren die Gebeine der beiden Diener, die auf Vallbrands Geheiß hin die Lampe an ihrem Platz befestigt hatten. Als Lohn dafür wurden nun ihre Knochen in alle Ewigkeit vom bösen

Licht beschienen. Doch der Raum war von viel mehr Überresten einstiger Opfer geziert.

Es mussten Knochen von mindestens zwanzig Menschen verschiedenen Lebensalters hier hängen, an dicken Eisennägeln, die sie in die Wände getrieben hatten. Sie alle zusammen ergaben ein beinernes Muster von verwirrender Form, das dem Auge des Betrachters beinahe schmerzhaft war. Das Wesen, das diesen Raum zuweilen mit Seiner Anwesenheit beehrte, hatte gesagt, es würde niemals vollendet werden können und trotzdem ergäbe sich immer ein neuer, eigener Sinn, wenn ein neues Opfer hinzu käme. Dieses Muster wäre eine endgültige Erklärung für die ganze Welt und alle ihre Geheimnisse. Es wäre ein Abbild all dessen, was die Seelen, die dem Dämon zum Fraß vorgeworfen worden waren, gewusst, geahnt, gefühlt und gedacht hätten.

Immer, wenn Vallbrand mit Shahadri in diesem Raum gewesen war, hatte er versucht, den eigentümlichen Verläufen des Musters in seinen Windungen zu folgen. Jedes Mal hatte er bald aufgeben müssen, denn sein Geist war unfähig, sich eingehend damit zu beschäftigen. Irgendwo in seinem Inneren schien es einen Wächter zu geben, der verhinderte, dass er sich der bösen Magie dieses Ortes mit ganzer Seele hingab. Doch schien ihm jener Wächter mit der Zeit immer mehr an Gewalt verloren zu haben, denn jedes Mal, wenn er das schreckliche Muster sah, vermochte er es ein Stück weiter zu begreifen.

Es war ein Verständnis, das Vallbrand nicht in Worte kleiden konnte und das ihm auch kein Wissen zukommen ließ, das ihm im täglichen Leben von Nutzen sein konnte. Dennoch half es ihm, zur richtigen Zeit die richtigen Entscheidungen zu treffen, und dafür war er mit einer Inbrunst dankbar, wie sie nur wahrhaft gläubige Menschen ihren Göttern entgegenbrachten.

Nun aber war es an der Zeit, dem Muster eine

weitere Wendung hinzuzufügen. Fast gleichzeitig erhoben die drei Verschwörer, wie auf eine stumme Verabredung hin, ihre Blicke in Richtung Decke. Dort hingen neben der Lampe und etwas tiefer als bis zur Mitte des Raumes zwei würfelförmige eiserne Käfige herab, die etwa einen Schritt durchmaßen. In dem linken der beiden befand sich das unglückliche Opfer, das dem schrecklichen Dämon für heute nacht zugedacht war.

Dort lag in schrecklich verkrümmter Haltung ein junger Stallbursche von etwa zwölf Jahren und rührte sich nicht. Ein magischer Schlaf hielt ihn in seinem Käfig schon seit Wochen still, damit er nicht um Hilfe rufen konnte. In diesem Schlaf brauchte er weder Essen noch Trinken. Ansonsten hätte regelmäßig einer der Verschwörer hinabsteigen müssen, um ihn zu versorgen, was die Gefahr, entdeckt zu werden, vergrößert hätte.

Vallbrand hatte sich der Hilfe des Dämons schon früher in dieser Nacht bedient. Den Burschen hatte er aber dort hängen lassen, denn der Oberst hatte als Opfer ausgereicht, um das Wesen zufriedenzustellen. Es war ein anderer Spruch, den er dafür hatte wirken müssen, ein weitaus weniger gefährlicher Spruch, denn er erlaubte dem Wesen nicht, sich körperlich in der Welt der Sterblichen aufzuhalten. Nur der rastlose Geist des Dämons hatte sich durch die Nacht bewegt, ein Körper war Ihm versagt geblieben. Auch in dieser Form war das Wesen noch höchst gefährlich, denn es konnte sich auf magische Weise einen Körper schaffen. Dieser Körper war aber nicht beständig und behielt seine feste Form nur wenige Minuten. Für den Eingeweihten war es keine Schwierigkeit, sich vor dem Dämon in dieser Form zu schützen.

Nun aber wollten sie Ihn erneut rufen, und es war nötig, dass Er einen Körper aus Fleisch und Blut erhielt. In diesen Körper würde Er einfahren und die Seele daraus verdrängen, um sie in Seine eigene schreckliche Welt mitzunehmen. Dann würde Ihm der Körper dienen, und sie alle drei würden mit Ihm sprechen können.

Hassim und Malina hielten den Käfig fest, während Vallbrand den besinnungslosen Burschen aus seinem eisernen Gefängnis zog. Er würde so lange weiter in traumloser Starre verharren, bis Vallbrand das befreiende Zauberwort sprach. Sie legten den Jungen auf den Boden des Raumes und stellten sich im Dreieck um ihn herum. Dabei hatten sie einen unsicheren Stand, denn der Boden des Raumes war ebenso rund wie die Wände, so dass sie gleichsam am Grund einer Schale standen. Vallbrand hatte eine kurze Lanze mit seltsamen, unbegreiflichen Verzierungen, die ebenfalls an der Wand befestigt war, an sich genommen. Jetzt hielt er sie in die magische Flamme der großen Lampe.

Schnell war das Metall der breiten Lanzenspitze bis zur Weißglut erhitzt, und die grässlichen Zeichen, die Schaft und Klinge zierten, glühten in rotem Feuer auf. Vallbrand gab seinen beiden Helfern das Zeichen, den Jungen festzuhalten. Dann beugte er sich zu ihm hinunter und sprach schnell das Wort, das ihn aus der Starre erweckte.

Der Stallbursche riss die Augen auf und blickte gehetzt um sich. Er hatte keine Erinnerung, wie er in diesen Raum gekommen war. Das Letzte, an das er sich erinnerte, war, dass er Malinas Pferd versorgt hatte und sie an ihn herangetreten war, scheinbar um ihn etwas zu fragen. Jetzt lag er hier in einem seltsamen, lichtdurchfluteten Raum, der für ihn wie eine Blumenwiese duftete, auf dem Rücken und wurde von zwei Leuten festgehalten. Er sah hoch, und ein Kreischen der tiefsten Angst entfuhr ihm. Eine weißglühende Lanzenspitze fuhr von oben auf ihn herab und drang ihm durch die Haut ins Fleisch seines Oberschenkels.

Vallbrand stimmte, während er zustieß, den Text der Anrufung an, den Shahadri ihn hatte lehren müssen.

Unter ständiger Fortführung des Sprechgesangs zog er die glühende Lanze aus dem Körper des Stallburschen, hob sie und stieß wieder herab, diesmal in den Arm. Wieder hob und senkte sich die Lanze. Der Knabe schrie mit heller Stimme in Todesqualen, die Augen vor Schmerz und Entsetzen weit aufgerissen. Rauch stieg von seinem verbrannten, durchbohrten Fleisch auf und füllte den Raum. Es war viel mehr Rauch, als man erwartet hätte, und er hatte keine Farbe, sondern bestand aus sich immer neu bildenden, bunten Mustern. Der schreckliche Geruch war nun für alle, die sich im Raum befanden, gleich. Es war der namenlose Gestank einer Welt, mit der die Sterblichen nichts zu schaffen haben sollten.

Endlich war der Siebenstern vollendet, dessen Eckpunkte Vallbrand in den Körper des Stallburschen gestochen hatte. Der Bursche hatte sein Leben ausgehaucht, und die Beschwörung neigte sich ihrem Ende zu. Vallbrand, Malina und Hassim beeilten sich, so weit wie möglich von der Leiche am Boden abzurücken. Vallbrand vollendete den Zauber, den er heute zum ersten Mal in seinem Leben allein gesprochen hatte. Ein seltsam dumpfes Gefühl des Triumphes und der Erleichterung durchströmte ihn, als er spürte, dass ihm Erfolg beschieden war.

Auch die beiden anderen begannen eine Gegenwart zu spüren, vor der sie sich unendlich klein und schwach fühlten.

Malina bemerkte zu ihrem Erstaunen, dass sie dieses Mal nicht so große Angst verspürte wie beim ersten Zusammentreffen. Sie war wohl in besonderer Weise weitergekommen auf dem Pfad, der zu dem Wesen hinführte. Fast fühlte sie beim Nahen des Gerufenen so etwas wie Vorfreude.

Hassim hingegen war es nach wie vor äußerst unheimlich zumute. Er hatte sich zwar in letzter Zeit öfters der Hilfe des Wesens bedient, aber dies war immer nur in einer mittelbaren Weise geschehen. Er hatte nur die wenigen Zaubersprüche benutzt, die das Wesen ihn gelehrt hatte, und trotzdem dabei die Macht gespürt, die hinter den Sprüchen lag. Nun aber musste er dem Dämon wieder von Angesicht zu Angesicht gegenübertreten, und diese Vorstellung ließ sein Herz angstvoll zusammenkrampfen. Beinahe bedauerte er den Tag, an dem er Shahadri zum ersten Mal heimlich beobachtet hatte, wie sie Magie wirkte, und Vallbrand davon erzählt hatte.

Ein leiser, tiefer Ton, der mehr zu spüren als zu hören war, erfüllte jetzt den unterirdischenRaum. In den Leichnam, der still auf dem Boden gelegen hatte, kam nun wieder Leben. Doch es war nicht das Leben, das diesen Körper eigentlich hätte beseelen sollen. Die Glieder des Toten begannen in einem wilden Tanz zu zucken. Das Fleisch des toten Stallburschen begann sich unter dem Ansturm der fremden Seele grässlich zu verformen. Schwärende Blasen warfen sich unter der Haut auf und platzten mit obszönem Schmatzen auf. Aus den Löchern, die sie in die Haut rissen, spritzte eine gelbe Flüssigkeit. Der Hinterkopf des Jungen dehnte sich aus, bis es aussah, als hätte er den spitzen Hinterleib einer Wespe unter seinem Schopf sitzen. Die Arme und Beine der Leiche verdrehten, wie es keinem Menschen möglich gewesen wäre. Die Knochen rissen krachend aus den überforderten Gelenken. Der blasse Bauch blähte sich grotesk auf, bis er fast zu platzen schien.

Vallbrand, Malina und Hassim hatten eine derartige Veränderung schon bei manchem Opfer gesehen, doch sie waren immer aufs neue gleichzeitig angezogen und abgestoßen von dem unerhörten Anblick. Heute Nacht aber überwog bei ihnen allen die Anziehung, die von dem Vorgang ausging. Sie konnten sich der Faszination nicht entziehen, dass sie mit ansahen, wie ein toter Leib erneut mit Leben erfüllt wurde. Es war, als hätte ihr Inneres endlich den Widerstand gegen das widerwärtig Böse, das sie hervorriefen, aufgegeben. Sie alle fieberten nun erregt und in unverhohlener Verzückung dem Kommen des Dämons entgegen.

Mit einem pfeifenden Schrei tat die Leiche nun plötzlich den Mund auf, und die toten Augen öffneten sich. Sie glühten von innen heraus in unheiligem Licht der Verwesung. Der Dämon war gekommen.

Der tote Körper richtete sich auf seinen gebrochenen und verdrehten Beinen auf, bis er in einer halb gebückten Haltung, die Arme auf dem Boden aufgestützt, verharrte. Das alptraumhafte Wesen drehte den Kopf, um seine Umgebung zu betrachten. Dann sprach Er mit volltönender, tiefer Stimme, die aus den tiefsten Abgründen der Nacht heraufzuwehen schien: "Ich habe euren Ruf vernommen. Was wollt ihr von mir?"

Den drei Sterblichen, die zitternd und ehrfürchtig vor dem Dämon standen, wollte kein Wort über die Lippen kommen. Noch war ihr Geist leer, nur durchforscht von den eiskalten Fühlern, die Er nach ihrem Inneren ausstreckte.

Er wusste das und genoss solche kleinen Spiele, denn sie zeigten, wer in der besonderen Beziehung zwischen ihm und den Menschen der Herr war. Wenn sie nicht jedes Mal so unendlich vorsichtig zu Werke gegangen wären, um keinen Fehler zu machen, wenn sie Ihm erlaubt hätten, in Freiheit auf Erden zu wandeln, hätte er sich schon längst an ihnen allen in einer Weise vergangen, die sie sich nicht einmal vorstellen konnten.

Es war sehr schmerzhaft für Ihn, in die Welt der Sterblichen gehen zu müssen. Durch diesen Schmerz geriet Er immer in Zorn, und es brauchte eine Weile, bis er sich legte. Hätte der Körper, in den Er eingefahren war, nicht den Siebenstern getragen, wäre Er nicht beschränkt gewesen auf die vergleichsweise harmlosen Spiele, die Er jetzt mit Seinen Beschwörer trieb. Er wühlte in ihren Erinnerungen, fraß sich durch ihre Gefühle und pflanzte in ihre Seelen Seine unheilige Saat. Jedes Mal, wenn sie Ihn riefen, brachte sie dies ein wenig näher zu Seiner Welt und ein wenig weiter weg von der ihren.

Nun aber war es an der Zeit, sie zu entlassen. Würde Er länger in ihnen bleiben, ließe Er nur leere Hüllen ohne einen Funken menschlichen Geistes zurück. Sie waren Ihm schon zu nahe gekommen, weil sie sich so oft Seiner Hilfe bedient hatten. Aber Er hatte noch Verwendung für Seine Werkzeuge. Also zog er sich zurück und ließ sie sprechen.

Vallbrand fand als erster die Sprache wieder. "Wir bedürfen noch einmal deiner Hilfe."

"Schon wieder?" fragte der Dämon spöttisch. "Habe ich euch in dieser Nacht nicht schon einmal geholfen?"

Er ließ die Augen des toten Leibes rollen. "Ihr seid wahrhaftig die bedürftigsten Mündel, um die ich mich je gekümmert habe", verspottete Er die drei.

Vallbrand sprach, wie er meinte, mit fester Stimme: "Wir brauchen deine Macht, um uns unserer Feinde endgültig zu entledigen."

Der Dämon zwang den Leichnam, in dem Er war, sich zu setzen. "So ist also der entscheidende Kampf endlich entbrannt", sprach Er. "Das freut mich. Ich hätte schon fast angenommen, ihr würdet ewig für den Ruhm eines anderen kämpfen wollen."

Bei diesen Worte entblößte der Leichnam seine Zähne und ließ ein Grinsen sehen, das so breit war, dass es einem Lebenden wohl starke Schmerzen bereitet hätte. Der Dämon verharrte schweigend und wartete darauf, dass Vallbrand seine Bitte vortrug.

Vallbrand überlegte sorgfältig, was er dem Dämon genau sagen sollte, und gab lange keinen Ton von sich.

Dieser wandte sich gelangweilt von dem Thorwaler ab und sprach Malina an: "Wie steht es mit dir, meine Liebe? Wir haben uns lange nicht gesehen. Dient dein neues Schwert dir gut?"

Malina schluckte und antwortete zaghaft: "Ja, ich kann wirklich nicht klagen. Es ist eine hervorragende Waffe, die unter den Waffen der Sterblichen nicht ihresgleichen hat."

"Sag das nicht", entgegnete der Dämon. Er hatte Lust bekommen, ihr ein wenig zu schmeicheln. "Es bedarf sehr wohl auch eines Armes, der imstande ist, eine solche Waffe zu führen. Der Säbel des Orks war in seiner Art kaum weniger mächtig, doch es war eben nur die Macht der Orkgötter, die darin wohnte, und der Ork war nicht würdig, dich zu besiegen."

Inzwischen hatte Vallbrand nachgedacht und war endlich bereit, seine Bitte vorzutragen. Der Dämon wandte ihm Sein groteskes Haupt zu. Vallbrand sprach mit ehrfurchtsvoll gesenktem Blick und gesenkter Stimme: "Ich bitte dich um Hilfe, die Zweite Abteilung aus ihrer sicheren Stellung zu vertreiben, und dass du uns etwas gibst, sie zu besiegen."

Der Dämon dachte über diese Bitte nach. Seine Mündel waren, Seiner Meinung nach, immer noch zu bescheiden. Wenn sie keine größeren Bitten an Ihn richteten, würde er nie einen hohen Preis für Seine Hilfe verlangen können. Shahadri hatte die drei gut gelehrt, denn sie achteten genau darauf, immer nur Bitten an Ihn heranzutragen, die leicht zu erfüllen waren. Sie schienen zu wissen, dass man von einem Dämon nicht viel verlangen konnte, ohne viel mehr zu geben.

Aber Er hatte gespürt, dass Seine Beschwörer der heutigen Nacht eine sehr hohe Bedeutung zumaßen, und Er wollte dieses Wissen für sich nützen. Also musste Er zunächst dafür sorgen, dass sie weitergehende Pläne machten. Er wollte sie behutsam dahin führen, ihr gesamtes weiteres Schicksal von Ihm abhängig zu machen.

Also sprach Er sanft und beinahe liebevoll zu ihnen: "Ihr müsst auch über diese Nacht hinausdenken. Wenn Ihr die Zweite Abteilung vernichtet, wird das nicht unbemerkt bleiben. Ihr hättet es dann mit viel mehr Feinden zu tun, als es jetzt der Fall ist. Was aber wollt ihr dann tun?"

Er hielt in Seiner Rede inne, um Seine Worte auf den Geist der Zuhörer wirken zu lassen. Sie schienen langsam ein wenig unsicher zu werden, und der Dämon freute sich sehr darüber. Nach einer Weile fuhr Er fort: "Ich hätte einen Vorschlag für euch. Hört ihn euch einfach an, denkt darüber nach, und sagt mir dann ehrlich, was ihr davon haltet."

Zustimmendes Nicken veranlasste Ihn weiterzusprechen. Innerlich frohlockte Er darüber, wie günstig sich das Gespräch entwickelte. "Ich helfe euch dabei, eure Feinde für immer zu vernichten, und mache sie euch dann auch noch untertan", sprach Er. "Eure Kompanie wird nach außen hin bestehen bleiben, wie bisher, denn ich werde dafür sorgen, dass die Männer und Frauen der Zweiten Abteilung euch nach dem Kampf als Lebende Tote zu Diensten sind. Was haltet ihr davon?"

Der Dämon blickte in die Runde der Verschwörer, um die Wirkung Seiner Worte abzuschätzen.

Hassim schien von dem Gedanken entsetzt, doch man konnte ihm ansehen, dass er sich der Vernunft dieses Vorschlages nicht entziehen konnte.

In Malinas Gesicht blitzte schon ein erster Schimmer von Zustimmung auf, doch sie schien noch ein wenig mehr zu wollen. Der Dämon war mit sich höchst zufrieden. Zumindest bei der Frau schien es Ihm gelungen zu sein, das Verlangen nach Größerem zu wecken.

Vallbrand wirkte völlig unentschlossen. Die

Grausamkeit des Vorschlages hatte anscheinend keinen Eindruck auf ihn gemacht, aber er schien mit seinen Gedanken noch bei der bevorstehenden Schlacht gegen den Rest der Kompanie zu sein.

Der Dämon beschloss, jetzt schnell zu handeln, um die Verhandlung mit Seinen Mündeln zum Abschluss zu bringen. Er fühlte, dass der tote Körper, der Ihm Unterschlupf bot, der Belastung nicht mehr lange standhalten würde, also war Eile geboten. Außerdem wollte Er auf keinen Fall, dass die Menschen Sein Angebot zu genau überdachten, denn dann wären sie vielleicht auf die Idee gekommen, dass Er sich der Lebenden Toten ebenfalls bedienen könnte. Das bedeutete nicht weniger, als dass Er sich, wann immer es Ihn gelüstete, frei auf der Erde würde bewegen können.

Plötzlich fiel Ihm ein, womit er Vallbrand ködern könnte, und er sprach schnell weiter: "Ich habe natürlich auch eine Lösung für euer heutiges Problem. Wenn du willst, Vallbrand, dann kann ich dich einen Spruch lehren, mit dem du die Schlacht unfehlbar gewinnen wirst."

Vallbrand horchte merklich auf. Der Dämon jubelte innerlich, hatte Er doch den Thorwaler am Haken. Magie war das, was Vallbrand am meisten anzog, und Magie wollte Er ihm geben, mehr davon, als er vertrug. Damit würde Er Vallbrand für immer an sich binden können. Nun musste Er sich noch um Malina und Hassim kümmern.

Zunächst wandte er sich an Hassim, den er leicht einzuschätzen wähnte, denn er hatte wohl bemerkt, wie ängstlich, geradezu feige der Anführer der Kundschafter unter der Maske seiner Tollkühnheit war. Er hatte sich lange genug in Hassims Geist umgesehen, um zu wissen, was er wirklich begehrte. "Ich habe auch einen Vorschlag für dich, mein guter Hassim", begann Er. "Ich weiß sehr wohl, was du dir sehnlichst wünscht, denn es ist ein Wunsch, den viele Sterbliche haben. Wohlan, ich kann es dir verschaffen, das ewige Leben."

Hassim sah den Dämon im Körper des toten Stallburschen entgeistert an. Der sprach weiter: "Ich weiß genau, dass es nur der Tod ist, den du fürchtest. Der Tod aber ist nichts, was du weiter fürchten sollst. Wenn du nach der Schlacht mit zehn neuen Opfern für mich kommst, will ich dir zeigen, wie du dem Tod den Stachel nehmen kannst."

Er blickte während diesen Worten Hassim aufmerksam in die Augen und sah, dass Er den richtigen Ton getroffen hatte. Nun galt es nur noch, Malina einzufangen. "Dir aber werde ich, wenn du es willst, zu der Waffe, die du erhalten hast, noch eine Rüstung geben, die ihrer würdig ist", sprach Er, zu ihr gewandt. "Außerdem will ich dich unterweisen, wie du die Lebenden Toten in die Schlacht führen kannst und was man tun muss, damit sie nicht so leicht von den Lebenden zu unterscheiden sind. Sie sollen dann deine Kompanie sein, und du sollst mit ihnen tun und lassen können, was du willst."

Malinas Augen leuchteten bei diesem Vorschlag, und der Dämon sah zufrieden, dass Er sie jetzt alle auf Seiner Seite hatte. Der Leichnam, in dem Er weilte, begann sich zu zersetzen. Ihm blieb nicht mehr viel Zeit.

Er verkündete also das, was für Ihn das Ergebnis des Gesprächs war: "Ich verspreche euch dreien zu gewähren, was ich euch unterbreitet habe. Ihr aber sollt als Gegenleistung mein Banner in die Schlacht führen und unter diesem Zeichen siegen. Dann sollen eure Wünsche erfüllt werden."

Allen dreien schien die Gegenleistung recht gering, und in einer anderen Stimmung wären sie dabei sicher misstrauisch geworden, doch sie waren in Gedanken schon dabei, ihre Belohnung für den kleinen Dienst auszukosten. Zu lange Zeit war ihr Geist durch den

Umgang mit dem Dämon beeinträchtigt worden, so dass sie alle Vorsicht außer acht ließen und zustimmten.

Der Dämon versuchte, ein freundliches Lächeln auf dem toten Gesicht erscheinen zu lassen, doch der Körper wollte Ihm nicht mehr richtig gehorchen. Es war nun wirklich höchste Zeit, sich wieder von der Welt der Sterblichen zu verabschieden. Schnell sprach er weiter: "Ich werde euch also helfen, die Zweite Abteilung aus ihrem Lager zu treiben, um die Schlacht zu erleichtern. Hassim, Malina - geht jetzt bitte, und lasst mich mit meinem Schüler allein."

In einer Mischung aus Erleichterung und Enttäuschung gingen die beiden aus dem runden Raum unter dem Hauptplatz und ließen ihren Anführer bei dem Dämon zurück. Dieser aber lehrte Vallbrand nun den Spruch, mit dem er in der kommenden Schlacht siegreich bleiben sollte, und gab ihm zum Abschied noch das Banner, dass sie für Ihn in der Schlacht führen sollten.

Verwundert fragte Vallbrand: "Woher hast du das Banner genommen, Herr? Es ist doch nichts in diesem Raum als die Gebeine der Toten und die Leiche des Burschen..."

"Das, mein lieber Vallbrand, ist ein anderer Zauber", entgegnete der Dämon verschmitzt. "Aber den kann ich dich auch lehren, wenn wir uns das nächste Mal wiedersehen. Geh jetzt. Ich muss diesen Körper verlassen."

Mit diesen Worten verschränkte der Dämon die Arme des Toten vor der Brust und schloss die Augen. Vallbrand nahm das Banner an sich, löschte die Lampe und machte sich auf den Weg, den Raum unter dem Lager zu verlassen.

Das Banner, das Vallbrand aus dem Raum unter der Erde mitbrachte, war an einem langen Stab aus Ebenholz befestigt. Es zeigte auf nachtschwarzem Grund ein silbernes Einhorn, dem anstelle des Horns ein silberner Dolch aus dem Kopf ragte.

Draußen in der endlosen Steppe, nicht allzu weit entfernt vom Lager der Menschen, sah ein Wesen verzagt zum Himmel auf. Knapp nur war der Seher Nadhbragh mit seinen Getreuen dem Wüten der Menschen im Großen Lager entwischt. Sie hatten von ihrer ganzen Habe nur das, was sie am bittersten benötigten, retten können, der Rest war den Feinden in die Hände gefallen.

Er war froh, dass er vor nicht allzu langer Zeit, ohne das Wissen des Kriegsherrn, dieses geheime Versteck hatte anlegen lassen. Hier war er mit dem kleinen Rest der Auserwählten, der entkommen war, zumindest vorerst sicher. Dennoch hatte ihn in dieser Nacht irgendetwas auf seltsame Weise beunruhigt. Er konnte allerdings nicht ergründen, wo diese Aufregung herrührte. Also war er wie immer, wenn er keinen Rat wusste, hinaus in die Steppe gegangen. Dort wollte er sich ganz der Weisheit öffnen, die von den Sternen zu ihm herabkam, wenn er sich der Gewalt des unendlichen Windes stellte.

Nackt und bloß war der Seher allein auf die Kuppe eines Hügels gestiegen und hatte, die Arme weit ausgebreitet, die Augen geschlossen, seit dem Anbruch der Nacht ausgeharrt. Aufwühlende Dinge waren im Gange im Lager der Menschen, das weniger als zwei Stunden von ihm entfernt war. Die Nacht neigte sich dem Ende zu, und es wollte Nadhbragh scheinen, als hätte das Böse, das er schon einmal vor ein paar Stunden gefühlt hatte, nun wieder sein Haupt erhoben. Und dieses Böse schien ihm mächtiger und schlimmer zu sein als je zuvor.

Nachdem er sich in stiller Einkehr unter dem gewaltigen Ansturm des ewigen Windes vorbereitet hatte, begann er jetzt mit einem Tanz. Nur die mächtigsten und weisesten unter den Sehern vermochten diese schwierigen Schritte richtig zu tanzen.

Seine alten Knochen schmerzten fürchterlich, als er sich in immer schnelleren Kreisen um die eigene Achse drehte. Er verlor völlig das Gefühl für das Gleichgewicht, und es war ihm, als tanze er von der Hügelkuppe weg in die schneidend kalte Luft hinaus, immer schneller und weiter, bis er sich hoch in die Lüfte erhoben hatte.

Nie zuvor hatte er ein derartig stark empfunden für das, was in der Welt vorging. Eine Kaskade von Eindrücken stürzte auf ihn herab und schien das Innerste seiner Seele fortspülen zu wollen. Es war sehr schwer für ihn, sich dieser Offenbarung zu verschließen, aber er musste es, denn hier erfuhr er nicht das, was er wissen wollte. Hätte er nur einen kurzen Moment lang seinen Geist den vielfältigen Wahrheiten geöffnet, die auf ihn einströmten, wäre es um ihn geschehen gewesen. Er hätte seine Seele nicht mehr unter Kontrolle gehabt. Er wäre hinabgestürzt aus den luftigen Höhen, in denen er tanzte, und sein Körper wäre unten im Gras der Steppe zerschmettert liegengeblieben.

Doch Nadhbragh war stark. Er war viel stärker als je zuvor in seinem ganzen Leben. Es war, als hätte sein Gott Besonderes mit ihm vor. Er fühlte, dass er sicher durch die Strudel des Wissens geleitet wurde.

Nadhbragh sah endlich, was er zu erkennen gewünscht hatte, und es schauderte ihn. Mit aller Macht wollte er sich abwenden, wollte die Augen verschließen vor dem, was er als Wahrheit erkennen musste, doch es gelang ihm nicht. Sein Gott wollte, dass er alles sah und begriff, so sehr er sich auch davor fürchten mochte. Mit dem Willen eines Sterblichen konnte er sich dem Drängen des Gottes nicht widersetzen und musste alles erkennen, was es zu erkennen gab.

Nach einer Zeit, die ihm endlos lang erschien, fand Nadhbragh sich wieder auf der Kuppe des Hügels, wo sein Tanz der Einsicht seinen Anfang genommen hatte. Der Kopf war ihm schwer von qualvoller Gewissheit. Er wusste, was nun zu tun war, und schickte sich an, die schwierigen Vorbereitungen zu treffen, um seinen Plan noch heute in die Tat umsetzen zu können. Es würde eine sehr anstrengende und gefährliche Nacht für den Seher werden, doch sein Gott war unerbittlich in seinem Begehren, und Nadhbragh wollte seinem Willen gehorchen.

16. Kapitel

Im prächtigen Zelt von Leutnant Wargo hatten sich unterdessen die Offiziere wieder versammelt und Pläne geschmiedet. Noch immer waren sie zu keinem endgültigen Entschluss gekommen, wie die Nacht heil zu überstehen.

Die langen, ergebnislosen Beratungen hatten sie alle gereizt und angriffslustig gemacht. Wargo ging unruhig auf und ab. Viktor trank einen Becher Wein nach dem anderen und hatte bald eine Menge zu sich genommen, die viele andere besinnungslos hätte werden lassen. Cassian war wieder zu ihnen zurückgekommen, nachdem er unter dem sternenklaren Himmelszelt ein Weile allein gesessen und seine Gedanken geordnet hatte. Er hatte an seinen Stuhl eine neue Waffe gelehnt. Der Säbel des Kriegsherrn Argrazuch sollte ihm von nun an dienen. Er hatte ihn unter Wargos Kriegsbeute entdeckt und ohne zu fragen an sich genommen. Wargo hatte nicht dagegen protestiert.

Von der außergewöhnlichen Eintracht, die vor kurzem noch zwischen Cassian und Wargo geherrscht hatte, war nichts übriggeblieben. Es war, als hätte der Dämon auch über die beiden seinen verderblichen Einfluss gewirkt. Wie früher, in den Zeiten, als jeder dem anderen jedes kleine bisschen Ruhm streitig gemacht hatte und sie beim geringsten Anlass übereinander hergefallen waren, standen sie sich mit unversöhnlicher Ablehnung gegenüber.

Wargo hatte Cassian nun schon seit einer halben Stunde ununterbrochen Vorwürfe gemacht, weil er es zugelassen hatte, dass in seiner Abteilung Schwarze Magie getrieben wurde. Er war derart aufgebracht und hatte sich in einen solchen Strudel von Schmähungen hineingeredet, dass er alle Vorsicht vergaß.

Er schrie Cassian, der sich alle Vorwürfe mit unbeteiligter Mine angehört hatte, an: "Warum sagt Ihr nichts? Hat es Euch die Sprache verschlagen, dass endlich jemand wagt, Eure Unfähigkeit aufzudecken? Ist es Euch so peinlich, dass Ihr mit einer Hexe das Bett geteilt habt?"

Bei diesen Worten kam endlich Leben in Cassian. Er richtete sich kerzengerade im Stuhl auf und ließ den Weinbecher achtlos zu Boden klirren. Sein Blick bohrte sich brennend in den Wargos. Dieser erkannte seinen Fehler zu spät und wich angstvoll ein wenig zurück.

Mit schrecklich leiser Stimme fragte Cassian: "Was habt Ihr da eben gesagt? Wie habt Ihr Shahadri genannt?"

"Ach, das war doch nur so dahergeredet", versuchte Wargo, dem der Schweiß auf der Stirn stand, zu beschwichtigen. "Ich habe mich im Ton vergriffen, und das tut mir leid. Sprechen wir nicht mehr darüber."

Der Leutnant, der sonst so geschickt war in der Kunst des Handelns und Feilschens, hatte sich in seiner Abneigung gegen Cassian zu weit vorgewagt. Jetzt fürchtete er, es könnte zu einem Kampf kommen. Auch wenn er gesehen hatte, wie Cassian mit Schimpf und Schande von seinen eigenen Leuten davongejagt worden war, hatte er dennoch seinen Ruf als Kämpfer nicht vergessen. Wargo fürchtete um sein Leben, wenn es gegen Cassian zum Kampf käme.

Dieser erhob sich und machte einen drohenden Schritt auf seinen Erzfeind zu. Wargos ungeschickter Versuch, das Gespräch in eine andere Bahn zu lenken, hatte ihn nur noch mehr überzeugt, dass er seinem alten Feind niemals vertrauen konnte.

Er war jetzt auf Armeslänge herangekommen und flüsterte beinahe, als er weiter auf Wargo eindrang: "Nein. Ich möchte, dass wir genau darüber reden. Ihr werdet doch sicher nichts vor mir verheimlichen wollen, nun, da wir Verbündete sind."

Viktor, der schon beinahe eingeschlafen war, war wieder hellwach. Er sah, dass es höchste Zeit war einzugreifen.

Er stand auf, so schnell es seine weinschweren Beine zuließen, stellte sich vor Cassian, der die Hand schon am Schwertgriff hatte, und versuchte ihn zu beschwichtigen: "Ich kann Euch erklären, was Wargo damit gemeint hat, wenn Ihr Euch wieder hinsetzt und Frieden gebt. Es hat doch keinen Zweck, wenn wir uns streiten. Das stärkt nur die andere Seite."

Widerwillig brummte Cassian etwas, das man vielleicht als Zustimmung verstehen konnte, und setzte sich. Trotzdem funkelte er Wargo weiter böse an. Er nahm einen neuen Becher, füllte ihn und lehnte sich zurück, um genau zuzuhören.

Viktor begann ihm nun eine Zusammenfassung der Beratung zu geben, die Wargo, Khorrim und er bei Einbruch der Dunkelheit abgehalten hatten. Er hielt sich dabei so weit wie möglich an die Wahrheit. Langsam und Schritt für Schritt beleuchtete er für Cassian noch einmal den Weg, der ihn zu der Überzeugung geführt hatte, dass Shahadri eine böse Hexe wäre. Selbst das Vorhaben, sie zu ermorden, das die drei Offiziere gefasst hatten, verschwieg er nicht. Doch er behielt es für sich, dass sie damit Erfolg gehabt hatten, sondern behauptete, sie wären alle erleichtert gewesen, dass Vallbrand ihnen die schmutzige Arbeit abgenommen hatte.

Cassian hörte der Rede mit steinerner Mine zu. Er machte keine Anstalten, wieder in rasenden Zorn auszubrechen. Viktor und Wargo waren verwundert, dass er sich so unter Kontrolle hatte, und warteten nur auf einen neuen Ausbruch. Cassian aber schwieg lange und hartnäckig.

Draußen an der Barrikade hielt unterdessen Khorrim gemeinsam mit Truanna Wache und ließ sich von ihr in allen Einzelheiten den Mord schildern. Er hatte einiges übrig für derart blutigen Geschichten, in dieser Hinsicht hatte Truanna ihn richtig eingeschätzt. Doch sie hätte sich gewundert, hätte sie tatsächlich versucht, ihm ein wenig Blut Shahadris als Andenken mitzubringen. Khorrim wäre davon nämlich nicht im mindesten begeistert gewesen, denn er liebte zwar das Töten fast so sehr wie sie, doch mit den Ergebnissen seines Handelns wollte er nichts zu tun haben.

Er hasste es, wenn seine Kleidung oder seine Haut mit Blut beschmutzt war, und beeilte sich jedes Mal nach der Schlacht, die Kleider zu wechseln und sich zu waschen. Doch davon ahnte Truanna nichts, und sie begann immer mehr, in dem Korporal eine sehr verwandte Seele zu sehen.

Während ihrer Unterhaltung über die Geschehnisse der Nacht ließen die beiden aber das Lager der Ersten Abteilung nicht aus den Augen. Dort rührte sich erstaunlich wenig.

Truanna fragte: "Warum unternehmen die da drüben denn nichts? Kannst du mir das erklären?"

Khorrim sog an seiner Pfeife und tat so, als wollte er nachdenken. Schließlich musste er aber eingestehen: "Ich weiß es genauso wenig wie du. Vielleicht haben sie vom ersten Ansturm schon genug."

"Das glaube ich kaum", meinte Truanna.

Er entgegnete: "Ich glaube es auch nicht. Lass uns hoffen, dass uns keine böse Überraschung blüht."

Diese Gedanken machten sie beide unruhig. Sie wollten unbedingt wissen, was drüben vorging. Vielleicht bereiteten die von der Ersten ja wieder eine neue Hinterlist vor. Dann wollte Khorrim rechtzeitig davon Kenntnis haben, um das Schlimmste zu verhindern.

Doch auf der anderen Seite des dunklen Hauptplatzes rührte sich nichts. Ein paar Wachen standen drüben und behielten sie im Auge. Es waren Menschen, die vor nicht allzu langer Zeit noch mit ihnen gemeinsam in der Schlacht gestanden hatten.

Es wurden keine Schmähworte oder Pfeilsalven ausgetauscht. Über dem Lager lag gespenstische Stille. Khorrim und Truanna aber spürten mit dem Instinkt der Krieger, dass dort drüben einfach etwas im Gange sein musste. Daher fasste Truanna einen Entschluss, der ihr nicht leichtfiel. "Ich werde mal rübergehen und nachsehen, was die da so treiben", sagte sie und bemühte sich um einen sorglosen Ton in ihrer Stimme.

"Glaubst du, du schaffst das?" fragte Khorrim ungläubig. Er hielt es nicht für möglich, dass sie in der jetzigen Lage unbemerkt hinübergelangen und die Feinde ausspionieren könnte.

Truanna grinste und antwortete: "Du hast heute schon einmal gesagt, dass du mir vertraust. Also sei nicht so kleingläubig. Ich bin in dieser Nacht schon mitten durch die Reihen ihrer Zelte gegangen, ohne dass sie mich bemerkt hätten, und ich kann es wieder tun."

Sie rückte etwas näher an ihn heran, was Khorrim Unbehagen bereitete. Sie war wahrhaftig das hässlichste Geschöpf, das er kannte. Er konnte seine Augen nicht von ihrem grässlich vernarbten Gesicht abwenden, und es schüttelte ihn innerlich bei dem Gedanken, ihr körperlich zu nahe zu kommen.

Truanna kicherte unangenehm in dem vergeblichen Versuch, die Koketterie junger Menschenmädchen nachzuahmen. Sie rückte noch näher an ihn heran und fragte: "Hast du vielleicht Angst um mich? Ich dachte mir schon, dass du mehr von mir willst als du zugeben möchtest."

Die Vorstellung, mit der hässlichen Truanna das Bett zu teilen, entsetzte Khorrim geradezu, und er beeilte sich, ihr das auszureden: "So war das nicht gemeint."

Er stotterte beinahe: "Nichts läge mir ferner, als dir zu nahe zu treten. Es ist nur so, dass du vielleicht geschnappt werden könntest, und dann hätten wir eine Klinge weniger auf unserer Seite. Das ist alles, was ich sagen will. Es..."

"Schon gut, schon gut!" unterbrach Truanna seinen plötzlichen Redeschwall. Sie genoss es, dass er so leicht in Panik zu versetzen war.

Sie wandte sich von ihm ab und sagte zum Abschied: "Ich bin bald wieder da." Dann verschwand sie in den Zeltgassen, um sich vorzubereiten.

Khorrim starrte wieder angestrengt in die Dunkelheit hinaus. Er war erleichtert, dass er von ihrer Gegenwart befreit war. Dort drüben bei der Ersten Abteilung tat sich immer noch nichts. Halb war Khorrim schon geneigt zu glauben, die Feinde hätten aufgegeben, und er entzündete die Pfeife, um seine angespannten Sinne ein wenig zu beruhigen.

Plötzlich wurde er durchgeschüttelt von einem gewaltigen Schlag, der von unten gegen die Barrikade dröhnte. Kurz konnte er sich auf den Beinen halten, doch dann verlor er das Gleichgewicht und stürzte auf den Boden hinunter, wo er schmerzhaft aufschlug.

Verwirrt stand Khorrim auf und blickte sich um, als er wieder eine Erschütterung spürte, die ihn aber nicht mehr von den Beinen holen konnte, weil er jetzt hellwach und aufmerksam war, als befände er sich in der Schlacht. Zu seinem Entsetzen bemerkte er, dass nicht weit von ihm zwischen den Zelten plötzlich eine Flammensäule aus dem Boden schoss. Die Flammen waren von einem ohrenbetäubenden Krachen begleitet. Schon loderten die ersten Zeltplanen auf.

Wieder dröhnte es, und eine neue Flamme brach von unten her durch die gestampfte Erde zwischen den Zelten. In heller Aufregung stürzten die Leute durcheinander. Khorrim begann sofort Befehle zu brüllen. Er fühlte eine seltsame innere Ruhe. Endlich war die unangenehme Stille vorbei, und es gab wieder etwas zu tun.

"Ihr da drüben!" rief er. "Marsch! Holt Wasser und fangt an zu löschen!"

Er wandte sich einer anderen Gruppe zu und schrie: "Ihr dort! Los, zurück auf die Barrikade! Dass mir keiner den Feind aus den Augen lässt!"

Während Khorrim seine Anordnungen brüllte, dröhnte und krachte es unaufhörlich rings um ihn herum, und immer neue Brände brachen aus. Das ganze Lager der Zweiten Abteilung drohte ein Raub der Flammen zu werden, und langsam begannen sich auch erste Zeichen der Unordnung unter den Söldner bemerkbar zu machen. Khorrim hatte alle Hände voll zu tun, die Meute zusammenzuhalten. Er murmelte zu sich selbst: "Jetzt kommen sie gleich. Ich spüre es."

Auch im Zelt von Leutnant Wargo waren die Erschütterungen zu spüren. Cassian hatte gerade dazu angesetzt, auf Viktor Ausführungen eine entsprechende Antwort zu geben. Da wurden seine Worte rüde unterbrochen, als er plötzlich den Boden unter den Füßen verlor. Ein ohrenbetäubendes Rumpeln erfüllte die Luft.

Verwundert und ein wenig benommen setzte er sich auf, um zu sehen, wie Viktor und Wargo aus dem Zelt liefen. Er rappelte sich schnell auf und eilte ihnen nach, um zu sehen, was draußen vorging.

Das Bild der Zerstörung, das sich ihren Augen bot, übertraf alles, was sie bisher in ihrem Leben gesehen hatten. Viele der Zelte brannten lichterloh, andere waren in sich zusammengestürzt. Aufgeregte Männer und Frauen liefen durcheinander, manche versuchten, die überall auflodernden Brände zu löschen, andere brachten ihre Habseligkeiten in Sicherheit.

Immer wieder wurde die Erde von dumpf hallenden

Stößen erschüttert, wenn Flammensäulen aus dem Boden hervor schossen. Die drei Offiziere waren von der Lage überfordert. Sie konnten nicht erkennen, wer von den Leuten, die wild in den Zeltgassen durcheinander rannten, auf wessen Befehl hörte, ja sie wussten nicht einmal, ob überhaupt noch jemand in dem heillosen Chaos Befehle gab.

Außerdem zog noch eine andere Erscheinung ihre Aufmerksamkeit auf sich. Nicht weit von ihnen entfernt, nahe beim Schuppen des Zimmermanns, der auch schon in Flammen stand, waberte ein grünliches Leuchten über den Boden. Es war, als hätte sich dort eine zähflüssige Pfütze von unnatürlichem Licht gebildet. Aus dieser Pfütze erhob sich nun auch noch ein spitzer Kegel aus ungesund strahlender Masse, der rasend schnell bis etwas zur Größe eines Menschen anwuchs.

Neugierig liefen Cassian, Viktor und Wargo zu der seltsamen Erscheinung hin, wachsam und bereit, sofort mit der Waffe gegen jeden vorzugehen, der dem wabernden Kegel entsteigen sollte. Sie waren sicher, dass ihre Feinde hier wieder mit unheiliger Magie gegen sie vorgingen.

Das Leuchten verblasste allmählich. Der Kegel wurde durchsichtig und gab den Blick auf ein Wesen frei, mit dessen Auftreten keiner der drei gerechnet hatte.

Es war Nadhbragh der Seher, der ihnen hier in dieser ungewöhnlichen Form einen Besuch abstattete. Wargo stand dem Ork am nächsten und stürzte sich sofort auf ihn. In ihm sah er den Grund für das Übel, das so plötzlich sein Lager befallen hatte. Wutentbrannt warf er sich gegen den verdutzten Ork und wollte ihn mit einem gewaltigen Streich niederstrecken. Doch er hatte nicht mit der Flinkheit des kleinen Schwarzpelzes gerechnet. Nadhbragh warf sich blitzschnell nach vorne zu Boden, so dass der wilde Hieb von Wargos Schwert ins Leere ging.

Mit lauter Stimme kreischte er: "Nein! Tötet mich nicht! Ich bin hier, um euch zu helfen! Bitte, glaubt mir doch, ich will euch nichts Böses!"

Er rollte sich bei diesen Worten auf dem Boden hin und her, um Wargos Schwert, das wieder und wieder auf ihn herabstieß, auszuweichen. Viktor und Cassian stürmten herbei. Sie hatten während ihrer Gefangenschaft mit Nadhbragh schon gesprochen und glaubten nicht, dass der Seher sich in ihre Nähe wagen würde, hätte er etwas Böses im Sinn.

Mühsam gelang es ihnen mit vereinten Kräften, Wargo zur Vernunft zu bringen. Viktor schlang von hinten seine starken Arme um ihn, und Cassian entwand ihm blitzschnell das Schwert.

Wargo atmete schwer, erschöpft von dem sinnlosen Zornausbruch. Er behielt Nadhbragh wachsam im Auge, als dieser sich erhob und langsam den Staub des Lagerbodens von seinem Gewand klopfte. Der Seher hatte sich verändert, seit die Menschen ihn im Großen Lager das letzte Mal gesehen hatten. Ein neuer Zug war auf seinem Gesicht erschienen. Seine Miene hatte einen Ausdruck, der von großer Macht, aber auch von unsäglicher Anstrengung kündete. Er musste in letzter Zeit viel durchgemacht haben und einige Dinge gesehen und erlebt haben, die ihn zu einem harten und zähen Anführer gemacht hatten.

Cassian, der als Erster bereit war, sich mit dem Ork zu unterhalten, richtete einige Fragen an ihn: "Warum kommst du hierher? Was willst du von uns? Siehst du nicht, das wir genug zu tun haben, auch wenn du uns nicht belästigst?"

Viktor fiel ein: "Nur dir haben wir es zu verdanken, dass es so weit gekommen ist. Hättest du nicht Zweifel in unsere Herzen gesät, würde jetzt nicht einer gegen den anderen kämpfen, und wir hätten weiterleben können wie bisher."

Nadhbragh war außer sich vor Empörung über diese Vorwürfe. Mühsam beherrschte er die aufsteigende Wut. Doch es half ihm, sich daran zu erinnern, dass Menschen alle nicht ganz richtig im Kopf waren. Also beschloss er, sich die Zeit zu nehmen, ihnen alles noch einmal zu erklären. "Ihr seid doch wirklich unglaublich begriffsstutzig!" fuhr er sie an. "Wie kommt ihr auf den Gedanken, dass ich an eurer Lage schuld sein könnte? Ist denn der Ankläger schuld an dem Verbrechen, das er anzeigt? Ich habe euch geholfen, indem ich euch teilhaben ließ an dem, was mein Gott mir an Erkenntnis und Wissen gewährte. Ihr aber dankt es mir, indem ihr mich zu töten versucht!"

Nun wandte der Seher sich mit einer großen Geste von den Menschen ab, um ihnen seine Verachtung zu zeigen. Es war anstrengend, in so umständlichen Wendungen zu sprechen, wie die Menschen sie vorzogen. Deshalb, dachte er, war ihre Sprache auch so schwierig zu erlernen. Die Menschen sagten das, was sie eigentlich sagen wollten, nie einfach und geradeheraus. Sie gebrauchten immer unglaublich viele Worte und hatten doch so wenig damit zu sagen.

Viktor unterbrach Nadhbraghs Betrachtungen mit etwas, was den Seher verblüffte. "Es tut mir leid", sagte er. Er trat auf den kleinen Ork zu und reichte ihm die Hand zur Versöhnung.

Nadhbragh wusste nicht, was er sagen sollte. Die Glatthäute schienen tatsächlich zu glauben, sie könnten eine Schuld durch ein Eingeständnis loswerden. Als ob das irgend etwas an der Schuld ändern konnte. Doch es war nötig, sich mit ihnen zu verständigen, und so entschloss er sich, die Entschuldigung anzunehmen. Er nahm die ausgestreckte Hand Viktors und schüttelte sie. Er hatte es eilig, ihnen das zu verkünden, was er zu sagen hatte, und er wollte sich nicht durch ein Streitgespräch aufhalten lassen.

"Ich habe genau gesehen, was eure Lage verursacht hat", begann er. "Also hört mir genau zu. Ein Dämon wurde von den Anführern eurer Feinde, die einst eure Freunde waren, beschworen. Er hat das, was jetzt mit eurem Lager geschieht, angerichtet, und er wird noch viel Schlimmeres tun. Wir werden gemeinsam gegen ihn kämpfen."

Die Menschen waren sprachlos vor Staunen, als Nadhbraghs Vorschlag vernahmen. Sie sollten mit den Orks gemeinsame Sache machen, um mit ihren Feinden fertig zu werden! Ein derart unerhörter Vorschlag war noch keinem von ihnen gemacht worden, und sie wussten nicht, was sie darauf erwidern sollten.

Nadhbragh bemerkte ihre Verwirrung sehr wohl. Er beeilte sich, schnell weiterzusprechen: "Das bedeutet nicht, dass wir nach dem Kampf Freunde sind. Ich will mit euch nichts zu tun haben. Aber es ist nötig, dass wir unsere Kräfte vereinen, denn der Feind ist sehr stark. Ihr habt gesehen, dass die Geschütze, die wir gegen euch verwendet haben, nicht im Großen Lager waren. Ich habe sie noch immer und werde sie auf eurer Seite einsetzen. Dann können wir vielleicht gegen eure Feinde bestehen. Wenn ihr aus dem Lager gezwungen seid, dann zieht nach Osten, dort werde ich euch beistehen."

Die staunende Erstarrung fiel endlich von den Offizieren ab, und sie begannen wild durcheinander zureden.

"Das ist unerhört!" rief Wargo.

"Lasst ihn uns doch wenigstens anhören", meinte Viktor.

Cassian rief: "Aber er ist ein hinterlistiger Ork! Wer sagt uns, dass er nicht mit dem Feind gemeinsame Sache macht!"

"Hätte er das getan, warum sollte er dann zu uns kommen?"

Sie konnte immer noch nicht recht glauben, was der Seher ihnen vorschlug, doch sie begannen zumindest darüber zu reden.

Nadhbragh war zufrieden und beschloss, sie weiter durcheinanderreden zu lassen. Er hatte Wichtigeres zu tun, als ihrem Streit zu lauschen, denn er glaubte, das Ergebnis bereits zu kennen. Sie würden seine Hilfe annehmen müssen. Einmal noch verschaffte er sich Gehör. "Hört mir zu!" rief er mit einer Donnerstimme, die kein Mensch bei dem kleinen Ork vermutet hätten. "Ich weiß, ihr werdet meine Hilfe annehmen. Ihr habt keine andere Wahl. Ich muss jetzt gehen und mich vorbereiten."

Dann begann er, ohne weiter auf sie zu hören, seinen Zaubergesang zu singen. Um ihn herum bildete sich langsam ein Ring von grünem Licht, der sich bald wieder zu einem Kegel verdichtete, der ihn ganz umgab. In einem Vorgang, der genau umgekehrt wie sein Erscheinen ablief, begann sich der leuchtende Kegel, der den kleinen Ork einschloss, wieder in eine grün gleißende Lache aufzulösen.

Die Pfütze aus Licht war bald ganz verschwunden. Die Menschen blieben erstaunt zurück, um ihren Streit nach einer kurzen Weile des Schweigens ungemindert fortzusetzen. Bald jedoch wurde ihre heftige, fruchtlose Auseinandersetzung unterbrochen.

Khorrim kam zu ihnen gerannt. Atemlos rief er: "Wir müssen raus hier! Es ist sinnlos, wir können das Lager nicht halten."

"Wie sieht es aus?" fragte Viktor.

"Wie es aussieht?" fragte Khorrim ungläubig zurück. "Er fragt mich, wie es aussieht! Schau dich doch um, du Fettwanst. Siehst du nicht, dass es an allen Ecken und Enden brennt?"

Wargo unterbrach ihn: "Dann sorge dafür, dass gelöscht wird! Wir haben hier Wichtiges zu besprechen!"

Khorrim konnte seine Wut nur noch mühsam zügeln. Er schrie: "Wenn die hohen Herrn vielleicht einen Blick in ihr Lager werfen wollen, ja? Es gibt kein Wasser mehr, Herr Leutnant! Und wenn wir nicht bald hier verschwinden, gibt es auch keine Leute mehr, um das Lager zu löschen!"

Wargo drehte sich um und sah sein Lager lichterloh brennen. Überall hörte man Schmerzensschreie, es gab kaum mehr ein Zelt, das nicht in Flammen stand. Die Barrikade, die sie so mühsam gebaut hatten, war schon fast vollständig heruntergebrannt.

Er rannte sofort los und nahm die ersten beiden Leute mit, die er erwischte. Im Laufen brüllte er sie an: "Geht in mein Zelt, und holt meine Truhen und meinen Stuhl heraus. Alles, was ihr nicht tragen könnt, werft ins Feuer. Und die Götter sollen euch gnädig sein, wenn nur ein Taler von meinem Geld fehlt." Zu Khorrim gewandt, rief er: "Lass die Leute ihr Zeug packen. Sie sollen alle Waffen und Rüstungen mitnehmen und machen, dass sie rauskommen. Wir treffen uns beim Schwarzen Hügel." Dann lief er weiter zu seinem Zelt, während Khorrim zu seinen Leuten eilte.

Viktor und Cassian blieben allein bei dem brennenden Schuppen des Zimmermanns zurück und sahen einander unsicher an. All ihr Streit war mit einem Mal bedeutungslos. Jetzt galt es nur mehr, das nackte Leben zu retten, das ihre ehemaligen Kampfgefährten ihnen nehmen wollten.

"Wohin sollen wir jetzt gehen?" fragte Viktor ratlos.

"Nach Osten", gab Cassian ihm zur Antwort.

17. Kapitel

Mit Müh und Not hatte es die Zweite Abteilung zuwege gebracht, das Lager durch den geheimen Ausgang zu verlassen und zu den Pferden zu gelangen. Sie hatten kaum das Nötigste retten können und mussten nun ohne Vorräte und Zelte aus dem Lager abziehen. Ihre Wut und Bitternis kannte keine Grenzen.

Hinter ihnen lagen die rauchenden Ruinen des Lagers, das einst ihre Heimstatt gewesen war. Dort hatten sie mit jenen Menschen zusammengelebt, die nun ihre Vernichtung betrieben.

So zogen sie im Morgengrauen Richtung Osten in das Land, das sie in all den Jahren als Gebiet des Feindes kennengelernt hatten.

Die Anführer der Zweiten Abteilung machten sich, jeder für sich, Gedanken über ihre Lage.

Wargo war voller Sorge. Er hatte Angst um seinen Ruf, seine Ehre und sein Leben. Er hatte seine Stellung in der Armee verloren und war heimatlos und wurde von seinen Feinden verfolgt.

Cassian hatte in dieser Nacht eine bittere Lehre bekommen. Nie wieder wollte er jemandem so restlos vertrauen, wie er es bei Vallbrand, Malina und Hassim getan hatte. In dieser Welt wurde Vertrauen mit Verrat belohnt. So sollte es sein.

Viktor war von allen Offizieren am heftigsten von Sorge geplagt. Er zermarterte sich das Hirn, doch es war ihm unmöglich, einen Plan für die bevorstehende Schlacht zu ersinnen. Er kannte weder den Ort noch die Zeit der Auseinandersetzung, und das machte ihm Angst. Noch nie war sein Geist so leer gewesen, wenn es galt, sich auf einen großen Kampf vorzubereiten.

Khorrim hingegen machte sich kaum Sorgen über das Ende der Nacht. Er würde am Morgen entweder tot sein oder noch leben. So war es jeden Tag gewesen, seit er denken konnte. Nichts war für ihn Besonderes an dieser Schlacht, außer vielleicht die Möglichkeit, endlich mit Malina abzurechnen.

Truanna ritt ebenfalls bei den Anführern. Sie hatte am Geschehen dieser Nacht so großen Anteil, dass niemand von ihnen daran Anstoß nahm. Innerlich war sie erfüllt von reinster Freude. Sie sah mit großer Erwartung auf das Töten der nahen Schlacht. Endlich würde sie die Möglichkeit bekommen, völlig offen, ohne weiteres Versteckspiel, Menschen zu töten. Noch dazu Menschen, die sie persönlich kannte. Eine derartige Erfahrung war unvergleichlich besser als das Abschlachten von Orks, die doch in ihren Augen immer dumpfes Vieh blieben.

Der Auszug von Cassians und Wargos Truppen war bei den Feinden sehr schnell bemerkt worden. Hassim hatte sich mit seinen besten Leuten sofort an ihre Fersen geheftet. Vallbrand hatte unterdessen das Lager der Zweiten Abteilung nach Beute und Gefangenen abgesucht. Malina stellte die Truppen für die kommende Schlacht zusammen. Sie gruppierte die Leute zu neuen Kampfgruppen, überwachte die Verteilung der Pferde und Waffen und plante die Schlachtaufstellung.

Bald war sie mit ihren Vorbereitungen fertig, und Malina trat vor die Truppe, um ihnen mit einer Ansprache Mut zu machen. "Meine Gefährten!" begann sie. "Hört mich an! Heute ist der Tag, an dem wir endlich die Schande der Unfähigkeit aus unseren Reihen tilgen werden. Zu lange haben wir mit ansehen müssen, wie die Zweite Abteilung uns unverdient den Ruhm streitig gemacht hat."

Bei diesen Worten ertönten die ersten zustimmenden Rufe aus den Reihen ihrer Krieger. Malina genoss es unsäglich, endlich den Platz einzunehmen, den sie seit jeher als den ihren betrachtete. Sie fuhr fort: "Wir waren es, die Sieg um Sieg errungen haben. Wir waren die, deren Mut und Kraft der Sache wirklich gedient haben. Die Zweite Abteilung ist nur ein Haufen Ratten, die sich an dem laben, was wir übriglassen. Damit machen wir heute ein Ende."

Ohrenbetäubender Jubel brandete in den Reihen der Söldner auf. Malina hatte ausgesprochen, was sie alle insgeheim schon immer gedacht hatten. Sie musste ein wenig warten, bevor sie weitersprechen konnte. "Unter denen, die jetzt vor unserer Macht fliehen, ist einer, dem wir lange vertraut haben", rief sie. "Cassian Brandrot, der uns heute verraten hat und zum Feind übergelaufen ist, war nie würdig, uns zu führen. Er ist schwach und zimperlich. Wir aber sind stark und ohne Erbarmen. Er passt nicht zu uns. Deshalb wird er heute gemeinsam mit seinen neuen Freunden untergehen."

Wieder ertönte lautes Jubelgeschrei. Die Krieger schlugen gegen ihre Schilde, der Lärm war ohrenbetäubend. Trotzdem blieb Malina nicht verborgen, dass nicht alle ihrer Meinung waren. Cassian tat manchen von ihnen leid. Doch die Verschwörer hatten schon einen Plan gefasst. Sie würden herausfinden, welche der Leute auf ihrer Seite waren.

Vallbrand trat heran und gab Malina das neue Banner. Sie hielt die schwarze Fahne mit dem silbernen Einhorn hoch in die Luft und rief: "Dies ist das Zeichen, das uns von heute ab in der Schlacht voranwehen soll. Auf dieses Banner werden wir gemeinsam einen Schwur tun. Sprecht mir nach:

"‚Ich schwöre bei meinem Leben,
Nicht eher zu ruhen,
Als Cassian Brandrot
Und alle seine Verbündeten
Tot im Gras der Steppe liegen.' "

Diese Worte, die Malina vorsprach, wurden in den

Reihen der Söldner wiederholt. Vallbrand hatte überall vertrauenswürdige Leute aufgestellt, die genau darauf achteten, wer die Schwurformel mitsprach und wer nicht.

Doch obwohl mancher nicht Cassians Feind sein wollte, sprachen alle die Worte mit, als würden ihre Zungen nicht ihrem Willen gehorchen. Die Erste Abteilung war im Angesicht des neuen Banners zu einer verschworenen Einheit geworden. Es gab keine Abtrünnigen mehr.

Nachdem sie nun eine Gemeinschaft waren, verbunden durch einen neuen Eid, zog die Truppe der Verräter zum dumpfen Klang der Trommeln aus dem Lager. Mit jedem Schritt, den sie in die Steppe hinausgingen, verloren sie ein Stück ihrer Menschlichkeit. Jeder Schritt in die Steppe war ein Schritt, der sie von ihrer gewohnten Welt abbrachte und sie in ein neues Leben führte.

Wargos Kundschafter meldeten ihm bald, dass man ihnen auf den Fersen war. Er beriet sich mit Cassian und Viktor.

"Wir sollten sie hier erwarten", riet Viktor. "Hier fließt ein Bach durch die Steppe. Da können unsere Leute und unsere Pferde wenigstens etwas trinken."

Cassian sah sich um und meinte: "Ich wäre gerne etwas weiter nach Osten gezogen. Aber ich glaube, du hast recht. Wir können ihnen ohnedies nicht entkommen. Vielleicht kann uns selbst so ein schmaler Bach einen kleinen Vorteil in der Schlacht bieten."

Wargo wischte sich mit dem Ärmel den Schweiß von der Stirn und sagte müde: "In Ordnung. Viktor, lass die Leute sich versorgen und dann in Schlachtordnung antreten."

Müde und verzweifelt machten sich die Krieger in der Dämmerung bereit, um ihr Leben zu kämpfen. Viele von ihnen hatten Angst, es würde das letzte Gefecht für sie sein.

Viktor, der nun den Schlachtort kannte, machte sich sofort daran, die Truppen aufzustellen. Nun war er nicht mehr zu untätigem Warten verdammt, und seine Laune besserte sich. Auch die Krieger spürten diese Veränderung und fassten ein wenig Mut.

Viktor ritt unermüdlich durch ihre Reihen, gab Befehle und munterte sie auf. Er tat alles dafür, dass sie das Gefühl hatten, heute stünde eine gewöhnliche Schlacht bevor, wie sie schon Dutzende erlebt hatten.

Cassian hielt sich abseits der Truppen. Er hatte niemanden, den er ins Gefecht führen konnte, und Wargo würde ihm keine Leute anbieten. Deshalb wollte er an dieser Schlacht als gewöhnlicher Krieger teilnehmen. Er wollte nur für sein Leben und für seine Ehre streiten.

Nachdem alle getrunken und das wenige Essen verzehrt hatten, ritt Wargo einmal vom einen Ende der Schlachtreihe zum anderen. Er ließ seinen Blick über seine Leute schweifen, wie sie müde und mutlos in der Steppe standen. Am Ende der Schlachtreihe schlug er einen Bogen und zügelte sein Pferd genau vor der Mitte der Aufstellung.

Schweigen senkte sich über die Zweite Abteilung. Wargo begann seine Rede, als alle bereit waren, ihm zuzuhören. "Heute ist der Tag der Abrechnung", begann er gerade so laut, dass alle ihn hören konnten. "Bald werden unsere Feinde hier sein. Wir stehen hier und sind bereit, unsere Ehre und unser Leben zu verteidigen. Zu lange haben wir es ertragen, dass sie immer bevorzugt worden sind. Immer wieder haben sie den Ruhm geerntet, den wir erkämpft haben. Heute aber findet das ein Ende."

Zustimmende Rufe ertönten hier und da, doch die Stimmung war weit von Jubel entfernt.

Etwas lauter fuhr Wargo fort: "Ich will Euch erklären, gegen wen wir kämpfen. Unser Feind ist eine Bande von Lumpen und Verrätern. Sie haben kein Zutrauen in ihre eigene Kampfkunst. Statt dessen verlassen sie sich auf Schwarze Magie, denn sie sind schwach und ehrlos. Lange Zeit haben sie alle getäuscht. Selbst Cassian, der ihr Anführer war, ist von ihnen hinters Licht geführt worden."

Ungläubiges Raunen ging durch die Menge. Manche von ihnen hatten schon etwas von dieser Sache gehört. Jetzt aber, wo ihr Leutnant davon sprach, erhielten diese Vorwürfe ein Gewicht, das sie vorher nicht hatte. Zunehmend bemächtigte sich der Krieger eine ruhige, kalte Wut.

Wargo wurde lauter: "Aber wir werden heute nicht allein gegen sie im Felde stehen. Ihr alle erinnert euch an den Tag, als die Orks gegen uns ihre Geschütze einsetzten. Diese Geschütze sind heute auf unserer Seite, bereit, Tod und Verderben über die Verräter zu bringen."

Ungläubiges Staunen ließ die Kämpfer verstummen. Es war eine unerhörte Eröffnung, die ihnen der Leutnant hier machte. Sie sollten mit dem alten Feind zusammengehen, in einem Kampf gegen Menschen. Viele war unzufrieden, und langsam erhob sich unruhiges Gemurmel.

Wargo brüllte so laut, dass er alle übertönte: "Ich weiß, dass das für euch befremdlich ist. Aber ich frage euch: Wenn unsere Feinde Schwarze Magie einsetzen, dürfen wir uns dann nicht der Orks bedienen? Was ist schändlicher: Böse Magie oder Werkzeuge, die von Menschenhand gebaut sind? Das Recht ist auf unserer Seite. Wir müssen uns aller Mittel bedienen, die wir bekommen können."

Zaghaft kam Beifall auf. Manch einer war bereit, diesen ungewöhnlichen Weg zu gehen. In Erwartung der kommenden Hilfe fasste man wieder etwas Mut.

Wargo kam ans Ende seiner Rede. Er senkte seine Stimme wieder etwas, als er fortfuhr: "Unsere Feinde glauben, ihre Magie schützt sie. Doch ich frage euch, kann sie überhaupt etwas schützen vor unserem gerechten Zorn? Können sie, die keine Ehre haben, bestehen vor unserem Stahl?"

Rufe des Zorns ertönten aus der Schlachtreihe. Immer mehr riefen: "Nein! Niemand kann uns besiegen!"

Langsam steigerte sich die Entschlossenheit der Truppe, und der Ruf ging wie Feuer durch ihre Reihen. Die Krieger droschen auf ihre Schilde zum Zeichen der Zustimmung. Es war gleichgültig, ob Orks an ihrer Seite stritten. Es galt das Leben und die Ehre jedes Einzelnen. Sie waren bereit.

In düsterem, bedrohlichen Schweigen war die Truppe der Verräter unaufhaltsam durch die Dämmerung voranmarschiert. Sie alle waren beseelt von einem üblen Geist, der fast körperlich spürbar war. Er ging aus von dem Einhornbanner, das ihnen vorangetragen wurde. Dieses Banner war mehr als nur das äußere Zeichen einer neuen Ordnung. Es war erfüllt von der Gegenwart des Dämons. Mit dem geleisteten Schwur hatten sie alle sich Ihm ausgeliefert, auch wenn sie das nicht wussten. Sie hatten unter Seinem Banner geschworen. Jetzt waren sie Seine Krieger.

Malina, die ihrer neuen Kompanie voranritt, spürte nichts mehr von der Veränderung, die in ihr vorgegangen war. Ihr Inneres war kalt und leer. Ihr Selbst war beinahe weggefegt von dem Willen des Dämons, dessen Zeichen neben ihr getragen wurde.

Auch Vallbrand und Hassim besaßen nur noch einen kümmerlichen Rest ihres eigenen Willens. Der Dämon hatte ihnen gerade genug gelassen, dass sie ihre Truppen noch führen konnten.

Alle, die mit ihnen marschierten, waren noch viel

weiter von dem entfernt, was sie früher gewesen waren. Sie waren noch weniger Menschen als ihre Anführer. Sie waren eins geworden in dem Willen, Tod und Vernichtung über ihre früheren Gefährten zu bringen. Sie alle waren leere Hüllen, von einem Geist geleitet, der fremd war auf dieser sterblichen Welt. Und keiner von ihnen war sich dessen bewusst.

Nach weniger als einer Stunde hatten die Verräter den Bach erreicht, wo ihre Feinde standen. Die Sonne war schon fast aufgegangen, und der Nachtwind hatte sein letztes Aufbäumen aufgegeben, als wollte auch er die Schlacht in Ruhe betrachten.

Hier in der öden Steppe des Orklandes standen die besten Krieger der Menschen einander gegenüber. Sie alle waren weithin gerühmt worden wegen ihres Mutes und ihrer Kraft. Keine Armee hatten ihnen widerstehen können, und jetzt waren sie bereit, in einem letzten blutigen Ansturm aufeinander loszugehen.

Auf der einen Seite standen in bedrohlichem Schweigen die finsteren Horden der Verräter. Außer ihren Anführern hatten sie alle keinen eigenen Willen mehr. Sonst hatten sie immer ihre Kampfeslust angestachelt durch Schmähungen und Drohreden gegen den Feind. Sie hatten gelärmt und gebrüllt, um die Gegner in lähmende Furcht zu versetzen. Ab heute war das alles unnötig. Sie waren nur hier, um zu töten und zu vernichten. Sie kannten keine Angst mehr. Sie waren nicht mehr menschlich.

Gegen sie standen Menschen aus Fleisch und Blut. Sie waren voll Fehler und Schwächen. Viel unter ihnen waren grausam wie Khorrim, hinterlistig wie Wargo oder feige wie Viktor. Sie waren habgierig, brutal, eifersüchtig und prahlerisch. Dennoch waren es Menschen, und das unterschied sie von ihren Feinden.

Malinas Bannerträger machte einen Wink. Sogleich

kam Leben in die stumme Menge der Verräter. Mit stetem Schritt wateten sie durch den Bach. Keiner sprach ein Wort. Ihre Blicke waren tot und leer, als sie ihre einstigen Gefährten angriffen.

Auf der anderen Seite fasste Cassian sich als erster ein Herz. Er trieb sein Pferd mit wilden Schreien voran in den Bach. Der Säbel Argrazuchs hob sich und fuhr auf den Kopf eines Kriegers herab. Er spaltete mit einem einzigen Hieb den Helm und drang tief ins Gehirn ein. In hohem Bogen spritzte Blut empor und besudelte Cassians Rüstung.

Der erste aus der unmenschlichen Schar des Dämons war gefallen. Der Bann, der über den Reihen der Zweiten Abteilung gelegen hatte, brach. Endlich lösten sich aus ihren Kehlen die Schreie des Zorns. Das Gebrüll ging von einen zum anderen und stachelte sie an, nun waren die Krieger wieder voller Mut und Entschlossenheit. Sie heulten und rasten gegen ihre Feinde, warfen sich auf sie, und endlich war die Schlacht in vollem Maße eröffnet.

Cassian drang mit einigen Kriegern, die sich ihm angeschlossen hatten, mitten auf das Zentrum der Feinde vor. Viktor führte zu seiner Linken den Angriff, Khorrim zu seiner Rechten. Der wilde Ansturm der Truppe trieb die Verräter zurück. Eines nach dem anderen fielen die unmenschlichen Wesen, und erst im Tode kehrte ihre Seele zurück. Auf ihren Gesichtern standen Entsetzen und namenloser Schrecken, als sie erkannten, wofür sie gestorben waren.

Blutbesudelt, wild schreiend und um sich schlagend brachen die Krieger der Zweiten Abteilung in die Reihen ein. Cassian war wie in alten Zeiten an vorderster Front und zog eine Spur der Verwüstung hinter sich her. Er kämpfte mit einer Wut und Entschlossenheit, wie er sie nie zuvor gefühlt hatte. Aller Zorn über die Schmach, die ihm die Seinen bereitet hatten, brach sich Bahn. Nichts und niemand konnte ihn aufhalten.

Malina erkannte mit dem Rest freien Willens, der ihr gelassen worden war, dass sie Cassian entgegentreten musste, da die Reihen ihrer Krieger von seinem wütenden Ansturm sonst ins Wanken kommen würden. Sie gab ihrem Pferd die Sporen und ritt ins dichte Getümmel des Schlachtens.

Cassian führte Hieb um Hieb. Es war, als hätte sein Kampfgeschick ihn nie verlassen. Der Säbel Argrazuchs war mehr als ein würdiger Ersatz für das Schwert Todesklaue. Er hatte Malina schon erblickt und löste sich mit einigen schnellen Streichen von denen, die ihn bedrängten. Die beiden ritten einander entgegen, um ihren Kampf ein für allemal zu entscheiden.

Malina führte den ersten Hieb. Kreischend schrammte ihre dämonische Klinge an Cassians Waffe entlang. Er hatte Mühe, der entsetzlichen Kraft des Schlages standzuhalten. Jetzt erst kämpfte Malina ohne jede Rücksicht, und er musste sich zum ersten Mal ernsthaft ihrer Kampfkunst stellen. Er war bestürzt, als er erkannte, wie sehr sie ihm immer noch überlegen war. Ohne sichtbare Anstrengung trieb Malina ihren ehemaligen Leutnant vor sich her. Schlag um Schlag fuhr auf Cassian hernieder. Er kam nur selten dazu, seinerseits anzugreifen. Malina wischte jeden seiner Streiche beiseite. Er konnte sie nicht ernsthaft bedrohen, war selbst aber ständig in höchster Gefahr. Bald hatte seine Rüstung zahlreiche Schrammen erhalten, er blutete schon aus einigen kleineren Wunden. Der Schweiß stand Cassian auf der Stirn, und sein Mut, der ihn vor kurzem noch so unbändig erfüllt hatte, begann ihn zu verlassen. Zu schrecklich war die dunkle Kunst Malinas und ihrer unirdischen Klinge.

Sie stach mit blitzschneller Bewegung nach dem Hals seines Pferdes, und Cassian konnte nicht schnell genug parieren. Die Klinge drang tief in die Kehle des Tieres. Es starb mit einem langen Schmerzensschrei. Cassian hatte alle Mühe, nicht unter dem stürzenden Pferd begraben zu werden. Als er sich aufgerappelt hatte, sah er Malina schon über sich. Sie führte einen gewaltigen Hieb von oben herab, und er konnte nur im letzten Augenblick seinen Säbel hochbringen. Es gab einen ohrenbetäubenden Glockenton, als die Klingen aufeinander trafen. Cassians Kräfte schwanden. Er verlor zwar nicht den Säbel aus der Hand, doch die Wucht des Schlages hatte ihn umgeworfen. Nun lag er hilflos auf dem Rücken und erwartete sein Ende.

Wieder war es Truanna, die ihm das Leben rettete. Sie war von hinten herangekommen und drängte ihr Pferd zwischen Cassian und Malina. Bei ihr waren drei Krieger, die nun mit lauten Schreien auf Malina eindrangen. Das gab Truanna die nötige Zeit, um Cassian zu sich aufs Pferd zu holen. Er hasste den Gedanken, schon wieder von dieser wahnsinnigen Mörderin gerettet zu werden, doch er wehrte sich nicht, als sie mit ihm über den Bach zurückritt. Malina war im Kampfgetümmel verschwunden.

Hassim hatte inzwischen versucht, mit einigen seiner Leute in den Rücken der Feinde zu gelangen. Schnellen Rittes hatten sie den Bach überquert und wollten nun von hinten über Wargos Reserve herfallen. Plötzlich aber sahen sie ihren Weg abgeschnitten. Viktor hatte das Manöver genau abgepasst und war ihnen zuvorgekommen. Hassim sah sich mit einem Mal einer Übermacht an Reitern gegenüber und wollte sich zur Flucht über den Bach wenden. Nun aber griff Wargo mit einem Teil seiner Reserve ein. Hassim war mit seinen Leuten zwischen den Truppen des Feindes gefangen.

Von beiden Seiten drangen die Krieger auf sie ein. Hassim wollte sich allein den Weg freikämpfen, doch

Wargo ritt ihm entgegen. Er ließ ihn nicht entweichen und griff wütend an. Hassim setzte sich mit aller Macht zur Wehr, doch Wargo war ein viel besserer Kämpfer mit mehr Erfahrung.

Schon beim zweiten Angriff wurde Hassim schwer getroffen. Wargos Klinge fuhr ihm in den Schwertarm, dass er fast abgeschlagen wurde. Das Schwert fiel aus Hassims kraftloser Hand, und eine Woge brennenden Schmerzes durchfuhr ihn. Das schwächte den Bann, der über seinem Geist lag, ein wenig. Er wurde sich plötzlich bewusst, was er sich und den Seinen angetan hatte.

Trauer erfüllte Hassims Herz. Er war ein Mann von Ehre gewesen, bevor er zu einem Werkzeug in den Händen des Dämons wurde. Seine Angst vor dem Tod, sein Verlangen nach ewigem Leben waren ihm zum Verhängnis geworden. Er erkannte, wie verblendet er gewesen war, mit Schwarzer Magie das erreichen zu wollen, was keinem Sterblichen bestimmt war. Schwankend saß er auf seinem Pferd, und bittere Tränen der Reue liefen ihm über die Wangen. Durch den Tränenschleier hindurch sah er Wargo auf sich zukommen. Verzweifelt rief er ihn an: "Lass mich leben, um Rastullahs willen! Ich muss diese Schande wiedergutmachen!"

Wargo aber hielt Hassims ehrliche Umkehr für eine List. Er sagte nur ein Wort: "Nein!"

Dann schlug er dem Anführer der Kundschafter sein Schwert ins Gesicht. Hassims Nase brach, und die Klinge drang ihm durch den Schädel tief ins Gehirn. Er wankte im Sattel und stürzte vom Pferd. Das letzte, was er fühlte, war schwarze Verzweiflung. Er war zu spät umgekehrt.

An der rechten Seite trieb Khorrim Kanthart seinen Angriff in gewohnter Wildheit voran. Er sah nichts von Magie in den Reihen seiner Feinde, und so war er frei von aller Furcht. Seine Leute kämpften mit der Wildheit und Blutgier, die ihnen immer zu eigen waren. Er hatte sie nicht einmal wie üblich beschimpfen und misshandeln müssen, um diese Wildheit hervorzubringen. Sie empfanden genug Wut auf jene, die sie immer schlecht behandelt hatten. Hier in Khorrims Gruppe war der Hass auf die Erste Abteilung am größten. Sie wussten, dass ihre Feinde in ihnen wenig mehr sahen als wilde Tiere. Alles, was an bösen Worten gesprochen worden war, und jeder verächtliche Blick wurde nun mit Blut gerächt. Vor ihrem brutalen Angriff wäre jede andere Armee schreiend davon gelaufen.

Doch die Feinde, die gegen sie standen, waren keine menschlichen Wesen mehr. Ein Wille hielt sie gefangen, der stärker war als alles, was Sterbliche beseelen konnte. So hielten die Verräter stand, obwohl sie von den schreienden Bestien Khorrims zerfleischt wurden. An des Dämons eisernem Willen brach sich die Flut ihres Wütens.

Wargo hatte unterdessen von seinen Kundschaftern Nachricht erhalten, dass die Orks nicht mehr weit waren. Die Geschütze kamen auf ihren Ochsenkarren gut voran und waren bald bereit, aufgestellt zu werden. Also hielt Wargo seine Reserve weiter zurück, um den Geschützen Deckung geben zu können.

Auf der anderen Seite des Schlachtfelds stand Vallbrand mit den besten seiner Krieger unter dem Banner des Einhorns. Er erkannte, dass die Schlacht sich langsam zu seinen Ungunsten neigte. Zu ungestüm griffen die Feinde an, zu wenig Herz und Mut war in seiner Truppe. Sie hatten ihre Einigkeit um den Preis ihrer Selbständigkeit erkauft. Nun hingen sie davon ab, sich der Hilfe des Dämons immer weiter zu bedienen. Vallbrand begann den Spruch zu wirken, den er für diese Schlacht gelehrt bekommen hatte.

Er streckte die Hände aus und spreizte weit die Finger. Mit seinen Armen deutete er mitten in die Schlachtreihe seiner Feinde. In seinem Geist erschien ein schreckliches Bild des Grauens und der Verwüstung. Vallbrand blieb davon unbeeindruckt. Alles Menschliche wich in diesem Moment voll und ganz aus ihm. Er war kalt gegenüber dem Schrecken, den er unter seinen Feinden entfesseln wollte.

Tief aus seinem Bauch stieg ein einziges Wort in ihm empor. Es war der Name des Dämons. Ätzend bahnte sich das gotteslästerliche Wort einen Weg durch seine Kehle. Dann brach es hervor, mit der Gewalt eines Sturmes.

Vallbrand brüllte aus Leibeskräften den Namen.

Über dem Schlachtfeld erhob sich eisiger Wind. Dunkelheit senkte sich mit einem Schlag über die Kämpfer. Die Sonne selbst wandte ihr Antlitz von dem Grauen ab.

Mitten unter den Kriegern der Zweiten Abteilung öffnete sich die Erde. Aus klaffenden Spalten drangen Schwaden eines Gestankes hervor, der einem jeden den Magen umdrehte. Mit erstickender Gewalt verdrängte er die Luft aus den Lungen. Es war der eisige Gestank der Unterwelt, der ihnen giftig entgegenschlug. Die Luft über dem Gebiet, wo die Erde aufbrach, wurde schneidend kalt.

Nun schoben sich aus den Spalten und Rissen, die sich im Boden aufgetan hatten, grässliche, schlangenartige Gliedmaßen. Sie waren ganz überzogen mit einem fauligen, eiskalten Schleim. Peitschend schlugen die Tentakel nach Cassians Gefährten. Einige von ihnen wurden sofort erfasst und hoch in die Luft gehoben. Mit überirdischer Gewalt pressten die schrecklichen Glieder den Menschen die Körper zusammen. Das Leben wich aus den Unglücklichen, und die Tentakel ließen sie fallen wie zerquetschte Insekten.

An den Rändern der Erdspalten wuchsen plötzlich Zähne, und die Erde selbst schnappte nach den Beinen der Unglücklichen. Gefangen wie in Schlingen, konnten die Menschen nicht entfliehen und wurden zur leichten Beute für die Tentakel.

Neben den höllischen Mäulern erschienen nun auch Krallenhände aus dem Boden. Sie griffen nach den wenigen, die sich bis jetzt hatten retten können.

Die Kämpfer, die sich im Machtbereich der Erscheinung befanden, wurden zermalmt, zerrissen und gefressen. Ihre hilflosen Schreie tönten schrill über die Steppe. Keiner der Menschen, die Zeuge dieses Vorganges wurden, konnte sich davon abwenden. Ihre Blicke hingen gebannt auf dem scheußlichen Schauspiel. Sie ließen die Waffen sinken. Einige wandten sich schon zur Flucht.

Die Schlacht war mit dem Einsetzen des Zaubers zum Erliegen gekommen. Die Krieger auf Vallbrands Seite standen still und unbeweglich da. Der Wille, der sie lenkte, war mit etwas anderem beschäftigt. Auf der Gegenseite war kaum einer in der Lage, sich zu rühren. Das Grauen hielt alle in einem furchtbaren Bann gefangen. Die wenigen, die sich bewegen konnten, ergriffen die Flucht.

Langsam begann die dämonische Erscheinung sich zurückzuziehen. Die Tentakel falteten sich ein, die Mäuler schlossen sich und nahmen ihre Mahlzeiten mit in die Unterwelt. Die Krallenhände zogen sich in den Boden zurück. Der Wind vertrieb den unirdischen Gestank.

Die Erscheinung ließ ein kreisrundes Gebiet zurück, in dem sich kein Leben mehr rührte. Kein Grashalm bedeckte dort noch die nackte Erde. Und in dem Maße, wie die schrecklichen Erscheinungen sich zurückgezogen hatten, kam wieder Leben in die Söldner des Dämons.

Langsam gingen sie erneut zum Angriff über. Sie waren unbeeindruckt von dem Schrecken, der gerade geherrscht hatte. Es war nur der Wille dessen, der sie leitete, der sich hier gezeigt hatte. Die Kämpfer der Zweiten Abteilung wichen vor ihnen zurück. Mit gemessenem Schritt, wie zum Klang einer unsichtbaren Trommel, trieben die unmenschlichen Wesen ihre Feinde vor sich her. Kaum einer wagte es, sich ihnen in den Weg zu stellen. Wer sich stellte, wurde niedergemacht.

Die ganze Zweite Abteilung war jetzt in heilloser Unordnung. Vergebens brüllten die Anführer Befehle. Niemand hörte ihnen zu. Einzig bei Cassian, wo das Banner stand, hielten noch ein paar Getreue aus. Sie erwehrten sich mit letzter Kraft des Vorrückens der Verräter. Einer nach dem anderen fiel, aus vielen Wunden blutend, vor den rastlos geschwungenen Waffen.

Nun drang auch noch Malina an der Spitze ihrer Reiterei auf das Häuflein ein, das sich um Cassian geschart hatte. Bisher hatten sie mit äußerster Anstrengung vermocht, ihren Feinden zu widerstehen. Doch Malinas Angriffe senkten die Waagschale endgültig. Kein sterblicher Kämpfer vermochte vor ihr zu bestehen.

Cassian konnte sich kaum mehr auf den Beinen halten. Dennoch musste er, der selbst schwer verwundet war, sich ihr entgegenstellen. Sie trieb ihm mit starrer Miene ihr Pferd entgegen, das Schwert hoch erhoben zum tödlichen Streich.

Plötzlich riss sie in höchstem Schrecken die Augen auf. Cassian sah sich verwundert nach um, wollte sehen, was sie so erschreckte.

Ein Felsbrocken raste auf Malina zu. Hoch zu Ross gab sie ein hervorragendes Ziel ab. Der schwere Stein traf sie in der Mitte des Körpers und zerschmetterte sie und ihr Pferd.

Ein schriller Schrei drang ihr über die Lippen, als sie, zerquetscht zu einem blutigen Klumpen aus Fleisch und Knochen, zu Boden ging. Ihr Pferd begrub die scheußlich zuckenden Überreste unter sich.

Dröhnendes Summen hinter dem Rücken der Krieger kündete von der Anwesenheit der Orks. Die Sklaven hatten so schnell wie noch nie gearbeitet, um die Wurfmaschinen aufzustellen. Nadhbragh hatte mit einer magischen Staubwand verhindert, dass sie das Entsetzliche auf dem Schlachtfeld sahen. Nun sprachen die Geschütze ihre Sprache des Todes. Felsbrocken um Felsbrocken schlug in die Schlachtreihe der Verräter ein.

Diesmal flohen die Menschen nicht vor den schrecklichen Geschossen. Sie gingen weiter vor. Es war eine Herde von Vieh, das der Wille des Dämons zum Schlachten trieb. Reihe um Reihe fiel, zermalmt vom Aufprall der Brocken. Mit leerem Blick gingen sie voran in den sicheren Tod.

Bald hatte sich das Schlachtenglück endgültig gewendet. Die Verräter waren nicht fähig zu vernünftigem Vorgehen. Stur rannten sie gegen ihren Feind an. Wenn sie nicht von den Steinbrocken getroffen wurden, fielen sie unter den Hieben der Menschen.

Je mehr von ihnen fielen, desto schlechter kämpften sie. Der Wille des Dämons, der sie vorangetrieben hatte, zog sich aus ihnen zurück. Er hinterließ nichts als leere, sterbende Hüllen.

Die Geschütze schwiegen nun. Sie hatten so gründlich Ernte gehalten, dass kaum mehr einer der Verräter stand. Nadhbragh wollte nicht, dass seine Verbündeten versehentlich zu Schaden kamen. Die Fliehenden waren umgekehrt und warfen sich nun von neuem gegen ihre Feinde.

In der hintersten Reihe seiner Leute ging Vallbrand. Er war nun auch nicht mehr als sie. Das Wirken des

Zaubers hatte den letzten Rest von Vallbrand Eisenfausts Seele aus dem Körper vertrieben. Ein bloßes Werkzeug war geblieben, das sich mit den anderen im sinnlosen Vorgehen gegen die Feinde opferte. Er trug das Einhornbanner vor sich her auf seinem letzten Gang über das Schlachtfeld.

Cassian sah das Banner in den Händen dessen, der einmal sein bester Freund gewesen war. Er kämpfte sich mit einem letzten Aufbäumen der Wut seinen Weg zu Vallbrand durch, um ihn zum Zweikampf zu stellen, doch Vallbrand erkannte ihn nicht mehr.

Sie kämpften in der Mitte des Schlachtgewühls. In einem ehrlichen Kampf hätte Cassian mit seinen schweren Wunden ernste Schwierigkeiten bekommen. Hier aber stand er einem weggeworfenen Spielzeug gegenüber. Cassian hieb mit Tränen in den Augen auf einen Körper ein, der von allem Lebensgeist verlassen war.

Er empfand keine Freude, als er gesiegt hatte. Das einzige Gefühl, das übrig war hieß: bleierne Müdigkeit.

Er schleppte sich langsam zu den Geschützen zurück, wo Wargo und seine Korporale schon warteten. Sie alle waren unsäglich müde, nur mehr von dem Wunsch erfüllt, endlich nach Hause zu kommen. Doch ein Zuhause hatten sie nicht mehr.

18. Kapitel

Cassian lag fröstelnd auf einer feuchten Strohmatte in einer kleinen, muffigen Zelle. Man hatte ihm Waffen und Rüstung abgenommen und ihn wie einen gewöhnlichen Verbrecher behandelt. Sein Gefängnis war kalt und feucht, das Essen war schlecht, und er hatte seit mehr als einer Woche kein bekanntes Gesicht mehr gesehen.

Die Truppen des Generals von Steinsee, die man zur Verstärkung gerufen hatte, waren am Nachmittag nach der Schlacht im Lager eingetroffen. Sie hatten ein Bild der völligen Verwüstung vorgefunden, das sie in ihren schlimmsten Befürchtungen nicht erwartet hätten. Von den Wohnzelten standen kaum noch welche. Überall lagen Tote herum, und mehr als die Hälfte der Kompanie galt als vermisst.

Der Leutnant, der die Verstärkung herangeführt hatte, hatte von seinen Kundschaftern erfahren, dass eine kleine Truppe draußen in der Steppe auf einem blutigen Schachtfeld gefunden worden war.

Als er dort angelangt war, hatte der Leutnant beschlossen, alle Anführer in Haft zu nehmen. Er war noch jung und unerfahren und wollte keinen Fehler begehen, indem er jemanden laufen ließ, der vielleicht der Anstifter der Meuterei war. Denn um Meuterei musste es sich gehandelt haben. Anders war es nicht zu erklären, dass fast die ganze Kompanie erschlagen im Lager oder in der Steppe lag und nur eine Handvoll Leute überlebt hatte. Die Offizier hatten keinen Widerstand geleistet, als man sie festnahm.

Das war nun drei Wochen her, und Cassian hatte Zeit gehabt, sich von seinen Wunden zu erholen.

General von Steinsee hatte, zusammen mit einigen adeligen Beisitzern, über ihn Gericht gehalten. Das Verfahren war kurz gewesen. Er hatte nicht die Kraft gefunden, sich zu verteidigen. Wie im Traum hatte er den Urteilsspruch vernommen, der ihn zur Zwangsarbeit verdammte. Er war der Meuterei für schuldig befunden worden, und nur sein guter Ruf und die Erinnerung an vergangene Taten hatten ihn vor dem Tode bewahrt.

Manchmal hatte Cassian sich die Frage gestellt, was aus denen geworden war, die an seiner Seite gekämpft hatten. Er zweifelte nicht daran, dass es Wargo irgendwie gelungen war, sich aus der Sache herauszureden. Wargo hatte noch nie für irgendwelche von ihm begangene Schandtaten einstehen müssen. So wäre es mehr als verwunderlich, wenn er jetzt verurteilt worden wäre. Aber vielleicht hatte das Schicksal einen seltsamen Sinn für Humor, und er musste jetzt für die einzige heldenhafte Tat in seinem Leben büßen wie für ein Verbrechen. Cassian empfand keinen Groll mehr gegen seinen alten Feind. Das Leben, das er früher geführt hatte, war in jener Nacht für immer zerstört worden. Damit waren auch alle alten Feindschaften und alle Freundschaften bedeutungslos geworden.

Cassian bemerkte kaum, als die Tür seiner Zelle aufgeschlossen wurde. Ein Wächter trat herein und sprach ihn barsch an: "Steht auf!"

Cassian rührte sich nicht. Sollten sie ihn doch mit Gewalt hier herausholen. Er würde es seinen Peinigern nicht leicht machen.

Der Wächter kam näher und sagte: "Aufstehen, Herr Leutnant. Schnell, wir haben nicht viel Zeit."

Verwundert wandte Cassian sich um und starrte den Wächter an. Es war ein junger, blonder Bursche, der sich besorgt über seine Schulter hinweg umsah. "Schnell doch!" sagte der Mann. "Bitte, Herr Leutnant, beeilt

Euch. Wir müssen fort." Bei diesen Worten zog er an Cassians Ärmel, um ihn zum Aufstehen zu bewegen.

Widerwillig stand Cassian auf und fragte: "Was soll denn das? Ich werde noch mein ganzes Leben in den Minen schuften. Da kommt es doch auf ein paar Minuten wirklich nicht an."

Der junge Wächter riss ihn beinahe grob mit sich und führte Cassian aus der Zelle. Die beiden gingen den muffigen Gefängnisgang hinunter zu einer kleinen eisernen Tür. Hastig schloss der junge Mann die Tür auf und schob Cassian, der immer noch nicht wusste, wie ihm geschah, hindurch. Er wollte sich umwenden und den Wächter fragen, was das zu bedeuten hatte, doch der schlug ihm die Tür vor der Nase zu.

Cassian hörte, wie der Schlüssel im Schloss herumgedreht wurde. Verwirrt wandte er sich um. Er stand auf einer schmalen, schmutzigen Seitengasse. Das trübe Licht des frühen Abends erhellte die Häuser dürftig. Vor ihm stand ein schwarzes Pferd, daneben ein weißes.

Im Sattel des weißen Hengstes saß mit einem breiten Grinsen Leutnant Wargo von Baliho.

Es hatte ihn einen schönen Batzen Gold gekostet, sich selbst, Viktor und Cassian aus der Haft freizukaufen. Zum Glück kannte er aus den Zeiten bei der Armee viele einflussreiche Leute. Manch einer von ihnen schuldete ihm noch einen Gefallen, und so war es Wargo leichtgefallen, seine Geldmittel in die richtigen Hände gelangen zu lassen. Warum er Cassian freigekauft hatte, wusste er selbst nicht genau. Aber auch er hatte das Gefühl, dass durch jene schwarze Nacht sein Leben für immer verändert worden war. Wargo sah in Cassian jetzt mehr einen Schicksalsgenossen als einen Feind. Außerdem fand er es immer noch spaßig, ihn ab und zu ein wenig zu reizen. Auf dieses Vergnügen wollte er in Zukunft nicht verzichten müssen.

Er deutete spöttisch auf das schwarze Pferd, das in der Gasse bereitstand, und fragte: "Worauf wartet Ihr?"

Cassian schwang sich in den Sattel und fragte: "Warum? Wieso befreit Ihr mich?"

"Es wäre langweilig ohne Euch", antwortete Wargo. "Komm jetzt, die anderen warten schon."

Mit diesen Worten gab Wargo seinem Pferd die Sporen und ritt die Gasse hinunter. Cassian beeilte sich, zu ihn aufzuschließen.

"Wohin sollen wir denn jetzt gehen?" fragt er Wargo.

Der sah ihn fröhlich an und meinte: "Ich weiß es noch nicht. Aber macht Euch keine Sorgen. Irgendwo wird immer ein Krieg geführt. Die Welt wird unsere Dienste stets gebrauchen können."